なぞること、切り裂くこと

虚構のジェンダー

小平麻衣子
Maiko Odaira

以文社

なぞること、切り裂くこと——虚構のジェンダー

目次

凡例

・引用文の漢字や変体仮名は、原則として現在通行の字体に改めた。ふりがな、圏点は適宜省略した。改行を一部「／」で表した部分がある。それ以外は原文のとおりとした。傍線・傍点を引用者が付した場合はその旨記した。
・引用の出典は、それぞれ本文および注に示した。
・資料の引用に際して、書名、新聞・雑誌名は『　』に、新聞・雑誌記事のタイトルは「　」に統一した。
・引用者による注記は（　）内に「―小平注」として示した。
・年代の表記は原則として西暦を用い、必要に応じて（　）内に元号を補った。
・引用の中に一部差別的表現が含まれているが、原文尊重の考え方により、そのままの表現を用いている。

序章　書くことを拒否しながら書く
──田村俊子「女作者」の複雑さ

1. 小説とジェンダー

いったい、小説とジェンダーにどのようなかかわりがあるというのだろうか。単純な問いだがここからはじめてみよう。近代日本において小説は、私小説という特殊なジャンルが強い存在感を放ってきたように、現実を写すものとして発展してきた。その限りでは近代小説は、男性と同じ権利や文化的承認を得られなかった女性たちが、それを獲得しようとした苦闘の記録として読める。それぞれの体験や証言が重要であることはいうまでもない。その意味においては、文学は他の資料と区別されない。

しかし小説は、当然ながら虚構を含むものである。この場合の虚構とは、現実に起こってはいないことを想像して記述するという意味だけでなく、事物の関係や時間的因果を構造化するという意味を兼ねる。後者はそもそも文章そのものの機能であり、現実を写す場合にも発揮される。一方、実際に起こりえないという意味での虚構も、書き手がどの程度意識しているかはともかく、現実への違和感からそれと異なることを求めたものとして世界は構造化されており、また表現としてのリアリティも現実を分析しなければ確保できない。だから、なんらかのリアリティを感じられる小説においては、現実を描写することと非現実的想像は滑らかにつながっており、分別できない。そしてこのような性質を持つ小説が、女性をめぐる文化の分析において、より重要性を増したのは、ジェンダー概念の導入と定着につれてである。

ジェンダーという言葉が、生物学的性差（セックス）に対する社会的・文化的性差を指すものとして日本で定着しはじめたのは一九七〇年～八〇年代である。人生や社会的ポジションを左右する要因として強く意味づけされる男性と女性の区別について、フェミニストは、それが従来いわれてきた身体の違いに起因するのではなく、大部分は社会が作り上げた〈男性らしさ〉〈女性らしさ〉という制度にすぎないことを検証した。制度は規範、役割、関係などにも及ぶが、ジェンダーという考え方に基づけば、一人ひとりの人間が、これまで男性の性質や女性の性質と考えられてきた規範に合致しなくても当然であり、作られた性差に基づいた差別は解消されるべきだと主張することができる。そのため、フェミニズムに大きな転換をもたらしたばかりでなく、異性愛を中心化するセクシュアリティの制度にも再考を促した。以上が教科書的な説明であるが、ただし、ジェンダー規範は精巧な作りものであったからこそ、人々はそれを〈自然〉と取り違えてきた。ジェンダーを〈自然〉から区別し、引きはがすのは、いうほど容易なことではなかった。

さて文学は虚構であるゆえに、いかにも現実を写したとみなされるテクストにおいても、そこに表れた男性像／女性像は、生な身体や現実と微妙にずれた理想化されたものであったり、人々が説得されるように構造化されていたりする。しかも、虚構でありながら、それが現実を写しているのだという読み手の認識によって、テクストが指し示すものを投影する形でむしろ現実を構成してしまうものである。文学とジェンダーはともに、現実に深く関与する虚構であり、しかも虚構であることがいつも享受者に認識されているとは限らないという意味で、類似の構造を持っている。テクストの虚構性についての分析方法を深めてきた文学研究は、その特色をもってジェンダーの機構を明らかにし、そこからの脱出の方途を示すのに一定の成果を上げてきたのである。

言葉を身体の性差をも改変する契機と捉え、両者の関係を密接なものへと整理しなおした思想家にジュディス・バトラーがいる。バトラーは主に一九九〇年代から、ジェンダー規範に関してパフォーマティヴィティの理論を展開した。すなわち、現実生活におけるふるまいの分析に言語行為論を援用し、発話が意味として成立するためには、すでに人々が共有する意味を引用し繰り返さなければならず、その限りで発話は制度を強化するものだが、語ることには行為としての側面があり、個別の発話行為は偶発的に制度を攪乱する実践となりうる、としたのである。[1] この点で文学研究でももっともよく引用される論者の一人となった。さらにセックスとジェンダーの関係についても、セックスは所与で不変とする従来の考え方を覆し、ジェンダー概念によってこそセックスが規定されると指摘したのだが、これは虚構とみえる言葉が現実を作っていくという捉え方と相互に連関するものであった。

身体の性別が言葉の効果にすぎないかのように受け取られたバトラーの論は、そのインパクトによって、フェミニズムにおける女性ならではの身体の経験を重視する立場や、社会的不公正の是正を主張するためには特定のアイデンティティに基づく集団の形成が不可欠とする立場から批判も受けてきた。だが、バトラーの論は、身体を不可侵の場に隔離することを拒否して、むしろ言葉を多様な身体に結び合わせることを意図したものであったと振り返ることができる[2]。先ほどはジェンダーからの脱出の側面だけを述べたが、人があるジェンダー認識を持つことを否定することはできず、また周囲からジェンダーが身体の性別と異なっているとみなされるような場合にも、当人の身体イメージは身体自体と分離できないものであり、それらを包含する理論が必要であったということである。

本書ではセックス概念の是非に正面から取り組むことはしないが、ただし、バトラーの論において言葉と現実の関係がパフォーマティヴィティと呼ばれるとおり、過去を対象とする文学研究が全面的に依拠できる理論というわけでもないという点には注意を払おう。というのは、現在まで残存する、とりわけ文学的価値が高いとされるテクストとは、その時々の支配的な文化に合致する、またはそれを形成することにより、抹殺や無視を免れて定着したものだと考えられるからであり、テクストを歴史としてみる限り、そこに制度が攪乱される瞬間を見出だすことはなかなかに困難だからである。

一方で、ミシェル・フーコーに代表される、人が主体となることを権力への従属化と捉える考え方も影響し、ジェンダー論の普及以降、文学研究においても個々の作家の表現的苦心ではなく、テクストによって形成される社会的パターンの分析が多く行われてきた。それらは大いに成果もあげてきたものの、社会的パターンについて、その移行の記述を積み重ねることはできても、個々人が制度を現実化する様態をみることは難しい。だが現に生きている個人にとって、関心が深いのはむしろこの局面なのである。

本書では、ジェンダーという制度の成り立ちを差別の解消のために解明するという目的を、文学をめぐる先行研究や他の多様な領域のジェンダー論から引き継ぎながら、個々人による現実化のありようを、制度の逸脱と強化の両面にわたって捉えるために、文学における〈書きかえ〉をとりあげる。書きかえは、制度を変更する個別の行為を抽象的にモデル化したものとして、どのジャンルの発話やテクストにも見出せるものだが、表現を旨とする文学においては明示的な事例を拾える点に対象選択の利点がある。ただし本書では、すでに述べた観点から、書き手が意識的に行う制度の改変としてのみ捉えるわけではない。

〈書きかえ〉は、書き手が先行するテクストに対してなんらかの違和感を持つときに行われるため、その行為こそが、先行するテクストが書き手の現実を規定する権威的な制度であったことをあらわにする。そして、願望も伴った新たな虚構として書きかえることで制度の修正を示す。テクストは文字にすぎないが、書くという行為が書き手の生きることを構成しているという意味ではそれは現実そのものである。また描かれた内容である現実に対する新たな捉え方は、文学が現実を写すものであるという一般的な認識を味方につけて、あるいは描かれているような現実であってもよいという同意に後押しされて、現実を改変していくだろう。お手本どおりにうまく書けるようになるためのなぞり書きは、その接触的な行為を繰り返すうちに、インクのにじみが手本を切り裂き、別物に変容させてしまうこともあるのである。

もちろん、何かの書きかえだと同定できるということは、先行テクストと類似するということであり、それを書き継ぐものとして瞬時に制度の強化に加担するものでもある。また自身がマジョリティからずれていたことを覆い隠すために行われる上書きもある。結局のところ、残されたテクストに攪乱が完璧にとどめられていることはないが、書きかえを具体的に検討することによって、できるだけその痕跡に目を凝らしてみることはできる。テクストの細部にあえてこだわるのはそのためである。

本書のタイトル「なぞること、切り裂くこと」は、以上の分析概念をイメージしたものだが、それについては本書の最後でもう一度ふれよう。サブタイトルに掲げている「虚構のジェンダー」とは、小説という、虚構とみなせる媒体に表れたジェンダー規範のことであり、その分析を通じて逆に明らかになる現実のジェンダーの虚構性のことである。その分析を、芸術性つまりは作りこみが見出されている著名作家と、歴史的な記録としてしかみなされない大量の無名の書き手を並べ、その腑分けのフィクション自体を転倒させることによって遂行しよう。そしてその際、文学は現実そのものなのだ、いや起こりえない虚構にすぎないのだと、文学の両義的な性質の一部だけが都合よく使われることによって、起きつつあることが制度に首尾よく回収される経緯、つまり、悪しき意味での文学の使い道もみることにしよう。これを想定しておくことは、文学研究者自身がどのように研究を行うか自己点検するよすがにもなるだろう。
本書をはじめるにあたり、まずは田村俊子を、時代的な文脈のなかで具体的な発端として示しておきたい。

2. 装いとセクシュアリティ

大正期の初め、田村俊子は著名な雑誌で特集が組まれるまでに注目され、原稿収入で夫を養うまでになった。その作品に、存在をそのままタイトルにしたような作品「女作者」（原題「遊女」『新潮』一九一三年一月、『誓言』新潮社、一九一三年）がある。[3]

「この女作者はいつも白粉《おしろい》をつけてゐる」。白粉を水で溶いて刷くとき、小説の想が湧いてくる。作品には、「だからいつも白粉の臭みが付いてゐる」。「おしろいを塗《つ》けずにゐる時は、何とも云へない醜いむきだしな物を身体の外側に引つ掛けてゐるやうで、（中略）僻《ひが》んだいやな気分になる。媚を失つた不貞腐れた加減になつてくる」のだが、白粉をつけさえすれば、「放縦《ほしいまま》な血と肉の暖《ぬく》みに自分の心を甘へさせてゐるやうな空解けた心持」になれるのだ。

作中の女作者は固有名を持たないが、これは、俊子本人を彷彿とさせるイメージでもあろう。『青鞜』を創刊した平塚らいてうは俊子について、「濃化粧した細おもての顔は、女形のように堅い技巧的なものでしたが、わたくしたちの生きてきた世界とは全く別のところから来たような人で、確かに初めは戸惑いを覚えた」（『元始、女性は太陽であった　上巻――平塚らいてう自伝』大月書店、一九七一年）と後年述べている。これは、日常のちょっとした印象という以上の意味を持つ。「女作者」の時期、女性が白粉をつけるかどうかは、生き方の新旧を分ける指標だったからである。

明治末期、お化粧で白く装うのではなく、よく動く瞳や、内面を雄弁に語る素顔をさらす女性が、〈新しい女性〉として注目されていた。(4) 森田草平が平塚らいてうとの心中未遂事件を小説化した『煤煙』（第二巻、如山堂、一九一〇年）でも、主人公が「顔色のダークな女」であることが印象的に語られ、また、らいてうをモデルとして取り込んでいるともいわれる夏目漱石の小説『三四郎』（一九〇八年）でも、主人公の美禰子は、「薄く餅をこがしたような狐色」と描写されている。(5) この化粧観の違いは、たった二歳しか若くないらいてうが俊子を、「人間としてほんとの生活をしようといふやうな要求や、努力に生きる新しい婦人でもなく」、「利巧な、器用な古い日本婦人」とこき下ろすことからわかるように（「田村俊子さん」『中央公論』一九一四年八月）、女性としての生き方の違いに直結している。

いうまでもなく、女性が、男性中心社会によって性的対象としてのみみられるとき、その重要な尺度の一つに美しさがあり、化粧は、そうした外部の規格に合致するため女性自身によって行われる努力を象徴するものだからである。二〇二〇年に、「生きるために、化粧する」というキャッチコピーをあしらったカネボウ化粧品のCMが物議をかもしたことは記憶に新しい。映像では、さまざまな地域や民族、年齢や性別への配慮がなされ、美しくかつ力強い表現でもあったが、化粧する場面が女性ジェンダーの表出に偏っていることや、そもそもそこから営利を引き出す企業の広告であることもあり、女性が社会から化粧を強制されることに反発する人々の強い抗議を招いたのである。今や化粧を、女性だけが男性に向けて行うのではなく、美しさの基準も意味もさまざまにずらしながら装う人々はいるが、それでも女性ジェンダーを当然視し強制する社会的規範は存続し、どんな領域でも評価のスタート地点に立つために女性らしさを演じなければならないことが、依然として問題であり続けていることがわかる。

「女作者」でも、化粧の有無は、男性との関係性のあり方と結びついている。作中の女作者は、執筆活動に行き詰まり、同情がないどころか悪態をつく夫に食らいつくが、官能の記憶によって夫から離れることもできない。


「おい。おい。おい。」

女作者は低い声で然う云いながら、自分の亭主の襟先を摑むと今度は後の方へ引き仆した。

「裸体《はだか》になつちまえ。裸体になつちまえ。」

と云いながら、羽織も着物も力いつぱいに引き剝がうとした。その手を亭主が押し除けると、女作者はまた男の脣《くちびる》のなかに手を入れて引き裂くやうにその脣を引つ張つたりした。口中の濡れたぬくもりがその指先にぢつと伝はつたとき、この女作者の頭《つむり》のうちに、自分の身も肉もこの亭主の小指の先きに揉み解《ほぐ》される瞬間のある閃きがついと走つた。


一方、女作者とは対照的に、男性との同居を拒否する、つまり、自分自身の独立を尊重するために肉体関係を拒否する女友達も配されている。友人は、「自分の芸術に生きると云ふ事は、やつぱり自分に生きるつて事」という信条から、恋人と別居し、「肉と云ふものは絶対に斥《しりぞ》ける夫婦と云ふものを作らうとしてゐる」ことを語る。

肉体関係は、身体の差異が、男性は能動的で女性は受動的な性質を持っているというような幻想の根拠として転化されやすい場である。また、男性の行為が優先されがちであることが、日常生活の隅々に及ぶ権力関係の理由とされるからでもあろう、現在からすれば極端にみえるかもしれないが、『青鞜』周辺では、実際に肉体関係を拒否する結婚や交際スタイルが議論され、実行もされていた。たとえば『青鞜』に参加した遠藤（岩野）清が、岩野泡鳴と、性交渉を持たない同棲を取り決めたことは有名であるし、さきほど化粧っけのないイメージを確認した平塚らいてうは、『煤煙』（一九一〇～一九一三年）のもととなった森田草平との心中未遂事件の際、世間からは恋愛のための逃避行とみられていても、袴をとらなかったという。肉体の貞操を守ることは、男性の支配から精神的にも自立することだったのである。

「女作者」では、肉体の歓びを知り、男性と気強く交渉していく女作者に、それらを〈未経験〉な友人に対する優越がある一方で、新しい考え方から挑戦される緊張がある。友人からすれば、女作者は男性に依存しているようにみえるはずである。だがもし女作者が、〈女性としての〉自立を求めている場合、それは友人のようなやり方で実現できるだろうか。

3. 〈女性ならでは〉の書き方

〈女〉という言葉や概念は、それ単独ではなく、〈男〉との対比的な関係性のなかで定義が生じる。現在では、生物学的な性と社会的な性の関係について、また性別をたった二つに分けることについては、さまざまに批判的な議論が発展しているが、それでも社会の多くの場面で、誰かを女性であると認定する根拠として、揺らがないかにみなされるのが身体的特徴であり、それは男性と肉体的関係を持ったり、妊娠したりすることで、男性とは異なる性としての認識が強化される。むろん、女性蔑視をしたいのでなければ、女性特有の性質やあり方を、誇りをもってアイデンティティとすることもよいし、一方では、それを拒絶し、個別性や多様性を推し進めることも当然並び立つべきだが、後者において、女性という名づけとともにあることは可能だろうか、あるいは必要なのだろうか。

　アイデンティティの成立には、他者からの認定も不可欠である。さらに、それが作家という、他からの評価を鏡としなければ成り立たない職業である場合にはなおさらである。当時の男性作家には、「私どもは女性からは女性の真の声を聞きたいのです。何を苦しんでか女性から男子の仮声《こはいろ》を聞くを要せんや」（発言者の明記なし「曰く、気取るな」『新潮』一九〇八年五月）、「真の女の心持をあらはしたものは女で無ければ書けない」（田山花袋「女の心持」『女子文壇』一九〇九年三月）、「女性からは女性の声を聞きたい」（徳田（近松）秋江「当今の女流作家」『文章世界』一九一〇年一一月一五日）などの発言がある。生物学的な性と社会的な性の概念が未分化な先入観によるだけでなく、既存作家である男性を脅かさない別種のものと徴づけするためにも、文学界に新たに迎え入れる女性には、〈女ならでは〉であることが期待されていた。このようにぼんやりとした、それだけに無限に適用できる〈女らしさ〉が社会に共有されているとき、多様であることは女性性の欠如だとみなされ、期待される〈女性作家〉としては認知されない。作家として世に出ることはたいへん困難になる。「女作者」が女性作中人物の視点を中心化し、〈女ならでは〉とみえる化粧や性的体験にこだわるのは、こうした状況をふまえている。

「女作者」には、作中の女作者が白粉を刷くときの、あるいは着物を纏う際の皮膚感覚や、夫との官能のひらめきが書き入れられている。鏡の前で「自分の褄先の色の乱れを楽しむやうに鏡の前に行くとわざ〳〵裾をちらほらさせて眺め」たり、白粉が水で溶かれて刷かれるときに、「頬や小鼻のわきの白粉が脂肪《あぶら》にとけて」、「人知れず匂つてくるおしろいの香を味」わったりする。テーマだけではなく、表現としても、リアリズム小説における外界の描写や再現とは異なった、想像的なイメージや、時系列の混交などが多用される。

たとえば冒頭で女作者が眺めている空の描写では、「そんな時の空の色は何か一と色交《ま》ざつたやうな不透明なそこの透かない光りを持つてはゐるけれども、さも、冬と云ふ権威の前にすつかり赤裸になつてうずくまつてゐる大きな立木の不態《ぶざま》さを微笑してゐるやうに、やんはりと静に膨らんで晴れてゐる」というように、擬人法や比喩を頻繁に用いて、景色や物にも身体性を関連づける。またその光景に抽象的な好きな男の面影が空想されてくれば、「おのづと女作者の胸のなかには自分の好きな人に対するある感じがおしろい刷毛が皮膚にさわる様な柔らかな刺激でまつはつてくる。其の感じは丁度白絹に襲なつた青磁色の小口がほんのりと流れてゐるやうな、品の好いすつきりした古めかしい匂ひを含んだ好いた感じなのである」というように、化粧や衣装にまつわる語彙を用いて、ものごとの輪郭を画定し序列づけする視覚とは異なった、皮膚感覚や嗅覚などの感覚を強調する。

そして、作中での女作者と作家である夫の文芸観の相違に照らせば、こうした空想的な書き方も〈女性ならでは〉を強調するものである。光石亜由美が指摘するように、[6] 女作者の小説観は、夫が主張する自然主義的な執筆法、男性たちの「素朴な客観的リアリズムの方法」とは異なる。夫が女作者を侮辱するのは、「何だい。どれほどの物を今年になつて書いたんだ。(中略)そこいら中に書く事は転がつてゐらあ。生活の一角さへ書けばいゝんぢやないか、例へば隣りの家で兄弟喧嘩をして弟が家を横領して兄貴を入れないなんて事だつて直ぐ書ける」という理屈である。つまり、夫の書き方とは、現実の何かを模倣して紙上に写しだし、ストーリーが要約で語れるように、出来事の局面が時間の進行とともに推移する様子を書くことであり、女作者の方はそれを芸術とは認めていないのだ。

4.〈書きかえ〉という上演

このように田村俊子は、男性と一線を画す書き方ができたことによって、すでに述べたとおり、〈女性作家〉としての成功をつかみ得た。ただし、そもそも女作者に対立する友人が配されていたことからしても、官能や感覚を女性性だとする考え方に完全に同一化できない懐疑があり、それは俊子の小説に複雑な構造を刻み込むことになった。

というのは、官能やイメージ表現を多用し、いかにも〈女性らしい〉とみえる「女作者」という作品において、作中の女作者は作品を一行も書いていないのである。[7] 女作者は白粉をつけないと「不貞腐れた加減」になるといい、また「どうしても書かなければならないものが、どうしても書けない〳〵と云ふ焦《じ》れた日にも、この女作者はお粧《つく》りをしてゐる」。白粉をつければ、「だん〳〵と想が編まれてくる」のであり、白粉は書けないものを書けるようにする魔法である。ところが繰り返すが、そもそも冒頭に枠組みとして提示されているのは、「この頃はいくら白粉をつけても、何にも書く事が出てこない」ということである。「女作者」というテクストの〈女らしい〉表現がもっともスムーズに進行し、増殖しているのは、女作者がもっとも書かない時であるといえようか。つまり、白粉を塗るように書かれているのは、作中の女作者の作物ではなく、田村俊子によって書かれている「女作者」というテクストの方なのである。

　この、女作者と俊子とのことさらな二重化には、規範のとおりに書くことを拒否しながら書くという姿勢を見出せるであろう。一般的には、何かが描かれてあれば、それは書くことの拒否とは受け取られない。二重化された作為性による躓きが与えられなければ、女性主人公を描いた小説は、自然主義やリアリズムという土壌も相まって、女性の事実をそのまま写したものであり、その表現は女性作家の性質だと〈自然〉に受け取られてしまうだろう。「女作者」では、主人公の言動としても、表現としても、官能や感覚をそのまま女性作家の特質として差し出すことは留保されている。女性として自立するということは、他者が女性を認定するまなざしや、それを内面化した自身を意識し、それを上演しながらも、そのこと自体の是非がはらまれてしまうような、メタレベルの意識を含んだ行為にならざるを得ないのである。もちろん、小説を書くということは、書き手の性別が何であっても、自意識の二重化をはらむだろう。しかし、女性の書き手の場合には、周囲から課される規範のために、ほとんど常に、それが女性であることと不可分である。

田村俊子はそれでも、小説が一つの物語世界を提示すべきなら、それが成り立たなくても不思議ではないほど屈折し多重化した意識を、努力と技術をもってまとまった物語に仕上げた。また、たとえば二重構造によって女作者がテクスト外部の作者をも指し示すことが、田村俊子という作家像を押し出すパフォーマンスとしても機能したために、文学史上に評価を残せた。[8] ただし、これは稀有な例だといえ、誰でもがそのようにふるまえるわけではない。このように紡ぎだされる女性の小説は、崩壊の危機と隣り合わせであり、自己の探求とともに、いかにすれば文学的な評価を得られるかという試行錯誤を、その後の長きにわたって行うことになった。

本書は、予告したように、このような拒否しながら書く姿勢に注目し、何かを書きつけたい切望と、周囲との交渉がもっとも現れる場として〈書きかえ〉という行為を中心に据えながら、男／女をめぐる権力関係の発生の場を明らかにしようとするものである。書きかえは、自らの旧作をめぐって行われる場合もあるし、他者のテクストを取り入れて行われる場合も扱う。旧著『女が女を演じる――文学・欲望・消費』（新曜社、二〇〇八年）では、化粧や装いという現実における女性のふるまいを問題化し、表象による規範化を検証するために、文学のみならず、化粧品広告や演劇をめぐる言説をとりあげ、さらに男／女のジェンダーと異性愛／同性愛のセクシュアリティが画一的に結びあわされていく機構を、〈上演〉をキーワードとして分析した。日常生活において行われる〈上演〉という行為は、自らを顕在させるために既存のものをまねることで制度の補強にもなり、またその都度の逸脱によって制度を壊す行為でもある。本書ではすでに述べた目的から、むしろ領域を文学に限定し、〈上演〉という行為にもっとも近しい文学という媒体の特性と効果を明らかにすることに絞った。

5. 本書の構成

本書の構成について述べる。女性の書き手に多くの注目が集まるおよそ三つの時期に分けて論じていくが、その際、女性のテクストを、それぞれの時期の男性作家や批評家の思想内容と具体的に関係づけることも意識した。女性ジェンダーの問題は孤立してあるわけではなく、同時に男性が一方的に抑圧者であるわけでもないからである。第一章から第三章では、明治期末から大正期にかけて、〈新しい女〉の出現が注目された時期をとりあげ、小説が書き手自身に焦点化することによって、自己を律する規範が生じ、作品の完成や公表という成果になかなか近づき得ない事情を論じる。

第一章「〈女性〉を立ち上げる困難――『青鞜』における小説ジャンルの揺らぎ」は、女性だけの文学雑誌として有名な『青鞜』について、複数の書き手を横断的にとりあげる。婦人運動の先鋒というイメージとは裏腹に、〈小説〉というジャンルの内実が揺れ、書き方を確立しがたい経緯を、女性の立場の立ち上げに対する逡巡が引き起こす問題として検証する。

第二章「自然主義が消去した欲望――森田草平「煤烟」のマゾヒズム」は、平塚らいてうとの心中未遂事件を小説化した森田草平の『煤煙』が、夏目漱石など周辺のアドバイスによって書きかえられた経緯をとりあげ、男性の〈自然〉な欲望のあり方とその描出法が獲得された一方で、消去された別の欲望のあり方があったことを確認する。

第三章「大正教養派的〈個性〉とフェミニズム――田村俊子・鈴木悦の愛の陥穽」では、本章で扱った田村俊子の成功後を追う。夫との関係の悪化から新たに生じた鈴木悦との恋愛について、交換された書簡を分析し、大正教養派の〈個性〉を重視する論理が、恋愛における権力関係を補強し、かつ隠蔽するものとして機能したこと、俊子の書く行為が阻害されていく様相を論じる。

続く第四章から第六章では、関東大震災後、モダニズムとプロレタリア文学が華々しく競いあった時期について、文学の流通経路に乗れる虚構化の型がいかなるものであったかを検証し、書き手が作家になれるか作家未満で終わるかを分ける実践の具体相を分析する。

第四章「労働とロマンティシズムとモダン・ガール――『若草』の投稿者と林芙美子」では、昭和初期に一世を風靡したモダン・ガールのイメージ形成と、それを牽引した文芸雑誌『若草』の読者投稿を分析する。モダン・ガールのイメージとプロレタリア文学運動の接点を確認したうえで、男性投稿者／女性投稿者それぞれに異なる雑誌への包含と排除の様相を、作家の周辺で文学を支える制度の問題として分析する。さらに、林芙美子が文壇で認知される小説を書くまでの試行錯誤を、雑誌投稿者の文学ジャンルの使い分けとの関係で跡づける。

第五章「〈女性作家〉として生き延びる――林芙美子『放浪記』の変節」は、林芙美子『放浪記』の単行本の書きかえをとりあげる。詩人を志して都市の非熟練労働者として彷徨した生活を書いた『放浪記』だが、デビューを経て一躍有名になった際、芙美子は主人公の言動をけなげなものに変更し、また自伝を斥けて誰でもない一女性の物語に調整するなどの書きかえを行った。それらを、作家自身のイメージを環境に順応させるパフォーマンスとして検証する。加えて、戦時に〈報告〉文学の内実が変更された事態との関係において、芙美子評価の変転についても位置づける。

第六章「盗用がオリジナルを超えるということ──太宰治「女生徒」と川端康成の〈少女〉幻想」は、太宰治が読者女性の日記をもとに書きかえた「女生徒」を対象に、太宰が女性嫌悪の強化や、日記にはあった社会批判の消去を行い、川端康成の女性投稿への言及や指導と傾向を共有しながら、〈女性らしさ〉の規範形成を牽引し、女性の書き物の収奪を行っていることを検証する。

第七章から第九章では、戦争を経て、戦後大学卒の女性が〈才女〉と名づけられて注目されるころまでを扱い、異なる世代をまたいで、文学的キャリアをめぐる複数の状況を確認する。最後に、女性の書き手による文学的虚構が、社会のジェンダー構造に対していかなる変更を要求するのか、その可能性を評価する。

第七章「紫式部は作家ではない──国文学研究の乱世と文芸創作」は、マルクス主義の影響と国策への合流の間で揺れる一九三〇年代後半の〈国文学〉研究に目を転じる。〈鑑賞〉が研究であるかどうかが議論された、いわゆる鑑賞主義論争において、大衆の動員に関連して女性が〈国文学〉領域への参加を勧められながら、研究と文芸の接近とずれがキャリアの疎外として機能する様相を、源氏物語研究の雑誌『むらさき』での古典物語の書きかえなどに目配りして明らかにする。

第八章「戦後世界の見取り図を描く――野上彌生子『迷路』と田辺元の哲学」は、日中戦争における青年の抵抗を描いた野上彌生子『迷路』について、中国戦線の描写に画家・飯田善國の従軍ノートを取り入れて書きかえていることを調査し、東洋と西洋の文化、またマルクス主義と宗教を架橋する構造化の様相を分析する。さらに、彌生子と哲学者・田辺元は晩年に親交があったが、戦中のエリート学生の国家観に影響を与えた田辺の絶対弁証法という思考をとりあげ、『迷路』との共通点を見出すとともに、女性の立場からの別の思考を提示していることを論じる。

第九章「〈女性作家〉という虚構――倉橋由美子『暗い旅』盗作疑惑の周辺」では、一九五〇年代前後の女性作家に向けられた男性による批評を、事実性と虚構という観点から概観し、女性を評価から排除してきたレトリックを確認する。次いで、同様の批評状況に迎えられて出発した倉橋由美子が、『暗い旅』において女性の書き手と女性ジェンダーを切り離すためにどのような操作を行っているか、剽窃を指摘した江藤淳らとの論争でたどる。

こうした経緯を経て、女性のテクストに畳み込まれた複雑さが、どのように整理されるのか、また女性作家が状況とどのように切り結ぶのか、その可能性をみていきたい。

第一章　〈女性〉を立ち上げる困難
――『青鞜』における小説ジャンルの揺らぎ

1．評価の低い『青鞜』

日本における最初の女性だけによる雑誌『青鞜』（一九一一年九月～一九一六年二月）は、女性の覚醒を謳い、貞操や堕胎についての有名な論争をはじめ、さまざまな女性の問題に先駆的な提言を与えてきたことで評価が高い。しかし、その評価の高さに比して、当初文学雑誌としてスタートした『青鞜』の文学的評価は、めざましいものとはいえない。実際、小説を読んでみても、プロットや時制の混乱などがあり、著名な文学作品を基準にすれば、素人といえるようなものも並ぶ。むろん、文学雑誌としての出発は、当時女性が政治的な活動を禁じられていたことによる手段でもある。その後も文壇に認められる作家が『青鞜』から出ていないことは、『青鞜』から生じた動きが具体的な政治に活動の場を広げて行ったことに比べれば、嘆くことではないのかもしれない。文学研究の領域に限れば、本格的な『青鞜』研究がまとまったのも、意外にも近年で、新・フェミニズム批評の会の研究を待たなければならなかったが[1]、一九九〇年代は、文学研究に政治性への敏感さが問われた時期である。創作や評論の内容に関して、フェミニズムの達成度を測るような研究も多く現れた。しかし、文学とは、政治的実現の手段でしかなかったのであろうか。『青鞜』の書き手たちは、文学を得てようやく、おさまらない何かを形にしていったのではなかったろうか。

たとえば、前述の新・フェミニズム批評の会編『『青鞜』を読む』は、思想史としてだけではなく、文学からメディア状況までを詳細に論じ、この功績自体は現在も大きいが、文学を扱った第Ⅰ部は、小説、詩、短歌、戯曲、といった、ジャンルごとの論になっている。だが、そうした分析が可能なのは、ジャンルが明確に確定している場合であろう。私が疑問を持つのは、『青鞜』のジャンルは流動的で、〈小説〉が何を指すかも揺れていると考えるからである[2]。そして、文学の領域においても、男性に対して後発の出発をした女性たちにとって、どのジャンルに足場を据えるか自体が、大きな問題であった。本章は、あえて内容ではなく、小説とその周辺ジャンルの形式を横断的に扱い、ジャンル認識の揺れや叙法の推移を検討することで、『青鞜』における表現の特質を考えようとするものである。それは、〈小説〉というジャンルがどのように生じるのかを問うことにもなり、主流の文学場における評価のルートに乗れないのは、その苦闘の独自さゆえであることが明らかになるだろう[3]。

本章での引用は、特に断らない場合は『青鞜』からの引用とする。カッコ内には、目次に記されたジャンルと、掲載された年・月を示した。右に述べた目的のため、さほど知られていない執筆者も多く登場するが、彼女たちについての解説は先行研究[4]に譲ることにする。

2. 小説における女性の視点

まず、『青鞜』本欄のジャンルには、小説、詩、短歌、俳句、戯曲、日記、感想、翻訳などがあるが、毎号すべての欄が設置されているわけではない。目次で、タイトルの下にジャンルが示されるのみである。したがって、どのジャンルに分類されているかは、その時々の編集担当者の裁量による部分も大きいといえる。

創刊一年目から二年目では、「小説」が多く見受けられる。ここでの小説の内実とは、作中人物の虚構度の高い物語であり、もしくは、作者自身の体験をもとに描いていると判断できるものでも、その人物が三人称で描写され、男性登場人物にも内的焦点化される傾向がある。前者の例として、木内錠《てい》があげられる。木内は、「夕化粧」（小説、一九一一年一一月）、「さすらひ」（小説、一九一二年一月）、「他人の子」（小説、一九一二年二月）、「老師」（一九一二年九月。この号では韻文にのみジャンルを記載している）と書きついでいるが、相互の関連はなく、それぞれ異なった作中人物や環境を設定している。

後者としては、たとえば岩野清の「枯草」（小説、一九一二年二月）や「暗闘」（小説、一九一二年四月）、小笠原さだ「客」（小説、一九一二年六月）などがあげられる。「枯草」は小夜子を主人公とし、妻だけが家事の煩わしさを負わなければならない苦痛を描いたもの、「暗闘」は、君子を主人公とし、夫が以前に付き合っていた女性との悶着を描いたものである。いずれも、作者自身の体験を描いているのかどうかは、文章からは判断できず、調査された岩野清の伝記的事実や、夫・岩野泡鳴の書いた私小説と照らし合わせることで、わかるのみである。描き方も、たとえば「暗闘」では、主人公の君子の心内だけでなく、夫の前の女であるお鳥や、夫の胸中が語られるため、互いに相対化されている。女性は、先行する小説の手本として、男性が執筆したものから学ぶ機会が多く、また、女性の望ましい性質として他者への気遣いが求められていたことを考え合わせると、初期の小説が男性作中人物にも配慮したものであるのは当然といえる。先行研究が述べるように、女性が自分自身のことを書くということが、なかなか達成しがたい困難な行為だったのである。

このような書き方に全体的な変化がみえるのは、三年目以降といってよいであろう。三人称の小説ではあっても、女性主人公に焦点化したものが多くなってくる。たとえば岩野清「占い」（小説、一九一三年九月）や林千歳「待ち侘び」（小説、一九一四年一〇月）は、やはり状況的に作者自身の体験を書いたものと判断でき、作者自身と思しき主人公に焦点化する傾向が顕著である。また上野葉「女房始め」（小説、一九一五年一月）は、照子という主人公を据え、処女性尊重のための別居結婚を経て、ようやく夫と同居をはじめた際の新しい体験を描いたものである。三人称ではあるが、語り手は照子の心中の思惟を直接写すのみで、語り手独自の描写や、照子以外の人物への言及がきわめて少なく、語り手が照子自身であるかのような印象を与える。上野は、それまで結婚に関する評論などを書いており、「女房始め」も、主語の照子を「私」に書きかえれば、そのまま上野の文章として通用するような叙法だといえる。

特に上野の作品などは、小説の技法としては不出来と評価されるかもしれない。だが、岩野清は、「思つてゐる事」（感想、一九一四年五月）で、「私はどうかして自分を傍観する批判する冷たいさめた心をねむらして、一度でもいゝ、一刹那でも好い、本当に自分を開放してみたい」と述べている。これは近代的な自意識一般の苦悩ともみえる一方、女性という立場の確立をめぐる困難でもあろう。思索とは、自分をメタレベルから観照・批判することであり、それはさまざまな係累や、別の立場への配慮となって、直接的な行動を躊躇させることもある。まして、近代的な小説を書くとなれば、自分をモデルに作中人物を設定しても、作品全体を見渡す語り手を設けた場合、女性の立場は相対化されざるを得ない。そうしたなかで、どれだけ女性の主張を強く押し出せるか、フェミニズムと小説の折り合う地点が模索されているのである。

注意すべきは、これらの動きは、小説のなかだけで起こるわけではなく、他のジャンルとの往還のなかで起こっていることである。岩野清や上野葉をとってみても、小説だけ書いているという同人は少ない。また仮に、単一のジャンルしか書かない書き手でも、『青鞜』の読者であることは確かであり、その影響を無視はできないだろう。

『青鞜』では、三年目ごろから、男性への目覚めを促し、外部と対立的に自らの立場を述べる感想・批評が増加している。〈新しい女〉の動向について、遊廓への登楼や飲酒、自由な恋愛など、現象的な面だけが新聞や雑誌でおもしろおかしくとりあげられたこともあり、外部の偏見と誤解に対して、自分たちの意図を明らかにしなければならなくなったのである。また、伊藤野枝が「此の頃の感想」（ジャンル分けなし、一九一三年二月）で、「私は種々な点で考へて女に自覚を促すと共に男の真面目な自覚を要求したい。或は女に先だつて自覚して欲しい」と述べたように、女性が抑圧される問題は、女性というよりは、男性が考え方を改めることでこそ解決されるからでもある。これらの主張は、むろん一人称で行われている。個々の批判の内容にはここではふれないが、相手を名指して批判が行われるのが特徴である。

主要なメンバーのものだけをあげても、平塚らいてうは「編輯室より」（一九一三年三月）で山路愛山への反論を行い、同じくらいてうの「森田草平氏に」（この号ジャンル分けなし、一九一四年八月）は、田村俊子の小説への批評をめぐり、相互の応酬に発展したものである。岩野清には「嘉悦孝女史に」（編輯室より、一九一四年一月）があり、伊藤野枝は「武者小路氏に」（編輯室より、一九一四年一月）をはじめ、「読んだものから」（最近の感想、一九一四年六月）という中沢臨川への批判、「下田次郎氏に」（感想、一九一四年七月）、「下田歌子女史へ」（評論、一九一四年一〇月）、「松本悟郎氏に答ふ」（ジャンル分けなし、一九一四年一一月）と立て続けに強い口調の批判を発表している。男性の作家や批評家だけでなく、女性も名指されているが、いずれも良妻賢母的な主張、あるいは従来の貞淑な女性像をよしとするイデオローグである。これらの外部との区別・対立をとおしてこそ、『青鞜』の〈内部〉は、実体的に存在しはじめたのだといえる。

さきほど説明したように、小説において、女性の作中人物にのみ焦点化する書き方が登場するのは、こうした動向と歩調を合わせたものである。

3. 自己語りの形成と小説からの離脱

そうだとすれば、自分自身の体験を一人称で書いたものが出現するのも不思議ではない。ここで扱うのは、状況や出来事に際しての心情の全体像を、結論や論理的整合性にはこだわらずに書いたものである。

たとえば、平塚らいてうの「一年間」（ジャンル分けなし、一九一三年二月）は、一人称で、同性愛的な関係を持ったことでよく知られた、尾竹紅吉（富本一枝）との交流の経緯について書いたものである。伊藤野枝の「動揺」（ジャンル分けなし、一九一三年八月）は、すでに辻潤と同棲し、彼の子どもを身ごもっていた野枝が、それと知らずに思いを寄せてきた木村壮太との間に板挟みになった恋愛事件の顚末を書いたものである。

自分の体験を一人称で書くことは自明に思われるが、自分のことを書くという題材の問題と、一人称で書くという叙法の問題は、必ずしも原理的に一致するわけではない。『青鞜』では、さきほど述べたように、これまでは自分の体験でも、三人称の小説で書かれていたのである。彼女たちは、題材と叙法を〈一致〉させることで、自身に対する反省的な観照を一掃し、主張自体に没入する強い態度を創り出していったのだといえる。創刊号に、与謝野晶子が「一人称にてのみ物書かばや。／われは女《をなご》ぞ。／一人称にてのみ物書かばや。／われは。われは。」（「そぞろごと」）と書いたことは有名だが、実際に一人称の散文が登場するまでには、思った以上に長い時間がかかっているのである。

従って、一人称といっても、過去の出来事を叙述する際の遠近法的なパースペクティヴも取られない。通常は、語る〈現在の私〉は、語られる〈過去の私〉よりも多くの経験や情報を有しており、現在から過去に何らかの意味づけがなされるが、「一年間」にしても、「動揺」にしても、過去の時点はいくつか存在するが、それぞれの時点の感情が並列して存在し、現在からの統一的な把握はない。[5] いずれも、感情の整理が完了しない時期に書かれているからでもあるが、この混乱を語りの側面からみるならば、現在と過去を序列づけることで生じる批評的な態度を排除する、という様子が見出されるであろう。

しかも、特徴的なことは、そうした形式の採用者が、自らの書くものを〈小説ではない〉と定義していることである。らいてう「一年間」では、次のように述べられている。

> これは小説ではありません。小説だとは決して思つては居りません。（中略）私自身は小説を書かうと云ふやうな意志があつて筆を執つてゐるのぢやないと云ふことを申して置きたいのです。

野枝「動揺」でも「これは小説では御座いません。単なる事実の報告として見て頂けばよろしいのです」という一文があった。加藤籌《かず》「或る日」（小説、一九一三年九月）は、「藤子は」というような三人称で、子どもの死の体験を描いているが、結末で、「これが小説と申されますか何うか、私はそれは何うでも宜しいのです。ありやうを申せば或る日の出来事を有りのまゝに書いたといふだけで」と、自分の体験であると注釈している。

わざわざ小説ではない、と名乗るのは、書いたものが、それまで小説と呼ばれていたものに似ているからに他ならない。ここに至るまで、小説であるかないかは、事実の有無というよりも、評論は、読み手をほぼ確定し、証拠をあげて論証過程をたどり結論に至るもの、小説は、情景や心情に重きを置き、語りの介在によって時間が作りだされるもの、と区別されていた。ここで小説ではないと宣言することは、予想されるとおり、一つには、小説を改めて虚構的ジャンルだと位置づけ、その否定によって事実の重さを周囲に突きつける、ジャンルの境界の引きなおしを意味する。ただし、彼女たちは、単に小説以外を名乗るのであって、他のどのジャンルだと具体的に明言するわけではない。事実を書くわけだが、その際、回想や、出来事の起こった順番にこだわらない語りなどが、論理的要請とも異なる自由さで使われ、単線的な出来事の継起に収斂しないことが許容されているのである。これは、書きながら気持ちが揺れること自体を書きつけたいからで、客観的事実というよりは、書く本人にとって真であることの重視だということもできよう。

もうひとつ、ジャンルの境界の引きなおしは、すでに男性作家について、自分の実体験の告白が自然主義の導入によって小説として認知されている状況をみるならば、結果的に、男性作家に対立する領域の選択にもなっているだろう。というのは、文学のなかで、詩や和歌などではなく、小説がもっとも支配的なジャンルになっていた当時、女性の書き手たちは、男性の作家や教育家から文筆を奨励されながらも、女性には和歌が適している、随筆が適している、など、人ごとに異なるジャンル、要するに〈小説以外〉を勧められていた。これらは、男性たちが、女性の書き手が自分たちの占有する領域に侵入してくるのを嫌がり、周縁的な領域に無意識に誘導したものであろう。[6]『青鞜』の書き手たちが小説を否定することは、いわば周縁的な位置を自ら選択することに他ならない。それは、二流の書き手であるという男性側の定義に甘んじるようにもみえるが、対抗的な立場の立ち上げとして大きな意義をもつものでもある。彼女たち自身が、どの程度意識的であったかはわからないが、対抗的なジャンル選択が、〈女性〉という別の立場の構築に大きな役割を果たしているのである。

以上のような動きを受けて、作者自身の体験に取材するだけではなく、それが作者自身のことだとわかるような人称や叙法で書くという規範が、『青鞜』全体を覆いはじめる。

主要メンバーのなかで、ペンネーム使用についての批判が起こるのも、これとの関係で説明できるだろう。たとえば、岩野清は、「目黒から」（ジャンル分けなし、一九一三年二月）で、平塚らいてうに「明子様」と呼びかけ、「らいてう」という「号」の使用を快く思っていないことを批判的に述べている。そのらいてうは、岡田八千代が、今後は自分は書かず、代わりに伊達虫子という人を紹介すると宣言した際（「編輯室より」一九一四年四月）、「名をかへて文壇に出直しをされた氏の今回のやり口や態度にはあまりいゝ心持は有つてゐない」と非難した（らいてう「読んだものの評と最近雑感」一九一四年五月）。つまり、号やペンネーム、変名は、実体としての作者ではなく、装われた虚像と捉えられ、場合によっては誰が書き手なのかの同定を阻害する。この時期の『青鞜』においては、書かれたテクストにおける主体は、生身の作者主体が引き受けなくてはならなかったのである。

同時に、特に書簡ではない感想や批評で、宛先を限定したものも現れてくる。この場合の宛先は、先ほどのような論駁の相手ではなく、仲間内の第三者である。岩野清「目黒から」（ジャンル分けなし、一九一三年二月）が「明子様」（平塚らいてう）と書きだされ、伊藤野枝「染井より」（ジャンル分けなし、一九一三年七月）は「R様」（らいてう）、岩野清「北の郊外より」（ジャンル分けなし、一九一三年八月）は「I様」（伊藤野枝）、小林哥津「「牡丹刷毛」を読んで」（ジャンル分けなし、一九一四年一〇月）は「らいてう様」、平塚らいてう「御宿より」（手紙、一九一四年一一月）は「野枝さん」など、枚挙にいとまがない。

これらは、テクストの主体と生身の作者の直結を背景に、読み手を限定することにより、誤読を避け、さらには内部意識を高める効果があったと考えられる。平塚らいてうは、この頃、「私はいつか自分の書いたもの丶、自分の思想の社会的効果を気にするものとなつてゐた」（「婦人の生活を重じ《ママ》ない社会」最近の感想、一九一四年六月）と書いている。すでに述べたように、『青鞜』での言説は新聞や大きな雑誌で非難を浴びるようになっており、もはや仲間内で通じる感性とだけでは済まされない状況があった。そうした場合、『青鞜』という雑誌を買う人、読む人を指名したり制限することはできないが、文脈を共有する人に向けた主張であると示すことで、外部からの予期しない応答に、ある程度の牽制をすることができるであろう。

しかしながら、だからこそ、これらは必ずしも私信ではない。編集後記なら作品の裏話が書かれるが、それとはビジュアル的にも区別された本欄であり、『青鞜』という雑誌の公的言説として機能していたと考えられる。宛名は、イニシャル表記になっているものでも、『青鞜』を連続して読んでいる読者なら、誰でも指示対象がわかるような人物である。[7] が、同時に、その宛先は特定の人になっているが、志を同じくするなら誰でもよい、といった類のものでもある。本当に宛先の人にだけ読んでもらえばいいような文書であれば、手紙を出せば済む。これらは、実際の顔見知りでなくても、私信をやりとりする関係のように、親しく仲間として呼び込むものなのである。

このような動きは、一方向的な発達段階として実現するわけではなく、漸進的なものだが、これらの規範をもっともよく内面化した同人に、伊藤野枝がいる。前述の「動揺」の後、野枝が発表したものは「わがまま」（小説、一九一三年一二月）と「出奔」（小説、一九一四年二月）が、登志子を主人公とした三人称小説で、次に手紙形式の「従妹に」（手紙、一九一四年三月）、「惑ひ」（小説、一九一四年四月）、「S先生に」（手紙、一九一四年六月）、一人称小説の「遺書の一部より」（小説、一九一四年一〇月）と続く。小説と手紙の往還、三人称と一人称の往還であることが目を引く。三人称小説は野枝自身の、押しつけられた結婚を厭って上京した伝記的事実を描いたものであり、「従妹に」「S先生に」などの手紙は、そこに至る自身の生き方の弁明であることから、形式として小説の拒否であるとともに、世間から非難を受けるであろう主張の宛先を限定したものである。野枝が『青鞜』の代表者であるのは、主張の内容だけでなく、このような形式の面もふまえたうえでいえることである。

4. 事実重視が招く虚構

ところが、五年目ころから、こうしたコミュニケーションの様子に変化が現れる。イニシャル表記は、すでに述べてきたように、宛先の限定に使用されていた。しかしながら、そこでイニシャルで呼ばれているのは、『青鞜』同人の有名人であり、誰かをすぐに特定できるものであった。五年目以降で顕著なのは、イニシャルの指示対象を推測できず、それらは呼びかけとして使われているわけでもない、ということである。

たとえば、里見マツノ「雑記帳より」（ジャンル分けなし、一九一五年一月）の一部で、年下の青年と女性二人の散歩の描写にイニシャルが使用されている。有田勢伊「AとK子」（小説、一九一五年三月）は、許嫁のAとK子の、貞操に関する男女の考え方の違いが綴られている。三人称ではあるが、台詞のない、特異な文体である。

また、浜野雪「真実の心より」（小説、一九一五年七月）では、「私」がIと思い合うが、Iには同棲している女性がおり、自分には別れた夫と子どもがいる。「私」は、複雑な関係から、Iにも素直になれない日々が続き、遂に友人として生きる決心をするが、最後まで自分の卑怯さを考えずにはいられない、というストーリーである。千原代志「処女作」（小説、一九一五年四月〜七月）は、「Yさん」が妻ある牧師に思いを寄せられ、牧師は妻と離婚して新しい生活まで考えるが、「Yさん」は恋への懐疑から関係を断ってしまう。この「Yさん」だけは、千原代志と類推もできるが、他の登場人物たちのイニシャルは、誰かはわからない。

『青鞜』では、主に財政難に対応するため、補助団制度を新たに作るといった方策があり（一九一三年一〇月）、この補助団員は、作品が数回雑誌に載ったところで社員になれるというように差が設けられていたものの、発足メンバーとは異なる新たな参加者の増加につながった。また、編集が平塚らいてうから伊藤野枝に交代したことで（一九一五年一月）、メンバーを階層化していた社員制度が撤廃され、新たなメンバーも作品を投稿しやすい状態になった。五年目以降には、こうした新しいメンバーのテクストが増えてくるが、イニシャルの指示対象を特定できないのは、発足メンバーの日常が編集後記などでうかがい知れたのと異なり、これらの新しいメンバーそれぞれの動向が読者に知られる回路がないからである。イニシャルはもはや、書き手にとっては生身の人間であっても、読み手にとって書き手その人に結びつくわけではない。だが、このようなイニシャルの機能の変化は、書き方の規範に大きな変動があったからではなく、ここまでの規範が推し進められた結果の変化なのではないかということができる。

というのは、次にあげた柴田かよ「美濃より」（ジャンル分けなし、一九一三年九月）をみると、『青鞜』に「真実」を書こうとするほど、書きにくい、という状況があるからである。

私は今でも自己の作品に対しては歌一つ小品一つにでも真実の描写とゆふ事に重きを置いて居ります、（中略）目に遮ぎるものは女の自由を否定し束縛する濃い濃い空気と、無理な無定見な俗衆の群とで御座います。（中略）私の今の境遇はそれを形に現す事を絶対に許さぬので御座います。

これは、『青鞜』への寄稿を依頼された柴田が、創作を送るのではなく、代わりに書けない理由を寄稿したものである。柴田は、自分が『青鞜』に書くことで、旧弊な周囲からバッシングされることを恐れているから、ここでの「真実」は、自分にとっての事実の観察や正直な気持ちということであろう。自分自身の体験をそれとわかるように書く、という規範は、より強く内面化されている。だからこそ、『青鞜』に書いたことが周囲に知れた場合、誤解と悪罵に取りまかれ、穏便にやり過ごしている日常を危機にさらすことになるのである。確かに、先ほど述べた「真実の心より」や「処女作」に描かれている関係性は、当時として外聞のよいものではないだろう。

つまり、この時期のイニシャル表記とは、嘘をつかない範囲で、書いた人やかかわる相手を朧化するという別の目的で使われたものなのである。発足メンバーのなかでは批判の対象であったペンネームが復活しているのも、これと関係するであろう。明かな雅語を組み合わせた「山の井みね子」や、〈名無し〉を意味する「奈々子」（長谷川時雨のことである）、また、さきほどの千原代志の連載が、途中で「さくら子」の署名に変わっている例などがある。伊藤野枝も、事実を書くことを優先し、遂には匿名を許容することになるのは、こうした事情をふまえたものである（「編輯室より」一九一五年六月）。

　これから毎号諸姉の日記、或ひは、小品だとが《ママ》感想の断片と云つたやうなものに誌上をさきたいと思ひます。（中略）これは小説やその他のものとはちがつてありのまゝの心持を書きさへすればよろしいのですから少しも面倒な事などはないと思ひます。（中略）おさしつかへの方は匿名でもかまひません。

そう考えれば、一人称で書くことに、この時期にバリエーションが加わることも理解できる。中心部分は一人称だが、その前後に水準を異にする語りが、額縁のように加えられている例を多くみることができるのである。

たとえば、山田邦子「冬の終り」（小説、一九一五年三月）は、一人称で、キリスト教に真実の神を求めようとしながら、懐疑や死の恐怖に苦しみ、ついに一条の光を見出す思索的経緯を描いたものだが、タイトルの脇に「N・Cと呼ぶ婦人より聞きたるまゝ」という注記がある。菅原初「旬日の友」（小説、一九一五年三月）は、冒頭、Pの友人を名乗る「私」によって語りだされながら、途中で「再現に便利のため、之からPのことを「私」として話してゆきます」と語りが切替わり、「私」（＝P）とKとの女性同性愛的な関係が語られてゆく。当時として刺激的な女性同性愛の話題であることを考えると、冒頭に別の語り手が設定されるのは、同性愛の当事者である「私」を他の人物に託し、作者本人の体験ではないと示しているようでもある。岡田八千代「初恋のなりゆき」（小説、一九一五年九月〜一九一六年二月）では、「私」が、タイトルどおり初恋の顚末を語るのだが、本文の前に、「「初恋と云ふものは（中略）まア聞いて下さいまし。」／女はかうした長い前置をしてから、静かに次のやうな話しをしだした」という大変長い序が添えられている。長谷川時雨「薄ずみいろ」（小説、一九一五年九月〜一九一六年一月）では、前書きは通常より小さい活字で四ページにもわたる長文である。いずれも、事実であるゆえの朧化か、もしくは事実らしく装うための工夫で、後者だとすれば、それほど事実性重視の規範が強いことになろう。

5. 小説の再登場と〈新しい女〉へのためらい

しかし、今述べたような二種類の推測ができてしまうということは、それが作者自身の体験であるのかどうかは、すでに文面からは判断できない、ということでもある。そのことと関係があるかと思われるのは、ここでのもう一つの変化として、これらの大部分が「小説」とされていることである。『青鞜』のジャンル分けが、投稿者の希望によるものであるのか、その時々の編集担当者の判断であるのか、明確なところはわからない。だが、らいてうや野枝の、これは小説ではない、という宣言に対して、別のことが起こっていることは確かである。

実は同時に、三人称で書かれたものが再び増加している。たとえば山の井みね子「淋しき心」（ジャンル分けなし、一九一五年四月）は三人称である。そして、これは、川田よし「女友達」（感想、一九一五年三月）と登場人物が重複し、しかも「女友達」が事実を意味する「感想」に分類されていることから、山の井と川田が直接の知り合いで、自分たちの体験を書いたものであると推測される。つまり、自分の体験を書いた三人称なのである。特徴的なのは、山の井の「淋しき心」は、「女友達」で批判された人物の側からの反論として構想されながら、反論を書いたはずの手紙は相手に出されぬまま、反論が完遂しないことであろう。[8] また、奈々子（長谷川時雨）「石のをんな」（小説、一九一五年五月）は、奈々子が、ともに子どもを持たない女友達に手紙を書こうとして、子どもに対する考え方の違いなどに思いをめぐらす様子が三人称で描かれたものである。やはり手紙の完成が目的とはなっておらず、次のような部分がある。

それでも奈々子は心の底でかう思つた。今書きかけようとしてゐる手紙を、友達に見せなくつてもよいし、それよりかも書きかけてゐて馬鹿々々しくなつたら、止めてしまつてもよい。（中略）社会の人の為になることでも、婦人問題とかなんとかいふような有益なことでもないのは知れてゐる。

ここでの仮説は、三人称の再登場と、書き手を明らかにした一人称での強い主張や行動への逡巡の表明は、セットになっているのではないか、というものである。「淋しき心」でも、「石のをんな」でも、手紙の形式ではあるが、一人称による主張を、誰かに投げかけようとする。その主張の内容を読者にも伝えたいのであれば、一人称の部分だけで事足りるわけである。三人称とは、主張を完遂できない、という状況自体を描写するための装置なのである。そして、自信がないのは、「石のをんな」の引用にみられるように、これが〈婦人問題〉ではないのではないかという疑いがあるからである。

翻ってみれば、さきほど「冬の終り」以下、中心部分は一人称で、他の人物による額縁が付加されている例をみてきたが、これらは一人称という形式をとりながら、中心となる事件との距離をとっている点では、今説明している三人称形式に近いものだということができる。作者の体験した事実を作者のことだとわかるように書く、という規範は、くずれかけている。額縁部分が肥大化している例もみたとおりであり、心情的にも、その中心人物への距離によって、主張への没入というよりは、それへの逡巡があるとみることは妥当だからである。したがって、事実かどうかではなく、一人称の複層化や三人称といった、なんらかの叙法の特徴を持ったものが「小説」に分類されるという、それ自体としては自明のことが行われているわけであるが、『青鞜』の内部でみれば、これは新たな切り分けである。

これらのテクストが、思想内容としては、〈婦人問題〉に合流するものではないとの認識を示しているのは「石のをんな」で確認した。次にあげる「薄ずみいろ」（小説、一九一五年一〇月〜一九一六年一月）も、自らに「古い」という語を使い、〈新しい女〉との距離を明示している。

私はこんなものをかいておいて、誰に見ていただからといふあてもありません。（中略）今時こんな古い思想をもつたり、こんなみじめな自分といふもの丶ない暮しかたがあるものかと思はれるかもしれません。（中略）わたしはどうしてこんな風に思ふようになつたか、ちつとも熱しないで、ありきたりにかうなつていつた私の心持ちを回顧つて見ませう。

あるいは、次の佐藤欽子「白刃の跡」（小説、一九一五年一〇月）は、誰も自分をわからないと共有を拒否すらする。

自分には親もある、兄弟もある、彼れ等は自分を親切にしてくれる、労はつてくれる、然し彼れ等の中に誰れ一人として自分の此苦悩と苦悶と悲痛を共になめてくれ、徹底的に同感同情してくれる者はない。（中略）では果して真実自分一人で生き様とする強盛な明確な自意識が彼女にあつたのであろうか。それは彼女自身にも疑問であつた。（中略）何時ころからなつたものか、彼女は知らなかつた。

これとても、「明確な自意識」とは、発足メンバーがしきりに鼓舞した〈新しい女〉の条件である。五年目以降の共通する態度は、それとはっきりいわないが、らいてう等、女性を代表する者たちへの差異に基づいている。(9) だが、主張することに対する逡巡だから、このなかに別の傾向を言い当てることもできず、理解者がいないという認識なのだから、対抗的グループを立ち上げることもない。その意味で、反動に居直るものでこそないが、フェミニズムの到達点を主張という尺度によって評価するなら評価しにくい、というような現象なのである。しかし、そのこと自体が、『青鞜』的文体とでも呼べるような、ある傾向を示してはいるのである。

6．書き続けることで共有される場

それでは、これらは何のために書かれているのであろうか。これらのテクストは、一人称の主張それ自体を理解してほしいというわけではない。にもかかわらず、書き、書くだけではなく、発表することをやめない。その場合、読んでほしいのは、今まさに書こうとしている状況それ自体、いわば自己に向かう真摯な態度ではないのか。書く際の規範は、事実そのままを写すという基準から、自己に向かう真摯な態度に移行している。「真実」という言葉が好んで使われるのも、客観的な〈事実〉や普遍的な〈真理〉と言い切れない、自己の態度だからである。ここには、主張内容を同じくする味方を得られなくとも、あるいはそれゆえに、他者と集う場を求める切実さがある。

また、〈習作〉などと銘打ったものが増加するのも、完成作や自信作として内容を重視するのではなく、〈書きつつある〉という、真摯な態度と、主張の保留を重視しているからと考えられる。牧野君江「習作」（小説、一九一四年一二月）は、人間嫌いで病気がちな主人公の思索を描き、「習作」というタイトルで、補足的に〈書きつつある〉状況を示したものである。また、千原代志「処女作」（小説、一九一五年四月〜七月）は、すでに「愛する師へ」（小説、一九一五年三月）を先に発表しており、実質的な処女作ではない。「愛する師へ」は小説と分類されているが書簡体であるので、本人の意向に反していたとも考えられるが、「処女作」で改めて〈書きつつある〉という態度を示したものだといえよう。

そして、問題が態度であれば、結論や結末が不要である。五年目ごろでは、長編化の傾向も顕著で、しかも事件を閉じる結末が訪れないのである。先ほどの奈々子「薄ずみいろ」は連載四回、岡田八千代「初恋のなりゆき」（小説、一九一五年九月〜一九一六年二月）は六回の連載、千原代志「処女作」

は、連載回数は四回だが、全体で一二〇ページほどになり、『青鞜』のなかでは群を抜いて長い。ところが、読みたどっていくと、「薄ずみいろ」は、「わたしの心持ちを書きたいのは、これからの事なのですが、また折があつたらにしませう、どうやら書いてゐるのが人目についたようですから」（一九一六年一月）と言い訳らしき一文で唐突に終わってしまう。

「処女作」も、一九一五年七月号末尾に「続く」とあるまま中断している。いずれも、本文に付加された前書き部分では、自分がなぜこんな女性になったか、あるいは、どうしてこんな事件になったかを振り返ると前置きしているが、結末でも、結果にあたる部分までたどりつかず、回想する現在にも戻ってこない。回顧が、現在と過去の因果関係の説明に向かわず、現前している過去の出来事の、結末のみえない進行に沈潜してしまうようにみえる。あたかも結末が開かれているかのようにである。

これらは、かなり強固な『青鞜』文体とでもいうべきものを形成している。だが、これらのテクスト群を、どのように評価できるだろうか。五年目以降の書き手たちが持っている、女性がすべて同じではないという認識は、現在のフェミニズムのレベルからすれば深化だが、その個別化や孤立が、集団として何か政治的な成果を得ることは当時にあっては困難である。『青鞜』は、そこまで持ちこたえられずに終刊を迎えてしまうが、『青鞜』という雑誌や集団自体に問題があったわけではない。個別性が〈個性〉と捉えられる場合の問題点については、第三章で別の角度から再度とりあげる。

一方の文学の領域においては、自身の経験の虚構化と、その際の自意識の多層化は、小説の根本的な条件には違いない。事実、男性の作家たちにとって、自分のことを書くことはすでに自然主義によって認知されつつあり、明治四十年代の芸術と実行論争以来、その題材と観照的態度の関係は、さまざまに議論されている。本章で雑誌という場に限定して分析したことでみえてきたのは、教育も情報へのアクセスしやすさについても男性たちとは差のある状況に置かれた彼女たちが、かなり独自の経緯で類似の問題についての実践を深めていることであり、その才気と努力は評価すべきだろう。ただし、序章でみたように、男性評者たちが思う〈女性ならでは〉のイメージに合致しなければ、〈女性作家〉として認知はされない。まして、ストーリーを完遂させない中絶や、出来事の再生より目を引いてしまう新奇な文体は、小説としての評価の対象にすらされない。

たとえば、やはり結末を迎えられない千原代志「処女作」の場合、妻ある牧師がロマンチックな感情を「Yさん」に持ち、逃避行に発展するかという事件が描かれる。非人称の語り手の小説としては、「Yさん」という敬称のついた呼び方は特異であり、「処女作」というタイトルは作者自身への参照を示すため、作者が自身を皮肉に眺めて書いたものということになろう。物語内容の時点での「Yさん」は、牧師の恋情に対して醒めた意識でかかわりはじめ、それは語りの冒頭で、「無知頑瞑な人達がよつて集つて、徒に頭を悩めたり、つまらない小刀細工を試みたりして、騒ぎを大きくした事が慊らなかつた」と、事件が終わった時点からも冷静に経緯を振り返ろうとするのと対応している。

だが一方、牧師とのやりとりが進んでいくと「Yさん」は、牧師のいう「運命の不可抗力」に同調し、抜き差しならない関係にはまってゆく矛盾もある。小説に結末がつかないのは、この二つの立場のいずれかに統一できないからであり、書きながらもなお変わってしまうこと自体が差し出されているといえるが、感情への没入がみられるのが、「Yさん」が轟然と走る汽車にダヌンチオの『死の勝利』を連想するシーンであるのは示唆的である。というのは、『死の勝利』は、次章で扱う森田草平『煤煙』が、それをモチーフにこの時期の文壇で一定程度は支配力のあるファム・ファタール的な女性像を作り上げていたからである。二つの立場は、それに合致することと、メタレベルから批評的にかかわることとの分裂でもある。

このように、複雑な構造をとりつつも、書いているという真実しか提示できないテクストたちは、女性問題を主張する『青鞜』中心メンバーへの同調と、男性が描く女性像をなぞること、双方に囲繞され、それらに同一化できないままに書き続けられたものだといえるだろう。序章でみた田村俊子の試みの周囲に発生しているものではあるが、俊子のような成功にはつながらない。だが文学的評価の高い作品を生まないということが、分析する価値がないということではない。そこには繊細な権力関係や表出のための試行錯誤がある。自分というものと、小説というものとの折り合いの模索は、ここから、ずっと続いていく。

第二章　自然主義が消去した欲望
――森田草平「煤烟」のマゾヒズム

1. らいてうとの対立と「煤烟」の書きかえ

一九〇八（明治四一）年、メディアを賑わせた文学士と令嬢の心中未遂事件は、小説「煤烟」（『東京朝日新聞』一九〇九年一月一日～五月一六日）となるに及んで、文学史に書き入れられた。のちに『青鞜』の主催者となる平塚明子《はる》（らいてう）と森田草平である。事態収拾には森田の師である夏目漱石も絡み、当事者二人の言い分が露出するにつれて、人々がスキャンダラスな情死と理解しようとしたのとは異なり、自我のために死を求める近代的な若者の苦悩があることが話題となった[1]。さらに明子が事件を自分の方から解釈してみせた「峠」という作品を発表したのをみると、両者は対立的な関係であった。らいてうの執筆・発表が、男性に都合のいい女性像の承認に対する体系化されない抵抗であったことについては、かつて考察したことがある。[2] しかし、草平の方も一方的な抑圧の主体ではないことは注意してよい。

『煤煙』の単行本化は、第一巻は一九一〇（明治四三）年二月、第二巻は同年八月だが、第三巻は一九一三（大正二）年八月、第四巻は同年一一月（出版社は金葉堂・如山堂から第四巻のみ新潮社に変更。タイトル表記は一定しないが、単行本については『煤煙』に統一する）と時間をおいて出版され、われわれが現在手にするようなまとまった形での出版は、一九一四年四月の縮刷合本までの長い時間を待たねばならなかった。[3] 何回にもわたるラブ・シーンや、二人が死ぬために向かう雪山での一夜などの場面を含むため、検閲の事情も考慮せねばならないが、厖大な異同からは、まずもって草平自身が従う規範を練り直そうとしていたことがうかがわれる。その規範は、小説の叙法に関するものだといえる。前章でみたように、努力がなかなか実を結ばなかった女性の書き手に対し、草平の改変は、周囲の男性作家たちに促されつつ、当時確立されつつあった自然主義的な書き方を習得したものであり、彼を主流的な場にそれなりに位置づけることになった。だが、その修正は同時に性的欲望の形式を変更したといってよい。本章では、初出と単行本の異同を整理するが、その結果、初出に浮かび上がってくるのは、男性が女性を抑圧するおなじみの図式からすれば意外なようでもあり、必然でもある、ある欲望である。

2. 「煤烟」評の地平

高野奈保によれば、煤煙事件での森田草平への華やかな注目が、作家としての評価につながらずに終わったのは、「煤烟」[4]が、事件の真相と人生の新価値の提示の二種類の期待を持って読者に迎えられ、そのいずれにも応えられなかったからだという[5]。特に前者については、事実に忠実でない、小説的な虚構だ、と否定的に扱われたと述べている。

だが、仮に「煤烟」が事実そのものと受け取られたとしても、読者を満足させることはできなかったであろう。草平にあたる要吉とらいてうにあたる朋子について、阪本四方太が「朋子を謎とせずに、生理学上明瞭なる畸形児とするのが一番よかつた」(「煤煙」(二)『国民新聞』一九〇九年六月二五日)といい、茅野雅子が朋子について「要吉の思つた様に深い根のある、底の知れない人ではなく、もつと平易に解釈が付けられるやう」(「煤煙を読む(三)」『東京二六新聞』一九〇九年六月一四日)と述べたことからすれば、求められている〈真相〉とは、事実そのものであることではなく、腑に落ちる解釈や理由のことだからである。事実そのままが書かれたと受け取られたとしても、要吉が逡巡し続けたまま、そこに〈なぜなら〉を埋める説明原理がなければ、読者の満足は得られない。

しかしまた、当時の文学の主要な傾向からして、この理由が、作中人物もしくは語り手の分析的言辞として述べられることは、決して望まれていない。たとえば、小宮豊隆は、その懇切を極めた批評において、要吉が塩原まで行く「ネセッシティが欠けてゐる」と批判し、「ジヤスティフワイ」を求めている(「ダヌンチオの『死の勝利』と森田草平の『煤煙』」『ホトトギス』一九〇九年七月)。だが続けて、「惜しい事には、作者が陰に潜んでゐるのが、時々首を出す為めに全体が、妙なものになつて仕舞つた」、「要吉の行為、言語等に対する要吉の反省または弁解を、すつかり除つて仕舞ふ」べきともしているのである。

小宮が、有名な夏目漱石の草平宛書簡、「要吉は細君に対して冷刻なる観察其他要吉の名誉にならぬ事をしたり云つたりする。五六行先へ行くと必ずそれを自覚して自己を咎めてゐる。是草平が未だ要吉を客観し得ざる書き方なり。自己の陋を描きながら自ら陋に安んずる能はずして一解毎に弁解しつゝ進まば厭味にあらずして何ぞや。」（一九〇九年二月七日）[6] と類似の地平を共有していることは明らかである。

漱石の指摘の箇所は、手紙の日付からみるに、新聞連載の八の四にあたる。要吉が入院中に、予期せぬ妻の来訪を受け、「辻褄の合はぬ服装をして、それで当人は得意で居られる位可厭なものはない」などと心のなかでこき下ろした直後に、「斯う思ふ下から要吉は直ぐ何故自分は何にも知らぬ隅江にこんな罵倒を浴せ掛けるのかと思つた。隅江を嘲けるのではない。自分身《ママ》を嘲けつて居るのだ、（中略）其傷けられた虚栄心に対して、隅江を罵つて居るのだ。左様思ふと如何にも自分の心掛がさもしい。」（八の四）と自己反省する部分である。

隅江についての引用は、いわゆる自由間接話法のように、語り手が要吉の心内を一人称的に語っている。小宮の指摘も、仮にこうした部分についてだとすると、「作者が」「首を出す」という表現とはズレがあるようにもみえる。ただし小宮は続けて、草平が影響を受けたダヌンチオの『死の勝利』（一八九四年）の場合は「ジョルジオをして、わが言ふ処、わが行ふ処が、正しいとか卑しいとか云ふ反省をやらせなかつた点」が取り柄だとも述べている。小宮が、要吉が反省すること自体をありえないと考えていれば、自らの行為について何かと述べたてる要吉を、要吉が草平だという前提も手伝ってメタレベルの「作者」に帰すこともあながち不思議ではない。小宮のいう「ジャスティフワイ」とは、行為自体は不道徳でも理由があらねばならぬ、ということだが、それが主人公自身や語り手の直接的な評言ではなく、描写された作中人物の言動や行為から、おのずと感知されるべきということになろう。

こうした態度は、同時代の文芸と実行をめぐる態度、「従来の道徳も、伝習も無視して、自己の思の儘に振舞ふ、(中略)これ、芸術生活と実行生活をより以上渾一した人である。吾等は其所へ到達したい」(K、D「実行上の自然主義と芸術上の自然主義」『新潮』一九〇九年四月)と、その描写における態度、「客観的に現実の姿を唯ありのまゝに描写し、之を品騰せず、取捨按配せざる」態度(安部能成「自然主義に於ける主観の位置」『ホトトギス』一九一〇年四月定期増刊)の両方を満足させようとするものであろう。

むろん後者は、いうまでもなく、当時の自然主義を主流とする創作的関心の中心が、圧倒的に三人称の客観描写に傾いていたこととかかわっている。小宮の「要吉の気持を書く事をのみ目的として書いてゐたら」よかった、との提案も、一人称で行われるべきでないことは、草平がその後一人称で書いた『自叙伝』が、すでに事件公表の時機を逸していたことを差し引いたにしろ、「作者の位置は主人公の位置と殆ど同一の位置に置かれ、作中人物に対する客観化」が「殆どこれなきよう」(田山花袋「新著二種　森田草平の『自叙伝』」『文章世界』一九一二年二月)と批判されていることからも明らかなのである。

つまり、芸術と人生の一致が理想的な状態として捉えられていたとしても、芸術を生きるということは主人公の仕事であり、ありのままに写すことは語り手の仕事である。「煤烟」では、主人公自身が、行為する自らと、それを対象化する自らに分裂し、彼が自らを描写しているようにみえ、なおかつ価値づけまで行ってしまう点が、期待ほどの高い評価を得られなかった原因であろう。要吉が神戸に「草刈の恋も、一面から見れば芸術に違ない」と言われる場面があるが（二十五の三）、当人は芸術だということを意識しなくても、というよりも、むしろ意識しないのが、正当な人生＝芸術の体現者である。

ありていにいえば、煤煙事件と、「煤烟」の位相は異なっている。事件において、草平がメディアに一方的に書かれていた間は、彼自身の意識が問われる場面は少なく、問われたとしても、当事者としての一次性が強い。その際、外から見て彼の行動が芸術と類比できれば、彼は芸術を生きていると認定されることになる。ところが小説において、主人公自らが芸術を意識して真似ていることが明らかになるに及んで、それは〈人工的〉な偽物となり、芸術と人生の一致を画策しながら到達できない人となり、おまけに小説技法としても不備と捉えられるわけである。

だから、こうした周囲の状況と、草平の意図は、完全に食い違っている。[7] 草平が、「煤烟」掲載にあたって、「自己を客観すとは即て自己を失ふことなり。堪ふべけんや。／余は其堪ふべからざる事に堪へたり。」（「小説予告　煤煙」『東京朝日新聞』一九〇八年一二月四日）と述べている言い分からすれば、主人公の意識が己の行為を対象化して二重化する、それ全体をそのまま写すという意味で、彼の「客観」は成り立っているのであり、周囲が求めている、主人公の言動を語り手のみが対象化する「客観」とは、食い違っている。同様に、主人公の罪の意識についても、草平自身は後年に至るまで必要だと思っていたふしもある。[8]

しかし、だからこそ草平は、長い時間をかけて師や友人の忠告の意味を理解しようと努め、『煤煙』を単行本化する際、漱石や小宮の指摘の方向に、大幅な改稿をしなければならなかったのである。もちろん以上のことは、飯田祐子が、「自己反省的な身振りをともなった誤読の反復」こそ、草平にとっての「芸術的な身振り＝「客観」に他ならない」と述べたことである。[9] ただし、今一度確認したかったのは、飯田の分析が単行本本文を使って行われ、[10] その際、語り手の問題が草平に直結されていることである。語り手は、自己反省する要吉のさらに外に存在している。われわれと異なりナラトロジー以降の〈語り手〉の概念を知らない小宮が「作者」といったのは、この語り手のことであったとも考えられるのである。にもかかわらず、そうした語り手の「客観」が汲みとられず、要吉と草平の関係に短絡されるのは、テクストのどのような仕組みによるものなのか。

3. 語りの変容

従来から指摘されているように、草平は単行本化に際し、大幅な改稿を行っている。すでに先行研究の整理もあり、[11] また流布している章だてが縮刷合本によっていることもあり確認が煩瑣でもあるが、最初の大きな改稿となり、その後の単行本の基礎となる四分冊の初刊単行本と、新聞連載の違いを、今一度たどってみることにする（これ以降、新聞連載「煤烟」からの引用は「新聞」と略記し、「三十の二」のような回数で表記する。「単行本」とは四分冊の初刊単行本を示し、引用は「四巻三章」のようにその箇所を表記する。異同が些少である場合は、新聞連載を基本とし、単行本での改変部分を〔 〕として示す。／は改行を示す。旧漢字は新漢字に直し、ふりがなは一部省略した。傍線はいずれも引用者による）。

改稿の特徴の一つめは、新聞では語り手が要約・説明していた事柄が、単行本では、作中人物同士の会話によって示されることである。たとえば、かつて関係を持ったお種に要吉から縁談を勧めるよう小母さんから頼まれる事態が、新聞では語り手による説明だが、単行本では要吉と小母さんの会話に改変されるケースや（六の二、二巻三章）、朋子が幻覚を見るのを、語り手の説明から朋子自身の台詞に書きかえている（二十二の二、三巻七章）などが例である。

次に、「要吉は」という主語の加筆が、特に後半で多い。たとえば妻の隅江に対する場面で、「「お前には済まない、真個《まつたく》済まない。堪忍してお呉れ、な。」／要吉はつとめて声を濡ませた。」（四巻三章）、あるいは、「あゝ、自分の方が此女から惘れまれたい。要吉は腕組をしたまゝ隅江の前に立停つた。」（四巻四章）とある傍線部「要吉は」は、単行本で書き加えられたものである。また、要吉に塩原行きを決意させた朋子からの最後の手紙が引用された直後、「一昨日の真夜中に書いたものらしい。要吉は一旦ずつと眼を通して、又始めへ戻つて二三行読み掛けたが、わな〳〵と震ふ手に捲返した。」（四巻七章）という箇所でも、傍線部分が単行本での加筆である。いずれも、心内が直接話法として語られた部分と、語り手による部分を「要吉は」によって明確に切り分けている。

第三に、右の例でもうかがわれるが、単行本では、要吉の心内が直接的に写されることが増えている。さらに彼の身体状態の描写も増えているが、それを外側から描写することは減り、要吉の視点に即して語られるようになっている。次にいくつか対比して例をあげる。

斯う云つて神戸の方を振向いたが、少し気が咎めたと見えて、「愚な事で、何の因縁もなく。」（二十の三）

誰に殺される？　要吉はまざ〳〵と朋子の顔を目に泛べて居た。が、わざと打消す様に、「それも愚な事で、何の因縁もなく――」（四巻一章）

御殿の前の芝原の上に仰向けに倒れて、高い蒼空を見上げた。空想の世界と現実の世界との余りに劇しい接触に、殆ど為す所を知らない。（二十一の一）

御殿の前の芝原の上へのめる様に倒れたまゝ、ぼんやり低い空を見上げた。空想の世界と現実の世界との余りに劇しい接触に、目の眩ふやうな気がして、自分ながら如何して好いか解らない。（四巻二章）

路は箒川の上流に添うてつゞく。（中略）背中に赤ン坊を結ひ附けた十二三の女の子が、弟の手を引いて路傍に立つて、馬上の人を見送つた。姉弟ながら裁附《たつつけ》を穿いて居る。／空が晴れて、雪の積つた山の嶺《いただき》が白くゝつきりと際立つ。

（三十の二）

麓の村迄は三里だといふ。二人は落人のやうに道を急いだ。街道は箒川の上流に添うて糸の様につづく。（中略）十二三の女の子が、背中に赤ン坊を結ひ附けながら、弟の手を引いて来た。二人とも裁附を穿いて居る。其の外には滅多に人にも出逢はない。／空が晴れて、雪の積つた山の嶺が白くくつきりと際立つて見えた。

（四巻十章）

以上述べてきた三点をまとめると、単行本では、三人称であることが強調され、語り手と要吉の分離が、より顕著に示されたうえで、要吉の視点に即した描写になっている。これは、一見逆にみえるが、より透明化した語り手が確立されたということである。

そして次に、改稿箇所は、要吉の演技性に関する部分が多い。たとえば、新聞の七の四、七の五で、要吉が芸者を呼び、その身の上に同調し、さらに家に帰ってお種に残酷なせりふを吐く部分は、単行本では大幅に削除されている。要吉が関係する多くの女性に話題が拡散するのを防ぎ、この後の朋子とのいきさつに焦点を絞る意味もあると考えられるが、その際、同時に削除されているのは、次のような、要吉が自ら何か（それの最たるものが文学作品の主人公だが）を演じているとの意識である。

尼に成れ、尼寺へ行けと云ふのは、ハムレットがオフエリヤに云つた言葉ではないか。此言葉を口にした時には、明かに自覚しないまでも、これが沙翁の台詞であると云ふ位の意識は、確かに識域下に働いたのだ。こんな実際の問題をも矢張芸術で解決しやうとしてる。（七の五）

同様に、入院中の要吉を朋子が見舞い、その帰った後の場面では、「もつと元気好く談《はな》せば可《よ》かつた。何と思つて彼んな苦しさうな真似なぞをしたらう。何の目的もない、只女の前に病気を装つて見る。莫迦な。」（八の四）という演技意識や、また、塩原への道行で、要吉が馬に乗っていく朋子を芝居の人物に見立てる、「女の長い袂が冷たい山風に翻つた。要吉は後からそれを見たが、ふと、江戸の町々を引廻されて、処刑場送《マ マ》られるお七の姿に似たと思はれた。」（三十の一）なども、単行本では削除されている。

むろん、要吉の演技的な性格は、単行本でも残存している箇所はある。

自分で自分の言つてることに感動して、世の中に自分位不幸な人間は無いやうな気がした。勿論後に成つて、今言つてる様な事が実行されやうとは思はない。後に成れば嘘に成るかも知れぬが、少くとも今言つてる間は嘘ぢやない、決して自分の心を偽つて居るのぢやない。

それに自分だけは空想の積りで芝居を演《や》つて居たのが、後からどし〳〵取返しの着かない事実と成つた類例《ためし》は従来《これまで》の経験でも数多い。（三巻一章）

（四巻四章）

しかし、これら残ったのはいずれも、当初は演技であったが、それが現実と区別がつかなくなる、ということを示す箇所ばかりである。加えて、単行本では、「不図《ふと》」がだいぶ多く附け加えられている。たとえば、「「あの、毎《いつ》もの襟巻は如何なすつた」と言ひ掛けて、不図、天啓の様に頭の中へ閃くものが有つた。「ね、引裂いた？」」（四巻五章）の傍線部は単行本での加筆、「不図」だけが加えられている箇所は、枚挙にいとまがない(12)。つまり、新聞での要吉はいつまでも演技者の醒めた意識を失わないが、単行本の要吉の方は、運命か天啓に従うかのように行動を起こし、自らの言動に本気になる度合いが高いといえるであろう。

4．異なる演劇性

一方で、意識された演技性の除去と対応すると思われるのは、展開そのものが、より劇的に変更されたということである。たとえば、要吉が路上で神戸と行きあい、朋子が初めて登場するシーンである。

「然うだ、これから君の許《とこ》へ出かけやうかと思つて、家を出たんだ。」

「然うか、僕は又君が大抵今日は金曜会に出て呉れるだらうと思つて、今迄学校の二階に話し込んで居たのだ。真鍋さんも引留めて置いたので、君の許へ行く序《ついで》に、此処まで御一緒に送つて来た。」

神戸の振向いた方を見ると、一間許り離れて袴を穿いて女学生風した婦人が一人此方を向いて立つて居る。（中略）要吉が見ると、直ぐ此方へ近づいて来て、

「先生、久《しば》らくで御座いました。」


（七の一）


「如何したんだな。金葉会ぢや、君が来ないものだから、今迄散会せずに待つて居たんだが。」

「そりや済まないことをしたね。」

「なに、そんな事は関はないが、又如何かしたんぢやなからうかと思つてね。それに」と、神戸は背後《うしろ》を振回《ふりかへ》つた。

三間許り離れて、目に立たぬほどの縞の袴を穿いた女学生らしい女が一人立つて居た。（中略）要吉と視線が合ふと、此方へ近づいて来て、しづかに頭を下げた。


（二巻四章）

新聞では、真鍋朋子の登場はまず神戸が言葉で紹介している点、また、神戸と朋子の距離が一間（単行本では三間）であることからも、おそらく要吉の視野に朋子が神戸と一緒に入っており、読者にとっても予測してから朋子の登場を迎えることになる。また、要吉はすでに朋子と知りあいである。単行本では、より唐突な登場になっているうえに、新聞とは異なり、朋子が去った後の要吉と神戸の会話において、初めて朋子の名を知ったと変更されている。

入院した要吉を神戸と朋子が見舞うシーンも同様だろう。

神戸は要吉の枕元へ近づいて、「其後は如何です」と云つたが、「今日は矢張学校の帰途《かへり》でね。先達から真鍋さんが一度見舞に上りたいと云つてだつたので、今日は又案内をして来たのだ。」

此時神戸と並んで座に着いた朋子はしとやかに一礼して、「外の方もご一緒に来訪《いらつ》しやる筈でしたが、何だか御差支があるさうで。」

（八の二）

神戸はつか〳〵と枕元へ近づいて、「其後は如何だい。今日は珍らしい人を伴れて来たよ」と言ひ〳〵洋袴《ヅボン》の膝をたくし上げて坐つたが、「真鍋さん、お這入りなさい。」

朋子はしとやかに一礼して、入口の壁に近く座に着いた。

（二巻六章）

単行本では、「珍らしい人」と指示対象が明かされずに期待が高められた後、朋子が一足遅れで入ってくることになる。またここでは朋子に、新聞にのみ、他の女性を差し置いて一人だけ抜け駆けした言い訳とでも受け取れるような発話があるが、全体として、朋子の作為性が減少しているのも単行本の特徴である。二人が互いの意識をうちあけながら歩き、見知らぬ人の葬列に行き合った際、「柩が過ぎ去つた時に、不図眼を見合せて互に莞爾《にこり》とした。それが如何にも故意《わざ》とらしかつた。」（十の五）とあるが、このような朋子のわざとらしさは、単行本で削除されている。

これにより、要吉にとっての朋子の位置づけは、大幅に変化したといえる。新聞においては、朋子は、意識して演技をしながら、演技をしていることを忘れられない、つまり自分自身の人生に没頭できない女性で、その点で要吉との共通性を持つ。「従来《これまで》さま〴〵な女――さま〴〵な罪を犯して来た。それを隠さうとは思はない。それ迄にして尚且《やつぱり》自分を没することの出来なかつた男は憐れぢやありませんか。」（十の四）と、要吉が同情を求めるのもその点なのだが、ここは単行本では削除され、代わりに、隅江とお種に挟まれた現在の境遇から遁れるための「新しい誘惑」という意味づけが朋子に付与された（二巻十章）。

同様に、自分を愛せよと迫る要吉に投げつけた、「私は女ぢやない。」という朋子の有名な拒絶があるが、積極的な朋子の態度とのギャップを、要吉があとから再解釈してみる場面は、新聞では、「女は自分が人並外て情火が強い、殊にエロトマニヤックな傾向さへあると、男に信ぜしめやうとした。上野の森での女の態度は強ひて左様解されないでもない。」（二十七の一）と、朋子が「エロトマニヤック」な演技を意識的に行ったと解釈している。

が、単行本では、[13]「「女でない」と言つたのも、只わが身の苦しさに、左様云ふ境地を夢みながら、辛うじて生きて居るのだとすれば、極端から極端に走る彼の女の性癖として、さのみ不思議ではない。それに上野の森で見た彼の女の狂態も、強ひて女の言ふ様に解すれば解されないでもない。」（四巻七章）と、解釈は作為性の否定の方に主に費やされ、むしろ朋子の行為を自然化し、「上野の森」以下は、文自体はほぼ同一ながら、その意味は、森での態度は彼女のいうとおりで演技だとはいいきれない、とほぼ反対の意味になっているのが目を引く。

結果、塩原行きでは、「女は一直線に思ひ込んで居る。」（四巻九章）という一文が付加され、この前後も大幅に書きかえられることになる。つまり、単行本の朋子は、最初の手紙でこそ、自分の言動に酔えず醒めている自分を記したが、その後の要吉とのいきさつによって、理性よりも強くなった欲動のままに狂気に陥っていくのであり、[14]要吉は、こうした宿命の女に引きずられることになったのである。当時女性については、キーワードとしての〈自然な女〉にしろ〈新しい女〉にしろ、旧来の道徳を打ち破る革新的な言動をとるが、本人は衝動的に行うのみで、その意義は男性が汲みとる、というのがもっとも理想的とされていた。単行本の二人の関係はこれにも叶うであろう[15]。

最後に、小説の結末もみておきたい。要吉が短刀を谷底に投げ捨てるのは、単行本では、要吉の「生きるんだ、〳〵、自分は何処迄も生きるんだ。」という明確な反抗心による朋子の殺害の断念であり、その点では死に向かう朋子と相いれないものの、その後も二人は歩き続け、次のように結ばれる。

あゝ、氷獄！　氷獄！　女の夢は終に形を与へられた。　到頭、自分は女に伴れられて氷獄の裡へ来た。　――男の心には言ふべからざる歓喜の情が湧いた。　最う可《い》い、最う可い！

二人は手を取合つたまゝ、雪の上に坐つて居た。　何にも言ふことはない！

二人は又立上つた。　堅く氷つた雪を踏みしだきながら、山を登つて行く。

山巓も間近に成つた。

だん／＼月の光がぼんやりして、朝の光に変つて行く。

（四巻十章）

つまり、要吉は、狂気を本性とする朋子に触発されるなかで、最後には、演技ではない自分独自の意志を確立し、そのいくぶんすがすがしい境地が、夢みてきたことの実現として、氷獄という幻想の実現と重なり、持続されたまま終わる。新聞では、短刀を投げ捨てるのはまったくの結末であり、右のような氷獄の完成は見当たらないため、「要吉は立上つて、懐の短刀を谷底目がけて投げた。永《とこ》しへに人の眼に触れないで、永しへに錆るであらう。」（三十の四）という結語が、何を実現したのかは不明なままであり、単行本の方が、カタルシスのある構成になっていることがわかるであろう。

まとめると、単行本は、より劇的な構成になっているが、読者は、要吉が新たな出来事の生起に驚くのを要吉とともに体験する。そのため、事の運びが現実に比して不自然であっても、読んでいる間は小説世界の現実として没入できる。新聞では、おそらく出来事の起こる順は実際の事件に近いのかもしれないが、要吉が演技だと意識している点が常に示され、演じている人間の裏側、上演苦心談がみえすいてしまうだけに、観客（＝読者）は演じられているドラマの内容には没頭できず、メタレベルの批評的観点から眺め、それは結末まで解除されない、といったところになろう。要吉の人生が芸術的か否かということに関しては、新聞では、要吉自身が己の言動と文学の主人公を比較してみせ、単行本では、炯眼の読者が、要吉の言動に他の著名な文学作品を思い浮かべて〈文学的〉だと認定する、ということになる。

5. マゾヒズムの描き方

このようにみると、客観的語り手の成立、ドラマとしての緊迫感という点では、単行本の方が完成度が高いといえる。小宮の指摘がことごとく取り入れられたといってもよい。だが、だとすれば、新聞は、その階梯として位置づければよいものなのだろうか。最後に、新聞における要吉の演技性と、やや存在感のある語り手のセットが、何を実行しているのかを述べておきたい。次の引用は、「私は女ぢやない。」と告白を受けた翌朝、要吉が前日のことを思い返す場面である。

> 自分は矢張自分が想像の玩具に成つて居たのではなからうか。縦《よ》し左様でないとしても、自分で作つた幻影《まぼろし》を壊すまいとして、両手で捧げる様にしてることは争はれない。

自分は矢張自分の想像に弄ばれて居たのでは有るまいか。日頃から瑣末な物の末に拘泥したり、又は誇大して見る癖が着いて、真直に物の真相を摑むことが出来ない。そんな事も今更気にかゝる。（十五の二）

が、それも押詰めて考へて見るだけの根気はなかつた。（三巻四章）

単行本のこの箇所は、飯田祐子が、「最後の判断停止」として指摘したいくつかの箇所の一つである。飯田は、文学からの引用によって形成される要吉のイリュウジョンが、それを批評する要吉自身によって疑われるという自己の分裂が繰り返され、入れ子的構造をなしているのが『煤煙』の基本構造だと指摘し、さらに、その構造は、「最後の判断停止、懐疑自体を宙づりにする自己の設定」によって、その後の反復を可能にしている、と述べていた。[16]つまり、この部分は、ディスイリュウジョンにあたり、再度のイリュウジョンの生起を可能にしているということである。

この指摘の重要性は変わらない。しかし、ここで問題にしたいのは、これまで述べてきたような、改稿とのかかわりである。単行本では、このような「〜ない」「〜なかつた」というような否定の言辞のつけ加えはいくつかみられる。そして、この短い引用では、単行本にのみ「判断停止」があるようにもみえるが、両者のより重要な違いは、要吉の妄想・思考の持続や中断が、新聞では要吉自身にコントロールされているが、単行本では要吉の心身の状態を理由とした当然の成り行きとして、透明化した語り手によって説明されていることである。問題は、「判断停止」の主体である。次に、隅江を実家に戻して一人になった要吉が、朋子の訪問を受け、その帰った後の思索の部分をあげてみる。

女は来た、此処に坐つて居た。何《なん》しに来た、何の為めに来たのか、それは最う考へたくない。（二十五の二）

女は来た、此処に坐つて居た。何の為めに来たのか、それは最う考へたくない、考へるだけの精も根もない。（四巻六章）

単行本の方で、二つの「〜ない」のたたみかけによって違和感は軽減されているが、二つの「〜ない」は、やや性質の異なるものであろう。後者が、先ほどの例と同様、思考継続の不可能性を正当化する理由であることは動かせない。考えないことは自然な結果である。そして、この付加によって隠蔽されたのは、その直前の「考へたくない」、つまりより明確な否定の意志である。思考の中断は、新聞においては、要吉の意志に基づいて行われているのである。(17)

とすれば、飯田が、単行本テクストに拠り、「この話形に共感を持つ事ができた読者にとっては、些か飽きることとさえなければ、快楽の大きいテクストといえるだろう」(18)と、テクストが快楽的であることを指摘したのは、まことに正鵠を射ているが、その快楽は、新聞においては、「読者にとって」である以前に、要吉のレベルで起こっている。新聞で描かれたのは、要吉自身の故意の欲望達成の遅延によってもたらされる快感、いわばマゾヒズム的な快楽なのである。なるほど、要吉は快楽の遅延を味わうためにやたらに約束をし、相手に懇願し、また相手が拷問者の役割を演じてくれるように辛抱強く教育する。(19)

たとえば、要吉が水道橋の停車場で朋子と待ち合わせをした際にも、来ないかもしれないと感じながら「却って微笑まれ」、その状況を楽しむ。続いて「女に待ぼうけを喰はされて、霰まじりの寒風に吹かれながら立つてるのが、自分だとは如何しても思はれない。自分の作つた小説の中の人物の様な気がする。自分が作つた小説の主人公を自分が虐待してる様な気もする。然う思へば一種の抒情詩的な情緒が湧いて、何も彼も忘れて溶けて行く様な心持に成つた。」(十三の一、三巻二章)とあり、彼における文学性は、被虐と結びついていたのである。そして、ここにかかわって、語り手がせり出してくるのである。今の引用では、作者が作中人物を窮地に陥れる、というのは、要吉に意識されたイメージにすぎない。しかし、たとえば、次のような部分がある。

　自分は本当にあの女に惚れてるんだらうかと、〔読点ナシ〕自分の心に糺して見た。糺した《ママ》〔糺して〕見たばかしで、それに答へやうとは思はなかつた。こんな疑問を出しては其の儘〔其儘〕にして置くといふことが、不安の間に何とも云はれない快感を与へるのだ〔のである〕。

(十の一、二巻十章)

単行本でもほぼ同様であるため、むしろ拭い去れない拘泥を読んでもよいが、問題は、快感を「与へる」とは誰の立場か、ということである。要吉の視点なら、たとえば「快感を覚える」が一般的であろう。要吉の内的焦点化に、メタレベルの語りが接続されているといえる。先ほどの引用のように要吉が明言する自身の加虐性があり、今の引用のような語り手の加虐的役割と並列されるとき、語り手と要吉は近似し、要吉が立場を超えて超越的な語り手となっているかのような回路もできるだろう。すでにみたように、夏目漱石や小宮豊隆が、作者が首を出すと苦言を呈していたのも、このように要吉が語り手に浸出し、語り手が傍観者にはみえなくなってしまう仕組みによると考えれば首肯できる。

では、どのような時に語り手がせり出してくるのか。朋子との心中実行のターニングポイントになる、妻の隅江との別れを決意する場面を中心にみてみたい。要吉は深く関心も持たずに娘を病で失った後、「故《ことさ》らに妻を不幸に陥れて置いて、妻を憐れむで見たい」と彼女を捨てるという「虐待」の空想にふける。先ほどマゾヒズム的な欲望と述べながら、実は要吉による加虐も数多いわけだが、その加虐は突然、「随分お前にも苦労させたが、最う愛憎《あいそ》が尽きたらうね。」というセリフで方向性を転回し、隅江に「切めて憐れまれたい」として涙を流してみせる（二十二の五。後ほど詳しくとりあげる）。そして、苛めては隅江を憐れんでいたはずの要吉が、なぜ憐れまれる方に移行するのか、その心理に関して論理的な必然性は説明されない。

さらに、要吉が相手を虐待することにおいては、朋子に対してと、隅江に対しては、女性の身分の対照性とは逆に、類似する特徴がある。たとえば、朋子を殺すことに関し、「女を殺して遺らうと云つた。自分は怪物《モンスタア》か、いや、牲《にゑ》に過ぎない。要吉は淋しく苦笑した。」（二十七の一）と突然自分を犠牲者とする箇所などが典型である。

いずれも、要吉にとって、虐待がそのまま自らのマゾヒスティックな欲望の充足に至るような仕掛け、たとえば、相手と自分が同一視できるといったようなそれは、認められない。ならば、要吉にとって虐待とは、その罪によって自らになんらかの懲罰が与えられるはずのものであり、しかも、「最後の判断停止」、すなわち新聞においては、要吉自らの意志による犯行の中断によって、その懲罰自体が永遠に繰り延べられる快感を引き出すものに他ならないだろう。先ほどの場面に続く停車場での別れにおいて、隅江が、空想を入れる余地がないと責められるのは、別れた後の隅江の人生についての要吉の妄想を受け入れないからではなく、声を出してその空想を中断してはくれないことなのだ。夫に従順な隅江は、要吉に虐待を重ねさせてそれを当然と免罪してしまう者、すなわち懲罰規定の存在を意識させない点で、要吉の快楽にもっとも冷淡な者である。

そして、ここで、加虐から被虐への転回が空想の中断としてしか行われないことは、要吉の空想自体の根本的加虐性を示してもいるだろう。先ほど転回に理由がないと述べたが、このテクストでは、空想においては加虐が覆される余地がないのだと考える他はない。そもそも、朋子の場合、彼女の死は、彼女自身の呼応によって実現しそうになるとはいえ、要吉の空想の内容そのものであった（十五の一、十九の三）。隅江に対しても、今述べている場面に、要吉が「人殺しでもするやうに手が震へ出した」（二十二の五）とあり、手の震えによって予期される行為とは、直後の要吉が妻を捨てる「虐待」

の空想である。つまり、〈殺す〉とは、要吉の空想の対象になることに他ならなかった。虐待という内容が描かれているのではなく、相手を描き出す行為が虐待という内容しか選べないのだ。

確かに、『煤煙』については、男性による女性の暴力的な読解がよく論じられるが、長々しい空想の描写は、女性自身の反論の機会を封じているのだから、女性作中人物は、その限りで完膚なきまでに抹殺されているといってもいい。ただ一方で空想とは、要吉の意識に即して女性たちについて述べながら、というより、そうであればこそ、要吉自身への注目を希釈し、脇役に追い落とすものでもある。そういう意味では、要吉のいうとおり、女性を殺すことが、位相は異なるが要吉自身の死と重なっていても不思議はない。そして、おそらくだからこそ、要吉の演技的身振りが差し挟まれるのは、この地点なのである。

「お前には済まない、全く済まない。堪忍してお呉れ、な。」

つとめて声を濡ませた。相手が真面目なら、此方は無理に出さうとしても、心持を仕向てさへ行けば、涙は自から出るものだ。隅江の顔が霞を通して見え出した今《ママ》一息ではら／＼と頬に伝ひ相に成つた。此涙を隅江に理解されやうとは思はぬが、切めて憐れまれたいといふ念に堪へない。要吉はぢり／＼と身体をずらして、影に成つた自分の顔を洋燈《ランプ》の光に照した。其時、涙は急に出なく成つた。あゝ人の性格は宿業にして容易に改め難い。隅江は終に良人の涙を見ずして済んだ。（二十二の五）

ここで、要吉が憐れまれることへの転回が、要吉が描写されることへの転回でもあることに注意したい。心理の論理的帰結ではない。要吉は、自身が虐げられ、あるいは殺されることを夢想する者だが、女性描写の脇役となって自然と葬り去られるのではなく、描写される対象にならずにはおかない。演技性の導入は、要吉を対象化する描写のきっかけとなっているのである。

その際、要吉を対象化する要吉自身の意識を肩代わりする、あの語り手が現れる。注意したいのは、「あゝ人の性格は宿業にして容易に改め難い」なる語り手の評言が、読者の要吉への評価を媒介するものだということである。要吉が「見て居て下さい」（十八の三）と朋子に懇願する如く、被虐性は、目撃者を必要とする。しかも、同調者ではなく、冷やかな目撃者を、である。隅江がまったくみていないこれらの内実について、読者は代わって要吉の目撃者の位置を担わされているのである。ここでは、隅江がゲームに冷淡であることで、読者自身の役回りがみえやすくなっている。うまく空想の中断者の役回りを担う朋子の場合には、読者の見守る役回りは、朋子のそれに隠れて、気づかれにくい。が、隅江の場合には、隅江の役回りと、読者のそれがズレとして顕在化しているといえるだろう。要吉の演技性と、存在感のある語り手は、要吉の快楽を、読者をも巻き込んで保証するものなのである。

新聞では、単行本とは異なる快楽を語る論理がある。「要吉は立上つて、懐の短刀を谷底目がけて投げた。永しへに人の眼に触れないで、永しへに錆るであらう。」という結末は、快楽の到来の永遠なる遅延、という別の意味があったといえるだろう。

6. 消去された欲望

隅江に涙を見せようとする部分は、およそ「煤烟」のなかでもっとも滑稽な一場面だったといってもよい。熱心すぎる演技は、ときに嗤いを生んでしまう。演技は、その過剰さによって、準拠している約束事そのものの権威を失墜させてしまう場合もあるということだ。だが、単行本では、朋子の「牲《にゑ》」となる自らを要吉自身が「さびしく苦笑した」くだりも排除されている。それが象徴的に示すように、要吉の演技性が失われる改変がなされた単行本では、嗤いの契機も減少する。隅江との場面は残存しているが、そうした周囲との接合によってすでに変質を被っており、読者はむしろ、深刻に向かい合うことを求められるだろう。スキャンダルではなく、芸術になるためには必要な処置である。

同時に、自分の見られ方に強度の関心を持ち、女性に懇願を続ける性的欲望のあり方が消去されたなら、セクシュアリティにおいても、支配的な男性性を獲得するためだったはずである。自然主義が恋愛やセクシュアリティを大仰な虚構ではなく、日常的なふるまいとしたことでそれらが徐々に広まった時期は、〈男らしさ〉と〈女らしさ〉を条件とする異性愛のシステムが規範化された時期とも重なっている。[20] 中心的な文学作品に描かれた恋愛やセクシュアリティが、男性から女性への権力関係を含むことは、ジェンダー論に依拠する多くの先行研究がすでに示しているが、それはまた、「煤烟」のマゾヒズムのような男性の特定の欲望をも抑圧しながら構築されたといえるだろう。

同時期に男性のマゾヒズムを描いた谷崎潤一郎などが存在することも確かだが、自然主義や漱石の文化圏にいた草平は、そのような〈特異な〉位置どりは選ばなかった。「煤烟」の書きかえによって、もともとの欲望がすべての箇所で消去されたと考えるのもおよそ現実的ではなく、単行本には、消しきれなかった欲望の残存や、隠す必要がないとみなされたものなどが入り混じっていると考えた方がよいであろう。それらは同時代的なセクシュアリティの規範との比較のなかでさらに位置づける必要があるが、書きかえを丹念に解きほぐすことは、ある制度の成立を跡づけ、抑圧されてしまった別のあり方に目を凝らすことでもある。

第三章　大正教養派的〈個性〉とフェミニズム
――田村俊子・鈴木悦の愛の陥穽

1．恋愛と作風の転回

あなたに感謝する。私のあなた、私の美しいあなた、神の与へて下すつたあなた！　あなた以外の何が私に必要であらう。そんな貪欲がかりそめにも私の心をかすめる時があつたら？神よ用捨なく私に死を与へ給へ。

（一九一八年六月二〇日書簡[1]）

大正初期、田村俊子が作家として認められながらも、創作意欲とともに夫・田村松魚との生活に陰りがみえてきたころ、鈴木悦と新たな恋に落ちたことはよく知られている。悦は早稲田大学出身のジャーナリストで当時『朝日新聞』の記者であったが、彼にも妻があった。大正期は、個性の尊重を背景に恋愛論がブームになり[2]、実際の事件としても、島村抱月と松井須磨子の恋愛や日蔭茶屋事件、原阿佐緒と石原純の婚外恋愛、白蓮事件、有島武郎の情死と枚挙にいとまがないが、俊子と鈴木悦の恋愛は、そのなかでも熱烈なものといえる。

俊子が松魚との家を出て、周囲からの評価においても経済的にも不如意な悦との同棲生活を送るなか、一九一八（大正七）年五月三〇日、悦はカナダのバンクーバーの日本語新聞『大陸日報』に招聘され、先に単身カナダに渡り、俊子は後を追うべく、原稿を書き、旅費の工面に心を砕いた。恋愛の絶頂期に別れて暮らすことになった二人は、本人たちにとってはどれほどか不幸であっただろうが、おかげで手紙のやり取りが残り、われわれは世紀の恋愛の経緯を読むことができる[3]。

ただし本章では、二人の関係が〈恋愛〉であることによって、俊子の書く行為がどのように抑圧されたのか、いわゆる大正教養派といわれる文学的潮流とのかかわりで考えたい。序章で述べたように、女性作家としての位置を確立できた俊子だが、一九一八年にバンクーバーに渡って以降の彼女の文章を、われわれは、それほど多く目にすることはできない。これは彼女の伝記としてみれば、愛ゆえに慣れない生活の場に身を投じたという物語になるだろうが、文学的潮流のなかで論じることで、第一章で扱った、多くの書く女性たちの問題へも通路を開くことになると考える。第一章では、実質的な女性としての多様性が〈女性作家〉の認知にはつながらないメディアにおける陥穽を確認したが、ここでは同様な問題をプライベートな関係性において考えてみたい。そして、そこにみえるのは、恐るべき暴力に他ならない。

2. 鈴木悦が媒介する大正教養主義

悦の手紙では俊子に対して、冒頭に引用したような甘い言葉や、「美しい人、愛しても愛しても足らぬ人!」(一九一八年六月二二日)のような賛辞が繰り返される。もちろん、俊子からも、「私を愛してくれた人! 又私の愛した人! 生涯の内で一番愛し、愛された人!」(一九一八年六月一七日(推定)日記)と呼びかけられる。それだけではない。俊子のさまざまな意見に対し、よりよい解決を二人で探るべく、粘り強く議論を続ける様子は、俊子を性的な対象とみるよりは、知的なパートナーとして認めていたことを示している。悦が、岩淵宏子によって「フェミニスティックで格調高く(中略)その知的な近代性は大正期の日本の男性のなかで際立っていた」と評価されるゆえんである。(4)

信頼できる悦の影響を受けて、俊子の作風は変わった。たとえば、バンクーバーに渡る直前の「破壊する前」(『大観』一九一八年九月)では、主人公の道子は、年下の男性Rが「今まであなたの為て来た仕事の上には霊《たましい》がなかつた」、「あなたの様な神経と官能の生活は疲れるばかりだ」と言うのに導かれ、「自分の生活は間違つてゐたのだ」、「ほんとにいゝ生活をしたい。こんな生活はいけない」と自己を反省し、そうした生活しか形作れなかった夫とも離れようとする。作中のRが、悦をモデルにしていることは、いうまでもない。

これまでの作品なら、たとえば「炮烙の刑」(『中央公論』一九一四年四月)では、年下の青年に恋した女性主人公が、夫に向かって、「私は彼男の怒りが和らぐやうに、自分の為たことを彼男に詫びるやうな事は決してしない。それは厭だ。私の為たことは、私の為たことだ。私は決して其れを罪悪だとは思はない」と主張を貫きとおした。また、「彼女の生活」(『中央公論』一九一五年七月)では、「家政の仕事の上における自分の無能と、無能にも拘はらず家政の仕事を処理しなければならない自分の境遇と、良人へ対する愛と、良人の仕事に対する理解と、――それから最も大切な自分の芸術と、自分の自由と、自分の生がだん〳〵に結婚によつて圧搾されてゆく苦しさと」の板挟みに苦しみ、気強く戦った。

ところが、「破壊する前」では、そうした作品がふまえられ、Fと呼ばれる夫に対し、「「自分の生活は自分の生活だ。何をしたつて勝手です。」/斯う云う自我でFに対抗しつゞけて来た強さが、ふとしたRのこの視線に逢つて恥辱の反省の中に崩折れて了ふ」として否定されている。「神経と官能の生活」から脱出した俊子は、どこに連れ出されたのか。女の〈業〉などといわれるようなものから解放された新天地だっただろうか。

鈴木悦は、どのような思想を持っていたのか。カナダでは日本人移民のための日本語新聞『大陸日報』主筆となり、『労働週報』、『日刊民衆』を興しており、彼の理想主義であり、社会主義的である傾向は、トルストイや阿部次郎への傾倒からうかがうことができる。彼は、俊子との関係が恋愛になろうとするころ、トルストイの『全訳戦争と平和』(目黒分店、一九一六年)の翻訳に打ち込んでいた。トルストイが日本の社会主義者に影響を与え、また同時期、武者小路実篤の新しき村や、有島武郎の農場解放につながったことはいうまでもない。

もう一人、悦が私淑していたのが阿部次郎である。[5] 阿部次郎は、一九一四(大正三)年に発表した『三太郎の日記』がベストセラーになり、当時の思想界をリードした岩波書店の雑誌『思潮』の主幹となるなどの活躍をしていた。田村紀雄によれば、悦は知人に「阿部次郎にすごく魅力を感じている」と語っており、阿部も、『三太郎の日記』か『結婚の幸福』を悦に送ったという。(6)

『三太郎の日記』の主な部分は、自己の人格をより高めようと努力する思索の過程を、三太郎という架空の人物の一人称で綴ったもので、日記というタイトルだが日付順の記事ではなく、テーマごとの考察である。文壇では、それまでの主流であった自然主義が、人間の諸種の欲望をあるがままに肯定するばかりで、自己を高めようとする理想的要求が欠如していたことが批判され、それに代わる新しい思潮として、阿部次郎を中心とするいわゆる大正教養派や白樺派が、誠実なる「生活態度」と「人格」を重視する作家として注目されていた。たとえば赤木桁平「『遊蕩文学』の撲滅」(『読売新聞』一九一六年八月六日、八日)では、長田幹彦、吉井勇、久保田万太郎、近松秋江、小山内薫などの作品を、本能の放縦淫逸な暗黒面を主題とした遊蕩文学と断じて撲滅を宣言し、和辻哲郎「すでに一転機至れり」(『時事新報』一九一七年三月一〇日、一三~一五日)は自然主義を攻撃の対象とし、自らを明治の空気から切断しようとしていた。

3．個性の探求と成長

俊子がこうした大正期の文学情勢の変化をまともに受けたことは、すでに山本芳明が指摘しているが、(7)悦の俊子宛書簡をみると、その思考法は、阿部次郎『三太郎の日記』(8)と酷似していることとがわかる。『三太郎の日記』の特色をみてみると、そのキーワードは、個性、人格、反省、普遍、に集約される。まず、「俺の衷に俺でなければ何人も入り得ない」「個性」が、生まれながらにあることを重視し（「人と天才と」）、外界ではなく自己の内部をみつめる「真正の内省」が繰り返し求められている（「個性、芸術、自然」）。真正の内省とは、とりもなおさず自己への反省・否定であり、「自己の否定は人生の肯定を意味する。（中略）何等かの意味に於いて自己の否定を意味せざる人生の肯定はあり得ない」（「沈潜のこゝろ」）のように、否定は、それをも含んだ、より高次の肯定へ至るきっかけとして弁証法的に捉えられる。[9] 弁証法には、行きつく終着点はないため、絶えざる「成長」が確保される。

ただし「個性」とは、一般的にはそれを発揮するほど異端とみえることもあるが、ここでは「普遍」の観念に無媒介的に直結している。「独創を誇るは多くの場合に於いて最も悪き意味に於ける無学者の一人よがりである」、自分の思想を独特にすることは先人と共通する内容を排除することではないと述べており、プラトンやゲーテ、カント、ショーペンハウエル、ドストエフスキー、ロダンなど、洋の東西、古今を問わず、すべての先人に学ぶべきとする（「三様の対立」）。これは、異なるどの道も一つのものに通じる普遍性を考えているからであろう。「個性はその特殊の内面的傾向を最もよく実現する時に最もよく「人」である」（「個性、芸術、自然」）というように、個性を追求してゆくことと、〈人〉であるという普遍性は矛盾しないのである。

それでは、どのようにして独創が確保されるのか。自分が気づいた真理の内容は新しくないにしても、今、この真理を得たということが新しい事実だといい（「人と天才と」）、あるいは、そのように成長の途上にいる自分が、偉くもなく強くもないと自覚している点で、劣等な生活内容に自信を持っている他の人たちの無性格さから秀でているという（「自己を語る」）。

先人と同じ思想を持つことでこそ個人の唯一性が保証され、しかも成長には終着点がなく、「成果たる事業の重視より追求の努力の誠実」が重視されるのだから（「人と天才と」）、この思考法のなかでは、人々の間に能力の優劣はつけられない。こうしたひたむきな努力の評価は、高みに登って行く弁証法のイメージとも相まって、神に近づいてゆく求道者の様相さえ呈するであろう。「基督は死んで蘇ることを教へた。仏陀は厭離によつて真如を見ることを教へた。ヘーゲルは純粋否定を精神の本質とした」（「沈潜のこゝろ」）というように、神は哲学者と並べられる（もちろん、どの神も普遍的なものとして、汎神論的な様相を呈する）。

さて、悦と俊子の書簡には、これらと類似する思考をみることができる。たとえば、俊子が「私は探究をつゞけて〳〵人生の秘奥に達したい。そうして其れを表現したい。詩の上に。」と書き、「真の仕事――真の生活――其れは外を探し廻つたつて得られはしないもの。自分の内にあるのだもの。エマーソンが何かでこれを云つてゐましたね。私は其れをいま思ひ出しました。旅が無意味であることを」（書簡一六　日付不明）[10]と記した手紙がある。

このころ俊子は、十九世紀アメリカの思想家であるエマーソンをよく読んでいるが、個性、人格を重視し、汎神論的な傾向を持つエマーソンも、悦の趣味であると考えられる。この手紙に対する悦の返信は、次のようなものである。

私の人、何うぞよく考へて下さい。旅をすることは、自分の「外」に何物かを求めて歩くことではない。私たちにあつては、自分の内なるものを、より明確に、より正しく、探し求め、且つ、それによき慈養《ママ》（自然からの）を与へ、悪しき煩雑を遠ざけることに外ならない。

（一九一八年七月一一日）

内へ向かう目と、絶えざる努力を要求する点に、俊子が書いていた「探究」と合わせて、『三太郎の日記』と類似の姿勢がみられるであろう。そして、阿部次郎的な個性の重視は、二人にとっては、恋愛の重要な礎石であることも間違いない。

私はこの間勇壮論（エマーソン――小平注）を読んで、ほんとに心気勃々としたの。もつとも、何うかするとこの人の所謂偉人、又は大人物、又はすぐれた人の中に私と云ふものもはいつてゐます。

（俊子　一九一八年六月二二日日記）

そりや当然ですよ。（中略）ナポレオンでもプラトーでも、シエークスピヤでも、モンテーヌでもエマースンのあげてゐる偉人（中略）は、エマースン自身より偉くはない。エマースンの所謂偉人の内に自分を見出すと云ふ事は、ちつともその事の為めにあなたを偉くはしない。あなたはあなたでよい。私のそのあなたでよい。だからこそ古来の誰れよりも偉い。（中略）私は私であり、あなたの私であることによつて、豪いし又豪くなり得るのです。解つたの。

ねえ？
（悦　一九一八年七月一二日書簡）

このやり取りは、俊子がエマーソンと同等のふるまいをすることによって、俊子の唯一性が際立つという、『三太郎の日記』風の論理になっており、そして、それぞれのかけがえのなさが、愛そのものとして信じられている。しかし、個性を尊重し、豪くないことが豪い、と正確に阿部次郎をなぞるようでありながら、〈偉くない〉俊子を〈豪く〉するのが悦だけであることには注意したい。二人の世界の称揚は、恋愛の常であるようにみえるが、そろそろこれらのやりとりの問題点がみえてくる。実は、悦の手紙は、俊子に向かう姿勢がもっとも真摯な時ほど、もっとも作家としての俊子を損なっているといえる。

たとえば、先ほどの俊子の「探究をつゞけて〳〵人生の秘奥に達したい」という願いに対して悦は、「此の探究とは何う云ふ意味ですか、レオナルド・ダ・ビンチの、あの探求ですか。トルストイのあの探求ですか。何方でも間違ってゐる」とし、特にトルストイの間違いを、愛を「探求し、説明した」点にあるとして、「あなたは愛してゐる。生れて初めての愛に生きてゐる。（中略）その愛を通してくるあなたのライフが、あなたの表現すべき唯一の、正しいものです」と述べている（一九一八年七月一一日書簡）。阿部次郎的な〈反省〉に基づいて、俊子を強く否定したうえ、愛を分析するのではなく、愛に生きることを求めている。こうした力強いリードは、行く道に迷っている時には心強いかもしれないが、もしも、これを額面どおり受け取るなら、何かを書くことはできなくなるであろう。書く、とは、自分の考えを維持することであり、分析することだからである。この点について、次節でさらにみてみたい。

4．愛の暴力

このような悦のアドバイスは、愛の名による圧倒的な支配以外の何ものでもない。そもそも、悦の阿部次郎に対する尊敬は、思想の内容としてみれば誠実だが、個人的な嫉妬と重なっている。悦は、俊子に宛てた書簡のなかで、たびたび嫉妬を書いており、俊子はある時、彼の疑惑を晴らすために、文学上で交際のある男性の名と、それぞれどういった交際であるのかを書き連ねて送った（一九一八年七月二一日日記）。徳田秋聲、正宗白鳥、小山内薫、岩野泡鳴といった人々が続くのであるが、悦による阿部への傾倒は、その際の返信に、「ずいぶん名前を書きたてましたね。そして阿部（次郎―小平注）さん一人をのぞく以外に、一人もろくな人はゐない」と言明されていたのである（一九一八年八月七日）。阿部への尊敬は、俊子の交友関係を自分の目の届く範囲に限定しようとする恋愛における暴力と重なっているといえよう。

そして、かつて「微弱な権力」（『文章世界』一九一二年九月）で、微笑のような見せかけで女性の自我を眠らせてしまう男性の日常的な権力を告発した俊子であるにもかかわらず、悦の拘束を受け入れてしまうのは、この価値の切り分けが、文学界全体を覆う、あるべき態度として、一定の説得力を持っていたからに他ならない。徳田秋聲以下の俊子の交友関係の大部分は、先ほどの赤木桁平に批判された自然主義や官能文学といわれた作家であり、俊子の『小さん金五郎』（一九一五年）や『お七吉三』（一九一六年）を収録している『情話新集』（新潮社）シリーズは、長田幹彦や近松秋江を起用し、竹久夢二の装幀を施した特色あるシリーズであった。俊子にとって、新しい恋愛による周囲との隔絶とは、その見え方とは逆に、文学状況における生き残りをも意味するものであったと考えられる。

悦が、俊子に愛に生きるよう勧めていたのも、悦の個人的な欲望であるだけでなく、述べてきた大正期の思潮が、人格と人生に対する態度を重視したうえ、「古人及び今人に美しき先蹤あるを知らずして、古き思想を新しき独創として誇説する無学者の姿程醜くも惨ましくも滑稽なるものは少ない」（『三太郎の日記』「三様の対立」）として、下手に書くよりは、生きることそのものに価値があるとしていたからである。[11]

「真の生」に生き度い、「之れ生きたり」と痛感し得る「生」にあり度い、―之れだけの大きな高い、内的な欲望に終始してゐるやうでなくてはいけない。何かを作って自分の名を永久に生かせ度い、と云ふやうな考へは、本当は、卑しい低い考へである。

（悦　一九一八年七月一五日書簡）

一方で悦は、俊子の筆が進まず、旅費が捻出できないことを非難しているが（一九一八年七月五日書簡）、俊子が書けないのも当然だといえよう。俊子はだんだん執筆から遠ざかるようになる。このころ俊子は、何も手につかず、飯倉の聖アンデレ教会に行き、「私もそこに跪いて合掌しましたら、涙がとめどもなく流れて来て、何うする事も出来ませんでした」（一九一八年六月三〇日日記）と神にもすがるような暮らしをしている。恋人不在の淋しさを何かで埋めようとしていたことは無論だが、これが、文学界の新しい動きが称揚した生活態度であったこともまた、確かである。俊子の日記などをみると、小説を書く意欲がまったく失せているわけでもないのだが、悦が俊子の創作を褒めるのは、「雑草に咲きし花。（中略）日に霑ひ／雨に打たれつゝ。／この小さき花は、／かくして美しく咲きし瞬間を／つゝましく全ふするなり」といった、内容においても、テキストの長さにおいても、〈主張しない〉詩なのである。[12]

これが、悦の価値観による「あなたの初めての本当の芸術」（悦、一九一八年七月五日書簡）であるとすると、このころの俊子の書くものから、以前のような、女性の官能といった話題や、女性ならではの芸術とは何かといった追究が消え去っているのも、不思議ではない。なぜなら、彼らの主張のなかの生きること＝芸術は、〈人〉として生きることであり、〈女〉として生きることではないからである。だが残念ながら、この時期の〈人〉になるとは、必ずしも差別の消去を意味しない。

5．個性尊重の陥穽

『三太郎の日記』は、個性は重視するが、それは即普遍でもあるゆえに、「個性型」というような、いわゆるタイプ分けは無意味だと述べていた（「個性、芸術、自然」）。敷衍していえば、女という

〈少々変わった性質〉を個性と考える範囲では許容できるが、〈女〉というタイプを考えることは無意味だということになろう。こうした思考との影響関係をみるために、本章冒頭にあげた俊子の小説「破壊する前」に戻ってみたい。

いつの時代も突出した女性にスキャンダルを付与しないではいられない世間の例に漏れず、俊子と、仲のよかった作家・岡田八千代は、この頃歌舞伎役者の初代中村吉右衛門を争って買ったと噂されていた。[13] 主人公の名前は異なるものの、「破壊する前」では、この噂をあえてとりあげ、吉右衛門への熱中は、「この俳優の持つ芸の性質が「悲しみの力」ばかりだつた」という芸術的な興味でしかなかった真意を説明し、自分の役者買いの噂が聞こえてくると「彼女は其れですつかり激怒して、――唯漠とした世間の噂に向つて――その劇場へも行かない事にして了つた」と潔癖さを示している。そしてそうであれば、ある意味当然だが、「破壊する前」においては、このような芸術性の強調は、女性性の消去を伴っている。

年下の男性Rが道子のなかに見出す美点は、「無邪気」「無垢」「無心」であり、それが子どもの時分からもっていた彼女の本質とされている。「小供らしい自分の快活――自然にあふれてくる――を見出して、昔に返る自分の心のなつかしさに彼女は現在を忘れることが出来た。Rが彼女を連れて行く幻の世界は、丁度小供の時に見たうつら〳〵とした無限の世界に似てゐた」といった蕩漾や、あるいは、「彼女はRと一所に居る間は大概は自分の幼少い頃の事を話して、其の思ひ出に耽りながら過ごす時が多かつた」ことが描かれ、とりわけ、祖父がまだ蕾の桜を切ってしまった思い出が持ちだされ、「仏の本当の慈悲が小供の自分には祖父よりも能く解つてゐた」

と強く印象づけられる。類似のイメージは、Rが、道子のかつての師が[14]「道子の娘の頃の愛度気なさを誰れよりも愛し慈しんだ」のに似ているとされるなど、作品の大部分を占める。

この子ども時代への遡及は、「女らしい濃やかな情緒は、彼女が生む事を知らない其の生理の未知から、却つて不純の血が化された清らかな乳汁のやうに甘美であった」というRからの観察に関連づけられるように、明らかに、セクシュアリティが開花する以前への回帰、その意味で〈女性性〉の払拭であり、結末も、夫であったFに対し、「骨肉に感じるやうな愛」を感じて終わる。この点も、俊子がそれまで女性のセクシュアリティの問題を、男性との対立において描いてきたことからの大きな転換であるが、阿部‐悦の芸術観が、個性と普遍を直結したものであることを考えれば、不思議ではない。彼らがキーワードとして重用していたのが、〈人〉という概念だが、皮肉にも悦がフェミニストにみえるとしたら、このせいでもある。先ほども述べたように、女性であるというような〈少々変わった性質〉も個性と考える限りは尊重され、自己を高めようとする姿勢さえ持てば、相当な同志として承認されるはずだからである。

ただし、彼らによれば、個性は即、人としての普遍であるはずだから、女性という特殊グループの存在は、はじめから想定されえない。こうした思考法が、階級の問題に目をつぶるものだと批判した竹内仁「阿部次郎氏の人格主義を難ず」（『新潮』一九二二年二月）が世に出るまでは、あと数年あるが、こうしたプロレタリア文学の興隆につながる批判は、女性問題についても当てはまる。どの個性にも優劣がなく、そしてそれゆえに才能や行為の結果の比較ができず、努力する行為だけが重視されるなら、男も女も、主婦も職業婦人も女工も、それぞれの位置での努力を続ければよいだけであり、相互の関係や格差を論じる回路は断たれているからである。

とはいえ、繰り返すが、このように〈女〉を〈人〉としてみることは、いかに女性という区別や差別を無化するようにみえても、悦の場合、愛の拘束とイコールである。悦の一九一八（大正七）年六月一三日に書いた書簡には、自分のバンクーバーでの観劇にふれたついでに、芸術的鑑賞と、俳優に熱を上げる低級な愉しみ方の違いを戒めてあり、文脈は直接続かぬながら、直後に、岡田八千代のふしだらさを貶める発言がある。この生真面目な芸術観には、「破壊する前」との呼応がみてとれるが、悦にとって、演劇を芸術として〈まじめに〉観ることは、俊子の現実の役者への情緒や交際自体の禁止でもあることはいうまでもない。さらに俊子の〈女性性〉の忘却は、「あなたの所へ熱烈な恋をよせてくる男が出来る」ことの防止であり（一九一八年八月三日書簡）、そして個性の謳歌は、先にみたように、相手を唯一無二の恋愛の相手とすることとイコールである。絵に描いたような愛の拘束であるが、にもかかわらずその事実は、〈人〉という概念によって、隠蔽されてしまっている。〈人〉になるという幻想は、女性に武器を捨てさせるのに十分な理由として機能するのである。

しかし悦は、次のような俊子の〈改心〉ですらも満足できなかったようである。


今日は思索をします。書く事を考へ直すの。私は創作はいやで仕方がない。殊に私は過去なんか書き度くない。私は過去に懺悔すべきものを一とつも持たない。私が一層善良に一層美しく、一層真実に生きると云ふ事を獲得しただけです（現在に）。そうして其れはこの愛によつてだわ。そんな事創作にしたつて下らない。今の私はもつと高いものを望んでゐる、自分の芸術の上に――それを私は表現したい。豊富に。然し其のあとで、私は又書く時があるでせう。過去を。毒を含んだ無邪気な遊戯――其れが私の過去を飾つてゐる。其の外に私を汚したものは一とつもない。然う思ふと私はほんとに安らかに自分を神に委ねる事が出来る。

（俊子　一九一八年六月二二日日記）

この日記は、殊勝にも悦のアドバイスにかなり寄り添ったようにみえるが、これに対してすら、悦は、その言い方にはまだ「危険」な「自己弁護」があるとし、また彼女が、「無邪気な遊戯」が過去を「飾つてゐる」と肯定的に表現したことを悔恨がないと厳しく糾弾している（一九一八年七月一九日書簡）。悦にとっては、すべての過去は徹底的に反省・否定すべきであり、「苟めにも飾るものなど一つも」ないはずなのである。悦にとって、俊子との恋が、「生死の一切が委ねられてある」「一生にたつた一度の恋愛」、「絶対」の恋であるのは、阿部の姿勢に酷似したこの徹底的な過去の否定によってでなければならない。

悦が心配するのは、「あなたは、此の恋が、あなたを「一層よくした」と云ふ、それなら他に又「専らにあなたを一層よくする」恋が生じ得ることを予想させるやうに私は思ふ」からである。もし俊子の段階的な成長を許すのなら、成長の段階に見合うパートナーの男性たちは、よりよいものに代えていかれるべきであり、自分も比較される一人にすぎなくなってしまう。悦の思考は、絶えざる成長を志したものではあるが、それだけに、現在の努力を相対化してしまうような、目標地点の未来までを見通したものではない。その弁証法は、すべて否定される過去（の男性たち）と、現在の恋の二項だけから成り、否定のあとに来る肯定は、否定よりも高次であり、その時点ではそれしかないような最高の状態でないといけない。それだけが、許容される人間的成長なのである。俊子は、この〈愛〉に安住できたであろうか。

6. 婦人という階級の発見へ

以上のような正義感は、悦の場合のように、そのまますべての人の生き方の向上として、労働運動などに直結する場合もある。むろん、悦にしても、実際に目にするバンクーバーの日本人移民の状況が、実行へ導いたということもあるだろう。もし、人格の問題がそれだけで論じられるなら、俊子の場合のように、権力の格差が不問に付される場合もあるからである。

たとえば、大正教養派が説くように、どの個性にも優劣がなく、努力する姿勢だけが重視されるなら、労働者も女性も、タイプやグループではなく人格であり、それぞれ努力せよという傾向に傾くのはすでに述べた。

俊子も、バンクーバーで『大陸日報』土曜婦人欄に執筆をはじめた際、女性に対し、他の人がよい服をこしらえたり、よい地位にいることに対して張り合ってみせる虚栄心を捨て、「外部に対して打勝たうと焦せる念を内部へ向けて自身の「克己心」に変へる」ことが真の誇りだと述べている（「真の誇り」『大陸日報』一九一九年八月二三日）。これが、文句を言わずに努めよ、という修養に裏返るのは容易である。人格の問題だけでなく、社会主義や労働運動といった別の考え方を経由し、個人と普遍の間に、特殊グループの存在を考えなければ、権利の獲得や格差を論じる回路は生じない。

翻って、第一章で述べた『青鞜』の女性たちについて振り返ると、書く技術としての作品の結構ではなく、態度の真摯さが前景化し、出来事が進行中のまま開かれて終わる文章は、生きることを重視し、最良の今を記述していく点では、大正教養派や白樺派との共通点もあるといえる。それらは、それぞれ異なる女性であることを模索したものであったが、もしそれを〈個性〉への志向とまとめてしまうなら、この時点ではむしろ女性への差別は問題としにくくなる。同時期、『中央公論』が〈新しい女〉に注目した「婦人問題特集」号(一九一三年九月臨時増刊)をきっかけに、『婦人公論』が一九一六年に創刊されているが、一層高まる〈女性〉への注目が、必ずしも婦人問題の先鋭化に結びつくわけではないことを象徴しているかもしれない。

試みに『婦人公論』をみると、大正教養派の一端を担う新渡戸稲造が、良妻賢母になることは、人格の一小部分にすぎないと否定し、女性も高潔な人格をもっと成長させるように勧めており(「婦人の正当なる進歩を妨ぐる者は何ぞ」『婦人公論』一九一八年四月)、女性の人格をめぐる議論をリードしている。そしてその〈人格〉をめぐる論理は、女性に職業を勧める方便としても利用可能なものであった。「婦人の知識が進むに従つて、婦人も男子も同様充分自己の個性を発揮したい(中略)希望を持つに至る所から職業婦人が多くなる」(西川文子「婦人も職業を要す」『婦人公論』一九一六年一二月)、「職業なるものは、人格が外面に表はれる形体」(山脇玄「女子職業教育の必要」『婦人公論』一九一七年三月）といった具合であり、いまだブルジョワ的な職種にすぎないにせよ、女性の多方面での活躍にも発展しうる。

一方、〈人格〉の論理は、分相応に努力することの尊さを教え、個性と性別役割の取り違えに加担もする。夫が命令し、妻が従うのも、互いの人格さえ尊重していれば理想の形態であるとの意見や（高島平三郎「人格概念の更生」『婦人公論』一九二三年一月）、「男女共に人格であると見做すことは、男を男として、女を女として其の差別相を容れつゝ二者を包括して見ること」など、人格概念の使用は、性別役割分業の温存に変容していく（北昤吉「男女の理想的平等化とは何ぞ」『婦人公論』一九二三年四月）。個性の尊重というそれ自体は理想的な目標が掲げられるゆえに、女性差別の是正へ発展する経路は多難である。『青鞜』の試みのすべてがここに吸収されるわけでは無論ないが、先進的なようにみえて微温的な大きなメディアにその座を奪われてしまったといえるかもしれない。

ただし、孤軍奮闘した俊子のその後をいえば、「私は大分、社会主義者の傾向を持ち初めてゐます。然し、アナキー《ママ》ズムでもなしコンミユニズムでもなし、何ズムかまだ分らない」と書簡に記している（一九二二年一〇月三一日湯浅芳子宛書簡）。宛先の湯浅芳子は、ロシア文学翻訳者で、俊子とも親密な関係にあったが、この後プロレタリア作家として大きな存在になる中條（宮本）百合子と同居し、一九二七年から一九三〇年にはともにロシアの現状を学ぶために滞在した相手である。俊子が、バンクーバーやロサンゼルスで社会主義に接近していった思索の経緯の詳しいことはわからない。ただ、それすら悦の影響であったとしても、悦と同じ意味で社会主義にすんなり移行したわけではなかった。比較的早い時期に、女性を階級として扱う視点を持っているからである。

第四章以降で述べるように、日本においても、この時期浮上してくる社会主義的傾向のなかに、女性の作家や文筆家が登場し、果敢に思索と活動を推し進めていたのはいうまでもない。しかし、『青鞜』に集った平塚らいてうなどブルジョア階級が婦人運動の象徴とされていたことや、共産主義的平等の実現が男女の差別も同時に解消すると考えられていたことなどによって、階級の問題が浮上する際には、婦人運動はぐらつきも経験することになる。だが俊子にあっては、明確な主張がある。

「自己の権利」に対して眼を開いたものは弱者である。自分も同じ人間であると云ふ悲惨な個人的自覚は、常に他から圧迫され虐げられつゝ生存する弱者の階級の中から起つたのである。この弱者の中に婦人の階級がある。（「自己の権利」『大陸日報』一九一九年八月三〇日）

この評論は、完結せずに終わっているようである。しかし、俊子にとって、階級とは、まず、女性のことである。それがブルジョア女性だけを指してはいないという点で、これ以前の考え方とは紛れない。俊子はやはり、〈愛〉に説得されていたわけではなく、次の行動に通じる手がかりを得ていたのかもしれない。しかし、一九三六（昭和一一）年に日本に帰国後の行動は、窪川鶴次郎との不倫恋愛が伝記に記されることが多く、以前とはだいぶ作風の変わった小説群や、「日本婦人運動の流れを観る」（『都新聞』一九三七年六月一三日〜一九日）などみるべきものがあるとはいえ、プロレタリア運動のなかで女性の問題を考えようとした作家たちとも共闘はできなかった。

〈個性〉の実現がより重視される現代、その〈個性〉概念はこの時期を超えたものだと言い切ることはできるだろうか。

第四章　労働とロマンティシズムとモダン・ガール
――『若草』の投稿者と林芙美子

1.〈新しい女〉から〈モダン・ガール〉へ

横光利一に、「古い女」（『若草』一九二八年二月）という作品がある。妊娠した妻が、結核悪化への恐れを表向きの理由に夫に堕胎を迫られ、秘密裏に手術を受けるために夫と旅行に出るものの、行き先の町で当然のように芸者遊びをする夫を見て、「あたしは、古い女です。でも、あなたのお家は、人形の家より、まだ古くさいお家だつたと言ふことにもお気附きなさいませ。（中略）こんな家の中で、子供に変つて愛が成長しようとお思ひになるあなたは、あたしよりもまだ古いと言ふことにもお気附きなさいませ。」との置手紙を残して家出をするというものである。

タイトルにもある「古い女」は、もちろんそれが〈古くない〉ことを反語的に示したものだろうが、それがかつて平塚らいてうなどが呼ばれた〈新しい女〉を意識したものであることは、引き合いに出されているイプセン『人形の家』（一八七九年）が、明治末から大正初期の日本で女性運動の象徴的アイコンになっていたことをみれば明らかである。よく知られるとおり、『人形の家』は、それまで家庭の幸せを甘受していた主婦が、実は夫に人格を認められず、人形のように愛玩されていただけであったことに気づき、家を出る決心をすることを描いた戯曲であり、「古い女」の結末はこれを意識させるものである。すでに十年以上前に流行したモチーフやタイトルの選択には違和感があるが、実はこの時期にこそかつての〈新しい女〉が回顧される環境は整っていた。新たに現れた〈モダン・ガール〉への興味が、その比較材料として、かつての〈新しい女〉にまなざしを向けたからである。

前章までで、書く女性たちの自己の確立は職業として実を結びにくかったことを述べてきたが、その一方、労働する女性たちの意識は、一九二〇年代以降のプロレタリア運動の興隆とともに高まっていた。前章でみた田村俊子は孤立した例に留まったが、労働や運動を前景化した『女人芸術』（一九二八年創刊）などが大きな仕事をしたことは、先行研究が明らかにしている。[1] ここでは、労働という点では女工や職業婦人と接しながら、イメージとしてより消費された〈モダン・ガール〉表象をとりあげ、それを通して文学雑誌上で男／女に課せられた規範を明らかにする。さらにそのなかで書く女性の例を検討することで、前章までは自分を対象にするゆえに認知に結びつかなかった書く行為が、どのように練り直されたのかをみていくことにする。

2.『赤い恋』と林芙美子

この時期、〈新しい女〉はモダン・ガールの起源とされはしたが、その実、差異において語られるのが一般的である。モダン・ガールを論じる際に必ず引用されるといってもよい片岡鉄兵の『モダン・ガールの研究』の初出も、「古い女」の掲載と同じ『若草』であるが、これによると、〈新しい女〉は「思想的に目醒めたのではあるが、生れつきの「新しい女」ではなかつた」、「「人間として」生きなければならない、型にはまつた女らしさから、脱けなければならない。と云ふ意識が強く、（中略）男と同等の権利を要求するために、男と同様の振舞ひをしやうと、意識的に努力したのである。男性の模倣であつて、女性生活の創造ではなかつたのだ。」（片岡鉄兵「モダン・ガールの研究（一）」『若草』一九二六年七月）とし、それに対してモダン・ガールを「感覚的な享楽、肉体的刺激の追及」といった「生活気分のまにまに、比較的自由な生き方、比較的自由な物の考へ方をして居る女の型」、「勿論自覚もして居るが、その自覚は知識的であるより生活的」、「生活気分のまにまに動いて居る自然の姿」（「モダン・ガールの研究（二）」『若草』一九二六年八月）としている。同様のパターンは他にも、「むかしの青鞜《ブリュー・ストッキング》婦人はむしろ理智から入つた、が今日《こんにち》のもだーん・がーるは感覚から入つてゆく」と比較する百田宗治「もだーん・がーる」（『若草』一九二六年八月）や同様の論旨を展開する堀木克三「新時代の女性と文芸」（『若草』一九二六年八月）などがあげられる。

かつて〈新しい女〉という語が一世風靡した頃、そのアイコンである『人形の家』のノラに、同じくイプセンの『ヘッダ・ガブラー』（一八九一年）のヘッダや、『海の夫人』（一八八八年）のヒルダを対置し、境遇の圧迫によって新しい女にならざるを得なかった前者に対して、生まれつき新しい女である後者の出現を望む言説が多くみられたものだが、(2)この予言が十数年で正確に到来したところからして、こうした女性像が実体なのか期待されるイメージにすぎないのかといえば後者ということになるだろう。(3)片岡はモダン・ガールの恋愛についても、「個性が複雑になればなるだけ、相手の個性に複雑なものを要求」し、「他の男へ、さうして再び次の男へ」と移ってゆく、と複数の男性との関係を特徴としており、かくして「フラアテーション」=「何気ない秋波や接触で、お互ひに刺激しあふ事」(「モダン・ガールの研究(四)」『若草』一九二六年一〇月)が流行するのだと述べているが、これを、女性を知性ではなく〈自然〉で性的な存在としてみる、と要約すれば、〈新しい女〉との対比で男性たちにはこちらが望まれたのも理解できる。

むろん、新しい装飾は施されている。モダン・ガールにつきもののイメージといえば、断髪・洋装などのファッションの新奇さとともに、職業を持っていることである。横光利一「七階の運動」(一九二七年)、吉行エイスケ「女百貨店」(一九三〇年)や伊藤整「キリ子の朝」(一九三一年)などの小説を引き合いに出すまでもなく、ショップガールやレビュー・ガール、タイピストやバス乗務員などの現代的な職業が描かれている。「比較的自由」に選択ができるのは、経済的な自律性のゆえでもあるはずだ。そしてたとえば横光なら、未来派や立体派に連なるような表現の追究のなかで、女性についても、加速する資本主義によってパーツ化・機能化された身体として描いているため、(4)それが誇張的なイメージであることはわかりやすいのだが、「モダン・ガールの研究」の片岡鉄兵は同じ新感覚派から一九二八年ごろ左傾した作家である。つまり労働という点でプロレタリア運動にもまたがる話題となったことで、モダン・ガールは〈現実〉らしさを強く纏う。労働問題はより現実的な問題だからであり、プロレタリア運動は、芸術的な空想ではなくマルクス経済学という理論に裏づけられていたからである。

同時期に流行ったロシアの革命家・コロンタイ（一八七二〜一九五二年）の「三代の恋」も関連する事件だと考えられる。祖母、娘、孫娘の三代にわたる女性の恋愛の変容を描いた小説であり、もっとも話題とされたのは孫娘ゲニアの恋愛観である。男性と関係した結果妊娠しても、相手は誰かもわからず、いとも簡単に堕胎を決め、母の恋人とすら関係を結ぶが、彼女はすべて自分の自由意志による行動だと言い、革命という重大事の前には恋愛など取るに足らず、恋人を独占しようとする母親を非難さえする。

あなたが、いちばん不思議に思ふのは、私が色々な男と、たゞ彼等が気に入りさへすれば、彼等を愛してゐてもゐなくとも構はずに関係を結ぶことでせう？、ご存知のとほり、恋をするには暇がなければなりません。色々な小説を読んで知つてゐますが、恋をするには非常に多くの時間と精力が必要です。私達はこの地区で多くの仕事をもち、解決すべき重要な問題をもつてゐます。このあらゆる時間を私達から奪ひさる革命の時代に、そんな暇がどこにあります？しよつちゆういそがしくかけまわつてをり、頭はいつも幾千の緊急な問題で一杯です……（中略）、私達は偶然出逢つて、二人が幸福を感じた時には、その時間を尊重するようになるのです。(5)

翻訳者の林房雄は「新『戀愛の道』 コロンタイ夫人の戀愛観」(『中央公論』一九二八年七月)を書き、男女の関係性について、所有を伴う結婚にも売春にも問題があるのは明らかなうえ、人々が自由恋愛の能力も時間も持っていない現代において、唯一の方法は「恋愛遊戯」だと説き、論争を巻き起こした。(6) 山川菊栄や高群逸枝が行った反論の詳細にはふれないが、批判にさらされたのは当然であろう。まず恋愛から精神性が消去され、革命という公的で理性的な行為と対立的に〈私事〉として位置づけられることで、性的な関係は肉体の衝動としてのみ捉えられている。林房雄は「恋愛遊戯」はむしろ利己主義や嫉妬を退け、貞操を学ぶためなのだといい、ゲニアのような行動を、女性を「一般の男性と同等な「独立人」「活動人」の水準にまで自己を高め」る、「自己を主張する個性」と称揚するが、性行為とその結果を女性の「独立」に預ければ、男性が道義的・経済的な責任も、子育ての協働も免れることが可能である。これなら、男性に都合のいい女性像でしかない。

ところで、こうした状況をみれば、本人も予想しないほどのヒットに恵まれた作品が想起され、その理由の一端も理解できる。林芙美子の『放浪記』(単行本は一九三〇年)である。内容は、芙美子自身が詩人を志して上京した後、カフェの女給や女工など不安定な職を転々とし、同時に恋人の間も転々とせざるを得ない暮らしを描いたものであり、この出版の印税によって、一気にパリ旅行に行くほどに売れたのである。

人気の理由が、多くの人の関心であった都市の貧困と、にもかかわらず飛び跳ねる清新な文章にあることは間違いないとしても、複数の文学傾向にまたがるモダン・ガールのイメージに合致したことが広く受け入れられた理由である。これまで述べてきたモダン・ガールの性質と『放浪記』の共通点としては、長くなるので引用は並べないが、主人公が労働している点、男性遍歴が描かれている点、そして、日付らしきものはあるがエピソードを自在に行き来している書きぶりも相まって、それらが理論や思考によってではなく「気分」を中心に展開している点などをあげられるだろう。

だから、女性にとって切実な事柄を書き綴った林芙美子は、そのこと自体によって、当の女性執筆者の間で微妙な位置に立つことになる。『放浪記』については第五章で詳しくみることとして、ここでは、なにかを書こうとしている女性が承認されること／されないことが、どのように起こるかを確認するため、「古い女」や「モダン・ガールの研究」でモダン・ガールのイメージをリードし、また林芙美子も複数執筆した雑誌『若草』（宝文館）について分析する（これ以降本章では、『若草』からの引用については、誌名を省略し、発行年月のみを記す）。本章の構成はやや複雑になるが、ここから、モダン・ガール表象が書くことの規範にもなっていること、モダン・ガールが肯定的なイメージであるとしても、沿うべき規範として抑圧的に働く場合があることを雑誌上での言説をとおして確認し、後半ではこれと対照的に、雑誌の性質を味方につけて安定したケースとして、林芙美子のテクスト分析を行う。

3. 文芸投稿雑誌『若草』は女性誌か

『若草』は、『少女の友』に並ぶ少女向け雑誌『令女界』の投稿欄拡張の要望に応えて、一九二五（大正一四）年一〇月、橋爪健、井上康文、北川千代子、城しづか、水田明、北村秀雄、佐々木緑、藤村耕一を同人として創刊された。(7) 研究においても多く女性雑誌として認識されてきたが、当初から、『令女界』の発展としての方向だけでなく、もう一つの方向が併存していた。男性読者・投稿者の受け皿としての役割である。

創刊の計画段階では、「たゞ若き女性の雑記帳」（『若草』広告、『令女界』一九二五年七月）とするつもりもあった。ただし、それ以前から『令女界』誌上では、男性の女性名による投稿がたびたび問題となっていた。編集側も、愛読者名簿作成の目的で葉書を集めた際、「何万枚と集まった」なかに、「幾千の男性の読者（多くは学生諸君）」が混じっていると認識しており（「大森から」『令女界』一九二五年三月）、投書欄の拡大として用意された『若草』は、「其の文芸の応募者に男女の区別を設けない」と明言することになったのである（『若草』広告、『令女界』一九二五年八月）。たとえば、「若草誌上には男性の投書をお赦し下さいます様」という投書に対し、編集側は「若草は、人をえらびません。作品本位で行くつもりです」と返答している（茶話会、『令女界』一九二五年九月）。

だがそれは、内部の軋轢を生み、ジャンルの使い分けや、一部の書き手の排除にもつながった。というのは、『若草』を『令女界』の単なる拡張ではなく、少女雑誌卒業後の発展的な雑誌の誕生とみる女性には、当然投稿レベルからの成長の期待がある。「主に女流作家の諸氏に御執筆を仰ぎ、微力ながら女流文壇の活舞台」とする（田辺耕一郎「編輯後記」一九二六年六月）という宣言どおり、中條百合子、吉屋信子、網野菊、宇野千代、三宅やす子、岡本かの子、若杉鳥子、高群逸枝、神近市子など多くの女性作家が寄稿している。

そして、モダン・ガールへの注目が〈新しい女〉への回顧を伴っていたのと足並みを揃えるように、生田花世「青鞜社のために弁ず」（一九二六年八月）、平塚らいてう「青鞜社はどんな役目をしたでせう」（一九二八年一月）など、『女子文壇』や『青鞜』出身の女性作家による、かつての熱き時代の回顧を伴っている。『女子文壇』は、一九〇五（明治三八）年一月から一九一三年八月まで刊行された女性向け投稿誌で、『青鞜』と並行して文学的文章を発表し共有する場として重要な役割を果たした。生田花世は、この花形投稿者から『青鞜』へ活躍を広げたのである。[8]

こうした動きは読者からも、「若草は「女子文壇」のやうな雑誌になさるのだつてね」（小石川　あけみ、一九二六年八月）、「文芸雑誌としてこれほどまでに女性のために開放した雑誌は現代に本誌一つです」（山形　せきや、一九二七年八月）と喜びとともに受け止められるが、一方ではまず、女性誌を愛読する男性投書家との激しい温度差として現れる。『令女界』からすでに、男性投書家が投稿していることは問題視されており、[9] 女性のふりをして少女との交際の手蔓を得るためだと非難されているが、男性は男性らしくあるべきという規範から解釈するから〈女性のふり〉となるのであって、要するに「センチメンタル」な内容や文体を愛好する男性が多かったということであろう。[10]『若草』の拡張に嬉々として参加した彼らは、同人の一人の城しづかをして、次のように憤慨させることになった。

たとへ女性中心の、ともすれば甘美に陥りやすい文芸欄であればとて、そこに飛び込まうとする青年の群は、よもやこれ程までにくだらない、低級な人々であらうとは、思はなかつた。（あゝ、若草なんか愛読してくれる青年達は、みんな男性間の落伍者ばかりなのかな）

（城しづか「寸評　投書する青年へ」一九二五年一二月）

こうした批判は、〈男らしさ〉〈女らしさ〉の分離主義的な態度というよりは、『若草』を成長の場とみていることに加え、女性作家を生み出したいという希望が、前述のように、状況的にプロレタリア文学運動の興隆と重なっているところに現れる志向である。これまで財産を持たず、抑圧されていた女性というカテゴリーは、すべての女性がプロレタリア階級ではないとしても、この運動に共感する理由は十分にあったからである。

平林たい子は、「原稿紙十枚以下の精力しか蓄へない」、「片足は必ず詩か短歌かコントか小説かに掛けてゐるが、残りの片足は必ずその何とも命名し難い雑文?・を確《しつか》りと踏んでゐる」「女流文士」を痛烈に批判して「娼婦化」と呼んだ（「女流文士について、その他」一九二七年一一月）。これまでの女性誌においては往々にして、投稿の頂点を極めたとしても、小品文、詩、和歌、日記文、感想、書簡などの、小説に対して周縁化されたジャンルと、同性同士の濃密な感情などに限定された〈女性性〉のせいで、男性作家と互角に活躍することなどは望めなかった[11]のだから、彼女たちが、男女の境界が取り払われる『若草』に期待することは明らかだ。こうした流れは、中流の女性読者が多かったにもかかわらず、『若草』がプロレタリア文学傾向を取り入れることをスムーズにしたと考えられる。

彼女たちの意識では、たとえば江馬三枝子が、『若草』の熱心な読者こそ、「あらゆる虐げられ恥かしめられた無産大衆の解放」を知り、モダン・ガールではなく「正しい意味に於ける新しい女」たるべきだと述べるように、享楽性を否定して、むしろ〈新しい女〉とのつながりを示唆している点で片岡鉄兵などのモダン・ガール表象とは異なっており（「モダン・ガールと新しい女」一九二八年一月）、読者も「あれこそ新しい時代への覚醒の鐘」（仙台　葛城うしほ、座談室、一九二八年三月）と迎えるようになる（「座談室」は読者の通信欄）。ただ不幸なことに、当人たちの意図とは異なり、女性たちの参加がモダン・ガール像の現実化に拍車をかけ、『若草』をモダン・ガールのイメージを牽引する雑誌に押し上げたということもできるだろう。おそらく読者層の見極めや複数の編集方針の統一が成されなかったことが原因でもあろうが、『若草』はすぐに同人制度を解消し、さきほどの中心的な女性作家がことごとく流出してしまうこともあり、その後は明らかな女性作家養成の目標も後退するが、それと裏腹に、中流の女性読者に向けてプロレタリア運動への目覚めを促すような小説は増加するからである。

多くはプロレタリア文学運動に進む男性主人公と、同伴者になる令嬢もしくはモダン・ガールの組み合わせだが、たとえば、北村寿夫「令嬢気質」（一九二八年一月）では、貧しい夫の病に際し、妻が令嬢であったことにより信頼を得て医者に診てもらうことができる。ブルジョアの夫と離婚し、昔の恋人の運動への接近を見て目覚める女性を描いた藤沢桓夫「彼女」（一九二八年三月)、デパート店員と失職者男性を描いた南部修太郎「貧しい恋人」(一九二八年四月)、労働争議のあった会社の令嬢と気骨ある労働者の出会いを描く今東光「湖畔」(一九二九年八月)などである。女学生時代は文学ばかり読んでいたよね子が、父の死をきっかけに働きはじめ、セクシャル・ハラスメントなどを経験し、婦人同盟で熱心に働きだす江馬修「三様の変態」(一九二八年一〇月)も典型だろう。

若干なじみは薄いが、これらの顔ぶれは、同人制度解消後の小説欄が、川端康成、龍膽寺雄や吉行エイスケといった新興芸術派から、中野重治や徳永直や秋田雨雀といったプロレタリア派まで、幅広い作風の作家を載せるようになっていたのに見合う幅広い選択である。『若草』自体はそれぞれを好む読者を広く吸収したゆえに、雑誌傾向の捉えどころのなさとは裏腹に、有力な雑誌になっていき、作家たちの発表の場や原稿料を支えていく。モダン・ガールについても、冒頭から述べてきたように、思潮の両極にまたがるゆえに大きな文化現象となっていくさまを確認することができる。

4. プロレタリア化という多様性と排除

では、このように女性にプロレタリア運動という特定の生き方を求める作家たちの作品は、投稿家たちにどのような影響を与えたのだろうか。投稿欄の方針も、寄稿する作家の顔ぶれの広さを受けて、傾向の違う選者が次々交代する仕組みになっていたとはいえ、読者の通信欄である「座談室」では確かに、「工場に働いてゐる私達の汚れかける気持ち」の慰めを雑誌に見出し（西新井静枝、一九二八年四月）、「生活に忙しいために原稿を書く余裕は得難い」（長野県　川上四朗、一九二八年八月）、「『若草』のプロ味を愛してよろこんでる私」（広島　木下潤、一九三〇年六月）というように、プロレタリア文学への傾きを喜ぶ読者は確実に増えている。だが当然、文芸に親しむ女性の多く、とりわけ『令女界』から引き続きの読者は高等女学校や師範学校に行く層であり、雑誌上の女性像との間には、ずれが生じていたと考えられる。

プロレタリア小説を愛読しながら、実際の「プロレタリアと言ふものに好感が持てない」、「大衆と共に存在し得る人が羨しい」という悩みを打ち明けるのは月井露子というペンネームの女性である（月井露子「塀から覗いた風景」随筆感想、一九三〇年五月）。これには反響が大きく、「何人が唯物史観を把握してゐるであらう。（中略）友よ、純情のみが能ではない。要は現実に対する判断を、正確に心がけて行くことにある」（山﨑禎子「読者への公開状」一九三〇年九月）といったような投稿が載せられるし、常連投稿者の一人、船木閑子に対しては、「客観の範囲が普遍的でないから、生活以外の文学感情だと誤解されるのでせう。別にプロレタリヤ的観点に立たなくても、もつとリアルな方面へ目を向けてみたらと思ひました」（山形　五十嵐興治、座談室、一九三三年九月）というような〈向上〉が助言される。

こうした助言は女性投稿者を発奮させるよりも、敬遠を招くに充分であったといえる。読者通信欄でも女性の不振はよく嘆かれるが、たとえば、椿れいこという投稿者は、『令女界』から活躍し、その延長として『若草』創刊号から多くの投稿が採用され、特に第三巻では毎号複数のジャンルにわたって載っている。投稿から推せば教員になりたての女性であり、「時々感じる事だが、私は教育者として立ち得る人間ではないといふ気持と、教へて一年とたゝない子供といふものに対して深い愛着との岐路に立つて迷つてゐる自分の姿を、今又はっきりと見る」、「あがきながらも浮びあがれない自分を――生活の為とか、環境の為とかそんな理由ではない――自分の心をもてあましてしまふ」（「短章」感想、一九二七年五月）というように、堅実な職業の日常のなかでの心の揺れ動きを描く。その彼女は、第五巻からはまったく姿をみせなくなってしまう。その後も『令女界』の方には投稿が載り続けているので、投稿自体をやめたわけではない。[12]『若草』は女性の活躍を掲げて発進したにもかかわらず、ある種の締め出しが生じているのである。そしてそれは、プロレタリア傾向の女性作家も締め出されたこととの相乗効果として起こっているのだ。

もちろん、プロレタリア文学傾向の居心地の悪さを実感するのは、『若草』において、女性読者だけではない。初期からの有名な投稿者の一人、三宅金太郎は、そうした経緯を誰よりも体現した存在である。さまざまなジャンルの投稿を行っており、雑誌に掲載された秀作を選んだ『若草散文集』（宝文館、一九三〇年）にも多く採用される三宅だが、「生活は昨年十二月の若草感想欄に書いた「工場から」その儘」（座談室、一九三〇年八月）とあるように、実際に労働者の生活に身を投じたようである。

だが、「昨年のあの事件以来思想的にも全く退廃的になり切つてゐた僕は、漸く全身的に打込んで行けるだけの魅力と情熱をプロレタリヤ解放運動の中に見つけ出した」と期待をかけた生活の実際は、「何かの記事で見る時――更に小説で見る時自覚と実行力を持つ戦士が何処にでも転つてゐさうに思へるが、職工達の多くの口にする事はくだらない愚痴と女の話、彼等の希望はくだらない享楽のみと言へる」と失望させるものであった。「此無神経さこの馬鹿らしさこそ彼等の最後の拠りどころなんだ」と思ってもみるものの（以上は「工場から」感想随筆、一九二九年一二月）、「梅雨霽れの頃」（随筆感想、一九三〇年一〇月）では、ブルジョアとして批判される芥川龍之介への改めての共感を語り、「陥没した闘士」（随筆感想、一九三一年六月）では、二年間の工場生活で、暇があるならルナールやコクトーの方が読みたく、闘争も忘れ果てる自らの怠惰を自嘲している。

文学的リテラシーを持てる階層において、思想として共感するプロレタリア運動と自らの階級の落差に悩むことは珍しいことではない。特に、中学卒業程度の学歴の読者を多く持つ『若草』においては[13]、工場勤務や農業といった労働経験ゆえに、文学エリートよりも一層、実際行動を良心と考える場合もあったのだろうが、違和感は増してゆく[14]。

ただし、さきほどの椿れいこと三宅金太郎を合わせてみた時、両者の不遇にジェンダー差があることは確かである。三宅が、方針の異なる選者のすべてを師とし、その結果独自の作風を打ち立てられない悲劇に陥るとはいえ、それらの変化がつぶさに誌上で読めるのに対し、椿れいこの悲劇は消え去るしかなかったことだからである。プロレタリア運動に行ききれない三宅が一方で書き続けるのは、個人的な体験、特に恋愛（の失敗）であり、おそらく意中の女性に振られたことに、自ら納得できる物語を求めて試行錯誤が行われる。だが、たとえばそれが、男性を翻弄するブルジョア令嬢というモダン・ガールのステレオタイプの一つとして表れ（「退屈したブルジョア」推薦小説、一九二九年一一月）、これは新興芸術派もよく描くものであるように、三宅は、プロレタリア文学から新興芸術派まで幅広く、女性像のパターンを選ぶことができた。執筆行為によって、三宅は読者の感受性の再生産を担い、それゆえに自身は作家にはなれずに文学を周囲から支えている存在の代表格といえるが、描かれるのはいずれも、突出した意志を持つ現代女性のパターンであり、実際の中流女性の堅実な「現実」や「生活」からは離れている。さきほど女性投稿者に「もつとリアルな方面」が求められていたことを紹介したが、文学上の「リアル」は、女性の一部が思うもう一つの「リアル」を、誌面から駆逐したのである。

伊福部隆輝「鷹野つぎ女史及び鷹野女史的存在について」（一九二九年七月）は、そうした状況の一端を言い当てていたといえる。彼は、「現実日本の女性、夫の妻たり子供達の母としての女性としての立場から、つゝましやかに彼女の思想を語り出した」鷹野つぎの最近の沈黙の原因を次のように述べている。

> 鷹野女史の従来とつてゐた立場、それは社会階級制度そのものはそのまゝにして置いての個人的人格に関する問題をのみ取扱ひ、そこからすべての問題を解決しようとする立場であつた。
> このやうな思想的立場は今日ではゆるされなくなつてしまつてゐる。（中略）時代は女性文芸家達をプロレタリア運動へか、デカダンスへか、この二つの道のいづれへか追ひ込んで来たのである。

鷹野つぎは女性作家の代表だと伊福部が述べるとおり、椿れいこの『若草』からの撤退も、その縮図なのである。

5. 文壇と異なる『若草』の林芙美子評価

だが一方で、こうした雑誌の性質にうまく適合すれば、修業の場という投稿雑誌の機能を充分に利用できる場合もある。『放浪記』の成功によって、すでに投稿者とは区別されるものの、詩から小説に挑戦しはじめ、作風に関して試行錯誤中だった林芙美子の場合がそれである。(15)

実は文泉堂版の全集をはじめ、現代の講談社文芸文庫でも、初期の芙美子の小説として認知されているのは、「風琴と魚の町」(『改造』一九三一年四月)、「清貧の書」(『改造』一九三一年一一月)、「屋根裏の椅子」(『改造』一九三二年八月)、「彼女の控帳」(『新潮』一九三二年一〇月)、「小区」(『中央公論』一九三二年一一月)、「耳輪のついた馬」(『改造』一九三三年八月)、「魚の序文」(『文藝春秋』一九三三年四月)などであり、詩も含めて初期に多くの作品を載せた『若草』との関係は自ら消去している。(16)たとえば初出の「放浪記」で、「茶ブ台の上には、若草への原稿が二三枚散らばつてゐる。」(「下谷の家」『女人芸術』一九二九年七月)と書かれた部分は、後には「茶ブ台の上には書きかけの原稿が二三枚散らばつてゐる。」(『林芙美子選集第五巻』改造社、一九三七年)と誌名が消されているのである。(17)

「風琴と魚の町」以下の認知されている初期小説は、内容としては概ね、林自身の貧しい生活を彷彿とさせるものである。一つひとつ作品を提示することは省略するが、右記の作品には、北九州や海沿いの町を行商する少女、カフェの女給、三人の男性との結婚、画家との現在の結婚生活、パリ滞在などが扱われている。知名度のある雑誌には、『放浪記』のイメージを損なわない作品を発表し、評価する側もその基準に沿ってきたのである。結論からいうと、『若草』は、こうした実生活を写す系統とは異なる傾向を練習する場であった。具体的にみてみよう。

『放浪記』によって芙美子は、プロレタリアでもありモダン・ガールでもある、いずれが強調されてもこの時期支配的な女性像のパターンを手に入れ、文学愛好者の出世の手本としても、『若草』で起用されるにふさわしい存在となった。だが案に相異して、というべきか、予想通りというべきか、『放浪記』以後に芙美子が次々と発表した散文作品は、文壇では抒情的であることを批判されてばかりいる。そもそも男性が夢想したモダン・ガールは「生活気分のまにまに」、「感情」を中心としており、それに合致するとすれば、一方でプロレタリア的設定から期待される深刻な問題意識やリアリズムを両立させることが難しいのは当然だからである。

『魚の序文』の林芙美子は相変はらずの抒情詩人ではある。これで抜けきれゝればそれもよからうが、どうやら少し溺れ気味に見える。女でも年をとれば皺が寄ることを忘れてはならぬ——抒情詩人といへども例外はないといふことを。

（木村毅「四月文壇の印象」『九州日報』一九三三年四月一三日）

芙美子が『若草』に作品を出しているのは、こうした批判を受けて小説の書き方を模索している時期である。〈抒情〉の内実には、作家自身の感情であるという一人称的距離感の面と、〈切なさ〉に傾く感情の種類の面がある。前者については、先ほどあげた芙美子自身を彷彿とさせる女性作中人物が登場する作品群でも、それを描く際の距離の取り方が、目まぐるしく変わっている。どの視点で描くのかは、女性自身の一人称、その女性の恋人や夫にあたる男性の一人称、少女期を扱った三人称と変わり、語りの時点も出来事と同時、後から過去を語るなど、変化がある。[18] つまり芙美子は、自然主義から私小説への道筋ですでに議論し尽くされたとおり、体験が自らのものであっても、客観化は可能と理解し、その一つの方法として語りを工夫していたと考えられる。ただし、芙美子を彷彿とさせる人物とは離れた視点人物を仮構しても、そこに作者の趣味と同じ〈切なさ〉が見いだされれば、主観の直接的表出の問題は残る。たとえば、「彼女の控帳」（『新潮』一九三二年一〇月）、「魚の序文」（『文藝春秋』一九三三年四月）は、いずれも芙美子を彷彿とさせる人物に関しては、恋人男性の一人称という外部視点から描いている。平林たい子は「彼女の控え帳」について、「いつものイッヒロマンの形式を踏んでゐない」、「この小説では、例の林氏の「主観の面白さ」で読ませるものを客観描写で読者に伝へなければならないので（中略）こゝまで踏出せば、従来の林氏の取材の範囲から、どんな方向にも拡大することが容易である」（「文芸時評四ッの小説」『国民新聞』一九三二年一〇月五日）と客観性を評価しているのだが、さきほどあげた木村毅の「抒情詩人」だという批判は、同じ語りの形式を持つ「魚の序文」についてなされたものなのである。

たとえば恋人男性として虚構化された一人称が使う「結婚して苔に湧く水のやうな愛情を、僕達夫婦は云はず語たらず感じあつてゐたのだが」などの比喩や独特なオノマトペは、一人称という語りの形式の点では特段不自然ではないから、問題となるのは、それが芙美子自身の感性そのままと受け取れることだろう。(19)「抒情詩人」というのが常に作家の人物評である点を合わせみても、〈抒情的〉という批判の一端は、作者の主観の直接表出に向けられており、文壇で評価を得るためには、芙美子はこれを払拭することが最大の課題であったはずである。

ところが、『若草』では、文壇での酷評とは異なり、読者たちは、おそらく〈抒情的〉な表現の方を評価している。たとえば「人形聖書」（小説、一九三三年七月〜一二月）については、「座談室」に次のような読者評が寄せられている。

林芙美子氏の『人形聖書』は楽しく読んでゐる、下村千秋氏の中篇より真面目で詩的でより文学的だ。

（福井　林翠、座談室、一九三三年一〇月）

林氏の全貌は「夏の休がまるで廻遊船の如く淡く消えてしまつた（九月号の芙美子の原文では、「夏の休みがまるで廻遊船《ショウボート》のやうに淡く過ぎてしまつた」――小平注）」に林氏の個性が躍如として誌面に躍つてゐる氏《ママ》の感覚の新しさは一九三三年文壇の明星と云ひ得やう。感覚の鋭敏さ、表現法の新さ凡てが食卓の上のリンゴの様に生き〳〵としてゐる。

（会津若松市村木町　大渕銀吾、座談室、一九三三年一一月）

「人形聖書」は、一九三三年七月から六か月連載された中篇である。地方の「豪族」の娘で、東京の女子大学に通う梢の恋愛への憧れと逡巡が描かれている。非人称の語り手であるにもかかわらず、「その花のやうに美しい衣裳をかこんで、女中達が」（一九三三年七月）や、「美意子の方が野麦のやうにガンジョウに肥つてゐて、焼きたてのパンのやうに美しい肌を持つてゐた」（一九三三年九月）というような、語り手の価値観や特異な感性を露わにする比喩の使用があり、先ほどの文壇評ならずとも違和感を覚えるが、読者の大渕銀吾をみれば、『若草』で喜ばれているのはむしろこのような比喩である。そして、この大渕は、引用に続く箇所で木下卓爾・夕爾や酒井信太郎、スミ・マチダといった詩欄で活躍している投稿者に言及しているので、詩欄に共鳴するタイプの読者なのだといえる。改めて『若草』投稿詩欄の特徴をまとめよう。

一～一〇巻まで、選者はほぼ一年交代で、井上康文、田辺耕一郎、萩原朔太郎、佐藤惣之助、堀口大學、大木篤夫、尾崎喜八、堀口大學、白鳥省吾、佐藤惣之助と、民衆詩派もプロレタリア傾向もいるのだが、読者の人気が高かったのは堀口大學で、一一巻、一二巻、そして一四巻以降戦争による中断まではずっと務めたのが象徴的である。大學のもとで盛り上がったのは、波止場や教会をモチーフとする異国情緒、月や星といった遥かなものを色彩豊かに詠う、およそ生活のリアリズムとはいえない詩風であったが[20]、読者にとってはプロレタリア的な傾向とも矛盾しないようである。

「小説は如何に書くべきか」を徳永直[21]は簡単ではあるが判り易く、而も正しく手をとつてくれてゐるではないか。吾々は吾々の与へられた職場にそれぞれの仕事にいそしみつつ傍ら文学を知るたのしみを味ひ、文学を創るよろこびにひたりたいのだ。

（京都　丘ススム、座談室、一九三二年三月）

たとえばプロレタリアの代表的な作家・徳永直に心酔しているこの丘ススムという投稿者は、自身の詩では、堀口大學選のもと、「山にかこまれた沼のほとりに　住んでゐるので　海べのことは　しりませんが　水の温みや空のいろに　草の芽のやうに　わかもののこころ《ママ》に　きざむ春のしらせだ」（特選「餞春」一九三二年四月）と創作する者でもある。その理屈は、以下のようなものであると類推できる。

この頃の若草は（中略）階級闘争や陰惨なプロレタリヤ物ばかりで一寸も明るさがない。それも結構だが僕の様に年中機械油にまみれてすゝけた生活を送つてゐる者にとつては若草を読む事が唯一のなぐさめなのです。だからせめて本の上でなりと陽気な気分を味つてみたいし、気楽な気持にもなつてみたい。

（五反田　一郎、座談室、一九三二年二月）

彼らにとって、工場労働者や農民であることを告白するのと、非リアリズムの文学を享受することは矛盾しない。現実ばなれしたイメージも、むしろ飛翔を必要とする閉塞した実生活の切実さを背景に許容されていたともいえるだろう。プロレタリア文学を生真面目に生き方として引き受けた先ほどの三宅金太郎には気の毒だが、ジャンルや欄が使い分けられていたともいえる。『若草』出発当初にみられたロマンティックな少女イメージは、詩欄でそれを操るジョアン・トミタ[22]に熱狂的なファンがいたように、ここを主な舞台として存続していた。だから、相対的に男女の投稿者の混交も起こっていた。もちろん、ここで少女イメージとされるものは、異性愛には至らない独身性の謂いでもあり、基本的に男性同士の絆を強めるものであるが[23]、消え去った先ほどの椿れいことは対照的に、ロマンティックな〈詩〉というイメージの少女性を共有すれば、『令女界』で活躍するスミ・マチダが『若草』の詩欄でも活躍するように、詩欄は女性の参加を許容する場であった[24]。

6. ロマンティックの飛翔

林芙美子に戻れば、彼女はここまで述べてきたようなイメージをうまく生きることができたといえる。「人形聖書」は完成度こそ高くない作品だが、その特徴が、『若草』の詩欄の愛好者に好まれるのは理解できる。というのは、冒頭にボードレールの一節が毎回エピグラフとして掲げられているが、若い女性主人公の梢は、これまでにも人妻を誘惑してきた男性に恋愛をけしかけられ、その彼が好むのがボードレールである。梢が惹かれながら踏み込めない大人の恋愛の世界が、〈文学〉によって象徴されている。彼に危険を感じて遠ざかろうとする梢が、日曜学校の英国婦人、マダム・ブルウトンに救いを求めると、キリスト教を背景とする純潔の安全地帯であったはずの女性同士の関係が同性愛的な危険性を帯びてくるなど、プロットは揺れてしまうが、それは梢にとって遠い世界が次々に必要とされるからである。先ほどみたような華やかな比喩が、到達できない世界への憧れという物語内容を支えている特徴は、確かに、堀口大學時代の投稿詩の好みと共通する。

　これらは、先ほどの批評家たちからすれば、投稿者たちの文学的好みの〈未熟さ〉と評価されるものかもしれないが、こうした傾向と、大手の雑誌での自伝的な傾向を往還することでこそ、芙美子の小説は上達を遂げたのではないだろうか。ポイントを二つあげれば、まずロマンティシズムの実現である。ロマンティシズムは、「人形聖書」における、幼さ／恋愛（同性愛）、また東京／地方のように、主人公の現実の居場所と、位相の異なる別世界の設定を前提としており、その間を主人公が移動することで、物語が構成される。[25] これは、自伝系のテキストが、日常生活に終着点がないせいか、エピソード同士の関係性が希薄であったことを補うことになろう。そもそもコントを多く要請されていたことも相まって、『若草』は芙美子にとって、小説の結構を明確化する場だったといえる。

　ポイントの二つ目は、非人称の語り手を採用しながら比喩などの主観的表現を手放さず、その方法として、作中人物の内面描写との接続を試みていることである。たとえば、「街はごみごみして、ゐ《ママ》たが秋のせゐか清新に見えて、軒下をうつむいて歩いてゐる梢の影が、漬物店や、床屋の中にまで折れ曲つて行きさうに長く写つた」（一九三三年一〇月）などは、未だ梢の視点なのか語り手の判断なのか曖昧な表現であるものの、作中人物の視点に受け渡すことで、語り手が主観的な判断をしている痕跡を消そうとする過渡的表現である。こうした実験（ないし失敗）が比較的委縮せずに行われる場が確保されていることは、メジャーな雑誌に発表する作品にも変化を与えたのではないか。

「鷲」（『改造』一九三三年六月）を例にとると、画家の夫を持つ女性作家が登場するなど、自伝的な要素を持つが、ここまで述べてきたロマンティックなプロットと接ぎ木されている。「鷲」では、夫との安定的な生活に倦んだ女性作家・千代乃が旅に逃れ出、出会った年下の男性に心を動かされながらも、夫の愛を顧みて躊躇するストーリーである。宿屋で飼われ小屋に閉じ込められた野生の鷲が、最後には逃げて行ってしまうが、千代乃の安定した結婚生活の閉塞感と脱出の願望が重ねられながら、彼女は知り合った青年のような若さを失ったものとして、最後には逃亡する鷲との乖離が際立って描かれていく。鷲が、若さにのみ許された野生の飛翔の謂いとして、テキスト全体を覆うテーマとなっていることがうかがえる。

もちろん、ロマンティックな物語を文学だと捉えることこそ、『若草』が「田舎の文学少年相手の雑誌」[26]と評される原因でもあろうし、そうしたテーマを大きなメディアへ持ち込むことは、芙美子に批判的な状況を決して打開しない。ただし、芙美子がそれでもこうした趣味を書きたかったということと、そのために、これまで文壇で受け入れられた自伝的要素を利用しながら、試行錯誤を重ねていることに注目したい。自伝性は既定路線ではあるものの、この場合、陳腐に堕す可能性もある鷲という象徴の作為に現実性を与えるために、作家自身という設定が利用されている点は、作家自身を〈真実〉として出発するようなこれまでの規範や態度から大きく異なる。また、「竈の中で薪がはじけてゆくやうな、そんな音をたてゝ山の頂で雷が鳴ると、小説を書くと云ふ女のたあいもない芸が、いつぺんに吹き飛ばされて行くやうで、千代乃は」というように、比喩表現も、語り手ではなく千代乃の感性であるように接続され、彼女の小説の「たあいもない」技術と対比されて、現実や自然の側に定位されるようになっている。書けない作家という設定は、抒情的なテーマの負う空想性を、テクストの特異性ではなく、作中の作家の営為として物語世界を現実らしくするために使われているのである。

抒情を、主観的・空想的ではなく、現実の再現であるかのように描き出すために、ここからさらに積み重ねられる技巧のいくたてについては、簡単にふれるにとどめたい。たとえば「散文家の日記」(『文藝春秋』一九三四年三月)は、ストーリー性にはこだわらず、芙美子自身を彷彿とさせる作家の精神的な彷徨を日記形式で綴り、「詩情ゆたかな文章が、いたるところに散らばつてゐて「散文家の日記」といふよりはむしろ「詩文の日記」とつけたかつた」と評される。[27] 一方、「牡丹——習作の一部——」(『新潮』一九三四年五月)では、三人称で、男性のかつての思い人との再会を描いているが、過ぎし日に抱いた憧憬のふたたびの得難さという情緒的物語のパターンを踏み、「真実に人を打つ小説のいかに困難であるかを反省すべき」と痛罵されている。[28] ロマンティックな情調を手放さないゆえに、設定や語りのうえでは対極に位置するような方法を往復しながら、模索は続いていく。

今・ここからの脱出というテーマと、華麗な比喩は、たとえば仏印、東京、屋久島と流れゆく男女を描いた戦後の代表作『浮雲』（一九五一年）にもみられるように、生涯にわたって芙美子を特徴づける作風でもあることに異論はないだろう。文学作品である以上、世界を構造化する技術は必須である。前章まででは、女性が自身を描くことは閉塞状態にも陥ったが、芙美子は、そこからの脱出の方途を探り当てたといえる。しかも、本章冒頭で話題にしたように、モダン・ガール像をもっとも支えたのはプロレタリアもロマンティックも許容する『若草』の読者であり、芙美子がその支持を得ることから出発し、彼らと趣味を共有することは、広く読まれる作家としての地位を確立させた。その成功には投稿者たちの夢も織り込まれているはずである。

このように読者の協力を取りつけることを、芙美子がいかに戦略化していくのかは、特徴の一つであるプロレタリア的要素がどのように変化していくのかと併せて、次章でさらに検討する。

第五章　〈女性作家〉として生き延びる

――林芙美子『放浪記』の変節

1.　『放浪記』の成立過程

林芙美子『放浪記』は、詩を書きたい野心は高く、人への愛情も直截な一女性が、生きていくために働き口をみつけるのに追われ、たまたまありついても不毛な労働や周囲の人々との軋轢によって転々とせざるを得ず、愛着のある母を郷里から呼び迎え、奔放な詩人たちと行き来しては感情を揉まれる日々を、飛び跳ねる文体で描いた刺激的なテクストである。日記のような体裁をとるので芙美子の自伝として利用されることもあるが、日付が記されるわけでもなく、出来事が順番に並べられているわけでもない。はじめ『女人芸術』に一九二八（昭和三）年一〇月から一九三〇年一〇月まで連載され、その一部が一九三〇年六月、改造社の新鋭文学叢書の一冊として刊行、その残りに新たな章を加えたものが、同年一一月、同じく改造社から『続放浪記』として刊行され、両者が大きな話題を呼んだことは前章で述べた。

ただし戦後、これをそれぞれ第一部・第二部として、さらに第三部がつけ加えられ、それが現在までもっとも多く流布している新潮文庫版『放浪記』のもととなっている。著名なエピソードも含み、分量としても多い第三部が、発行年として想起される一九三〇年から遠く隔たって書かれたものだということには素朴に驚きを禁じ得ないが、実は『放浪記』にはたいへん多くの版がある。そして第一部・第二部にあたる戦前のいくつかの版だけでも、芙美子はかなりこまめに手を加えている。

近年では初刊本文の刊行や（『大人の本棚　林芙美子　放浪記』森まゆみ解説、みすず書房、二〇〇四年）、初出と新版を併載する青空文庫などもあるとはいえ、それぞれのエピソード自体に大きな変化があるわけではないため、先行研究では、作家としての成熟による文体の変化や、検閲を意識した改変という観点から論じられてきた。(1) しかしながら、この些少な書きかえによってこそ、複数の『放浪記』は、それぞれの時期に受け入れられる古びないテクストになっていると思われる。しかもそこには、女性作家の承認をめぐる戦略が刻みこまれている。ここでは、戦前の版のうち、改造社初刊単行本（以下正・続ともに「初刊」と表記）と、『決定版　放浪記』（一九三九年一一月、新潮社。以下「決定版」と表記）をとりあげ、その経緯を具体的に検証する。すでに検証した小説修業後、芙美子は「牡蠣」（『中央公論』一九三五年九月）で客観的小説を確立したといわれ、活躍の場を広げていく。そのとき、自身のデビュー作はいかに捉え直されたのかをみていきたい。

『女人芸術』に掲載された初出と初刊では、その本文の間に大きな差異はない。決定版は、先ほど述べたように、現在の新潮文庫に引き継がれている。その間の『林芙美子選集第五巻』（一九三七年六月、改造社。以下「選集」と表記）は、「あとがき」において、『放浪記』を書いていた頃から「十年」経った、という認識を示しており、その時間的距離からか、選集、そして決定版にかけては漸次書きかえられているのだが、書きかえは決定版の方により多くみえる。したがってここでは、比較をシンプルにするため、書きかえ後の本文として決定版を用い、限られた代表例のみを載せることにする。校異には、通し番号をつけ、便宜上、新潮文庫（一九七九年発行、二〇一〇年改版）のページ数を記す。旧漢字は新漢字に直し、ふりがなは、特徴的なもの以外は省略する。

2.　憐れみの対象としての貧窮へ

まず、決定版を初期本文から隔てている傾向を、それが凝縮して示される冒頭部分（初刊での「放浪記以前――序にかへて」）から確認する（以下傍線は小平による）。

この部分は、福岡県の直方の炭坑街で行商をした少女期が振り返られる。初刊の末尾は「あれから拾何年、今だに私は人生の放浪者である。不惑をすぎた義父は、相変らず転々関西の田舎を母を連れて放浪してゐる。女成金になりたい直方時代の理想は、今では一寸話である」となっているが、ここが決定版にいたって削除されているのは象徴的である。決定版における現在の「私」は、すでに放浪から距離を持つものになってしまっているのである。決定版では「このころの思ひ出は一生忘れることは出来ないのだ。」（新潮文庫一九頁）とすでに「思い出」であることが加筆され、初刊での「私は子供故、しみじみ正視して薄青い蛇の文身《いれずみ》を見た。」（新潮文庫一二頁）の末尾が、決定版で「見てゐたものだ。」となるような過去の強調が複数例あるなど、現在の語り手と、物語内容との距離は、総じて大きくなっている。

こうした時間の隔たりは、次のような労働者階級への距離感と連動し、現在の「私」が、貧しい生活から抜け出したのかもしれないという、テクスト外の事実を推測させる。

番号	新潮文庫頁	初刊	決定版
①	13	なつかしい唄である。好ましい唄である。／此炭坑街に、また丶く間にカチウシヤの唄は浸透してしまつた。	なつかしい唄である。この炭坑街にまた丶く間に、このカチウシヤの唄は流行してしまつた。
②	15	（坑夫たちは―小平注）ゴリラの群である。／美しく光つてゐるものは、ツルハシの尖光だ。／只動いてゐるものは、棟を流れて行く昔風なモッコである。	まるでゴリラの群のやうだつた。／さうしてこの静かな景色の中に動いてゐるものと云へば、棟を流れて行く昔風なモッコである。
③	16	炭坑《やま》のストライキは、始終で、坑夫達はさつさと他の炭坑へ流れて行く。	炭坑のストライキは、始終の事で坑夫達はさつさと他の炭坑へ流れて行くのださうだ。

②では、「美しく」というポジティヴな評価の有無により、ツルハシを持つ坑夫たちに対する「ゴリラの群」という表現が、親密さから他者化へと劇的に変わっており、③でも、坑夫たちの動向に伝聞という距離感が介在している。①のカチューシャが、トルストイ原作で日本では芸術座が一九一四（大正三）年に初演した『復活』の登場人物であることはいうまでもないが、[2] 売春婦や革命運動を描いてもいるこの作品の唄への、「好ましい」という主観的親しみは、「なつかしい」という時間的な距離に置き換えられ、「浸透」と「流行」では後者が一時的・皮相的に感じられ、「なつかしい」という表現と見合っている。

こうした傾向は、冒頭だけでなく、主に二〇代前半を扱った主要部分でも同様である。はじめに大雑把に整理すれば、初刊から、選集・決定版への変化は、第一に、体制に反抗的な労働者階級としての自覚の消去、第二に、女性の積極的なセクシュアリティの希釈、第三に、両者の接点として、淫売婦との隣接性の理由の変化、が挙げられる。これらは、廣畑研二が指摘するように、検閲への配慮でもあろうが、[3] それと重なりつつも、同じ箇所でも、文学状況への対応と判断できるものも多い。以下では、すでに先行研究が指摘した箇所との重複もあるが、煩瑣を厭わず、確認していくことにする。

第一の点についての代表例は、以下である。④は、桜の花に、「裸で踊」る踊り子や、娘達の唇を重ねて詠った詩の一部で、初刊の一文の消去によって、体制に対する批判は薄まっていく。⑤は、「ルンペンプロレタリア」への居直りの消去、後半では、「持たせた奴等」がいかようにも解釈できるが、少なくとも決定版では、底辺生活の責めが、社会ではなく自身に向けられている。

番号	新潮文庫頁	初刊	決定版
④	35	するすると奇妙な糸がたぐつて行きます。／／花が咲きたいんぢやなく／強権者が花を咲かせるのです／／貧しい娘さん達は	するすると奇妙な糸がたぐつて行きます。／貧しい娘さん達は
⑤	50	ハイハイ私は、お芙美さんは、ルンペンプロレタリアで御座候だ。何もない。／何も御座無く候だ。／／あぶないぞ！　あぶないぞ！　あぶない無精者故、バクレツダンを持たしたら、喜んで持たせた奴等にぶち投げるだらう。／こんな女が、一人うぢうぢ生きてゐるより早くパンパンと、××を真二ツにしてしまはうか。	何も御座無く候だ。あぶないぞ！　あぶないぞ！　あぶない無精者故、バクレツダンを持たしたら、喜んでそこら辺へ投げつけるだらう。こんな女が一人うぢうぢ生きてゐるよりも、いつそ早く、真二ツになつて死んでしまひたい。

しかし、これらは必ずしも貧しさそれ自体の消去ではない。とはいえ、「私」のそのときどきの行動が、未決の可能性の気楽さから、決定版では疲れや飢え、貧しさによるものと書きかえられ（⑥⑦⑩）、初刊でみられる、行きづまった状況を笑い飛ばすユーモアは、決定版で消去されている（⑧⑨）。これらをみると、貧窮は、それをたくましく生き抜くものではなく、より深刻に扱われるものになっているといえる。引用はしないが、「私」の乱暴な言葉遣いが決定版で多く削除されたり、煙草を吸う場面が決定版で「息を吸った」（新潮文庫一五八頁）に変えられるな

ど減少し、やや穏健な女性と化していることも、「私」への憐れみを誘うだろう。

番号	新潮文庫頁	初刊	決定版
⑥	22	〈通りすがりの文化住宅の貸家に―小平注〉庭が広ろくて、ガラス窓が十二月の風にキラキラ光つてゐた。／休んでやらうかな。	庭が広くて、ガラス窓が十二月の風に磨いたやうに冷たく光つてゐた。／疲れて眠たくなつてゐたので、休んで行きたい気持ちなり。
⑦	25	ピエロは高いところから飛び降りる事は上手だが、飛び上つて見せる芸当は容易ぢやない。／だが何とかなるだらう――。	ピエロは高いところから飛び降りる事は上手だけれど、飛び上つて見せる芸当は容易ぢやない、だが何とかなるだらう、食へないと云ふことはないだらう……。
⑧	29	ワツハ　ワツハ　ワツハ　井戸つるべ、狂人になるやうな錯覚がおこる。	こみあげてくる波のやうな哀しみ、まるで狂人になるやうな錯覚がおこる。
⑨	124	酒に酔へば泣きじやうご、痺れて手も足もばらばらになつてしまひさうなこのいゝ気持。	酒に酔へば泣きじやうご、痺れて手も足もばらばらになつてしまひさうなこの気持ちのすさまじさ……
⑩	154	暑い陽ざしだ。／だが私には、アイスクリームも、氷も用はない。	暑い陽ざしだつた。／だが私には、アイスクリームも、氷も買へない。

3．男をめぐる〈放浪〉の削除

第二の女性の積極的なセクシュアリティの希釈についてだが、まず、男性との別れをも選択する「私」の主体性が、決定版では削除される傾向にあることをあげておく。たとえば、次は、田辺若男をモデルとする男性との別れの場面であるが、⑫での別れへの積極的な意志は、「仕方がない」という状況への屈服に代えられ、「私」が別れを告げるセリフも削除されている（⑭⑮）。決定版

番号	新潮文庫頁	初刊	決定版
⑪	56	茫々とした霞の中に私は太い手を見た。真黒い腕を見た。	茫々とした霞の中に私は神様の手を見た。真黒い神様の腕を見た。
⑫	58	引き止めても引き止まらない、切れたがるきづなならば此男ともあつさり別れよう……。	引き止めても引き止まらない切れたがるきづなならば此男ともあつさり別れてしまふより仕方がない……。
⑬	59	私は圏外に置き忘れられた、一人の登場人物だ、茫然と夜空を見てゐると、此男とも駄目だよ……あまのじやくがどつかで哄笑してゐる。	私は圏外に置き忘れられた、たつた一人の登場人物だ、茫然と夜空を見てゐると此男とも駄目だよと誰かが云つてゐる。あまのじやくがどつかで哄笑つてゐる、

⑭	59	「ねえ、やつぱり別れませうよ、何だか一人でゐたくなつたの……」	「何だか一人でゐたくなつたの……
⑮	59	「ぢやあ行つて来ます。」／街の四ッ角で、まるで他人よりも冷やかに、私も男も別れた。	街の四ッ角で、まるで他人よりも冷やかに、私も男も別れてしまつた。
⑯	72	私は油絵の具の中にひそむ、あのエロチックな匂ひを此時程嬉しく思つた事はなかつた。	私は油絵具の中にひそむ、油の匂ひを此時程悲しく思つた事はなかつた。
⑰	74	つくづく一人が淋しくなつた。／楊白花のやうに美しい男が欲しくなつた。	つくづく一人が淋しくなつた。楊白花のやうに美しいひとが欲しくなつた。
⑱	75	一本の棒を二人で一生懸命押しあつた。／あゝそんな瞳《め》をなさると、とても私はもろい女でございます。愛情に飢えてゐる私は、胸の奥が、擽ぐつたくジンジン鳴つてゐる。	一本の棒を二人で一生懸命に押しあつてゐる気持ちなり。
⑲	76	あゝ私は激流のやうなはげしさで、二枚の唇を、彼の人の唇に押しつけてしまつた。	あゝ私は激流のやうな激しさで泣いてゐるのだ。
⑳	264	颯爽とした朝風をあびて、私は島へハンカチを振つた。	朝風をあびて、私は島へさよならとハンカチを振つてゐる。

での「神様」の明示化や（⑪）、（仮に自分の内言だとしても）別れを決意させるのが「誰か」と表現されること（⑬）をこれと合わせれば、「私」の言動が、主体的ではなく、自分の外部の大きなものに翻弄されるイメージが強調されているといえるだろう。岡野軍一をモデルとする人物との別れにあたっても、「颯爽とした」の消去により（⑳）、〈別れ〉は、一般的な意味である悲しさを余韻として残すことになる。

また、前者の男性に振られた後には、画学生の「吉田さん」が登場するシーンがあるが、彼に向けられた積極的な肉体的欲望が、決定版では軒並み削除されている（⑯〜⑲）。それにより、彼は心の空隙を紛らわす代理となり、そうせずにはいられないほどの、以前の男性への思いが強調されるといえるだろう。

このように同時並行的な欲望が消去されることによって、一人ひとりの男性には一途である印象は強まる。以下の㉑で「放浪」が「男に迷ふ」と修正されているのも、その没入をあらわすが、森英一が夙に指摘するように[4]、初刊では男性遍歴こそ〈放浪〉といわれるものであった。それが決定版での〈放浪〉は、生活一般のことに変質しているのである。

番号	新潮文庫頁	初刊	決定版
㉑	76	私はもう男に放浪する事は恐ろしい。	私はもう男に迷ふことは恐ろしいのだ。
㉒	155	私は、東京の男の事を思ひ出して、涙があふれた。	私は、東京の生活を思ひ出して涙があふれた。

㉓	155	何も満足に出来ない女、男に放浪し職業に放浪する私、あゝ全く頭が痛くなる話だ。	何も満足に出来ない私である。あゝ全く考へてみれば、頭が痛くなる話だ。
㉔	57	美しい街の舗道を今日も私は、——女を買つてくれないか、女を売らう……と野良犬のやうに彷徨した。	美しい街の舗道を今日も私は、私を買つてくれないか、私を売らう……と野良犬のように彷徨してみた。
㉕	114	グウグウ鳴る腹の音を聞くと、私は子供のやうに悲しくなつて、遠くに明るい廓の女郎達がふつと羨ましくなつた。	グウグウ鳴る腹の音を聞くと、私は子供のやうに悲しくなつて来て、遠く明るい廓の女達がふつと羨ましくなつてきた。私はいま飢ゑてゐるのだ。
㉖	119	生きる事が実際退屈になつた。／こんな処で働いてゐると、荒さんで、荒さんで、私は万引でもしたくなる。女馬賊にでもなりたくなる。／インバイにでもなりたくなる。	生きる事が実際退屈になつた。こんな処で働いてゐると、荒さんで、荒さんで、私は万引でもしたくなる。女馬賊にでもなりたくなる。

第三の、淫売婦との隣接性の理由の変化は、以上にかかわる。㉖のように、初刊での淫売婦への転落は、貧しさも間接的な理由であるには違いないが、女馬賊と並べられるように、自身の移り気と冒険心という性情に起因し、それゆえ、ここまで述べて来た男性遍歴の奔放さと関連づけられるものであるのに対し、㉕の加筆に顕著なように、男性への積極性が消去された決定版では、

淫売婦は、食べられないがゆえの最悪の選択肢である。

いったんまとめると、決定版では自己像を圧倒的に穏健なものに変えているといえる。これは職業上の成功をおさめ、表現の場を持ち得た女性が、生意気だと叩かれないように殊勝にふるまわなければならない事情をあぶりだす。初出の時点ではまだ無名であった芙美子は、『放浪記』の初刊でブレイクし、印税で中国やパリにも旅行した。新聞の連載小説も持った。初出とさほど内容の変わらない初刊の出版社は改造社であり、決定版が新潮社であることも、この改変の意味をみやすくする。改造社は、マルクス主義やプロレタリア文学などの出版物を多く出し、新人発掘にも力を入れる、社会に抗する起爆力を求めた出版社であり、対して新潮社からの出版は、すでにある程度の文芸上の評価を得ていなければほぼ不可能である。駆け出しの際には、プライバシーや肉体をのぞかせることも厭わない〈体当たり演技〉で注目させる。序章で確認したごとく、〈女性ならでは〉の体験を期待している文学界において、自伝であればそれは保証される。注目されたら、破天荒なキャラクターはいつまでも続けず、批判されずに仕事を続けるために控えめにふるまうのだとでもいうかのようである。改稿がどれくらい意図的だったかはわからない。だが、芙美子は、世間の期待を裏切らない模範的な女優である。

4. 時代性の消去

以上のように、決定版の本文では、『放浪記』が世に出るや否やベストセラーになった理由と認められる特徴が、悉く書きかえられているといってよい。さらにもう一つ重要なものを付け加えれば、労働者の当事者性、とくに「ルンペンプロレタリア」という自称の消去である。

前章で意識の高い女性にとって芙美子が微妙な位置になることを予告したように、神近市子が「氏の文学が何故プロレタリヤ文学の圏内において余り重く見られないかは、その文学が現すルンペン性のために外ならない。」（「女流作家の近況（二）」『東京朝日新聞』一九三〇年八月二一日）と述べ、否定的に捉えられることもある「ルンペン」だが、初刊においては時宜を得たキーワードであった。「ルンペン」の語は、下村千秋「街のルンペン」（『朝日新聞』一九三〇年一一月八日〜一二月二八日夕刊）など、一九三〇年前後に流行をみるが、[5]マルクス主義的傾向の論者から、その浮動性が革命の敵対者として捉えられていた一方、[6]新たな階級として捉え返されようともしていたのである。

たとえば大宅壮一は、「ルンペンとルンペン性とははつきり区別しなければならぬ」と述べる。「ルンペン」は、「長期の失業によつて衣食住の基礎を完全に失つて街頭に投げ出され」、「真面目に働きたいが仕事がない」もの、現在の経済状況によって生み出される新たな階級であり、「問題はどうすれば現在の莫大なルンペンがそのルンペン的な生活から解放されるかといふこと」だと結論づける。ルンペンを、産業構造の進化や不況の拡大に伴うプロレタリアの延長とみなし、「性来怠けもので勤労生活を嫌つて浮浪の群に投じた」もの＝「ルンペン性」と区別した点では、マルクス主義陣営のルンペン観と対立するものである（「不良少年の商品価値」『若草』一九三一年七月）。ルンペンは、個人の気質ではなく、社会的な労働問題として考えるべきテーマとなったのである。

これを、自らの方法意識とすれば、伊福部隆輝のようになる。彼は、流布している「ルンペン文学」を三つに分ける。すなわち、「ルンペンをその文学作品の素材にする」もの、「失業文学であつて、当然にプロレタリア・イデオロギーを指導理論とする現プロレタリア文学の一支派」、そして「プロレタリア文学の一支派ではあるが、それは強権的政治的なマルキシズムを指導理論とするプロレタリア文芸を否定するアナキズム・プロレタリア文芸」で、真のルンペン文学は、第三のものとし、さらにつけ加えて「マルキシズムの社会改造の観念」では捉えきれない新たな階級を主張している（「ルンペン文学とは何か」『若草』一九三一年七月）。

周知のとおり、『放浪記』に描かれた時期、芙美子は南天堂二階のレストランに出入りし、萩原恭次郎、小野十三郎、壺井繁治、野村吉哉、岡本潤、辻潤、都崎友雄など多くはアナキスト、ダダイストと呼ばれる詩人たちと知り合い、詩にはその影響が感じられる。伊福部隆輝もその一人であり、ルンペンが、マルクス主義思想に対抗する旗印となり得たわけである[7]。ただし、伊福部も先ほどの文章で、ルンペンをアナキズム・プロレタリアとはいいながら、独自性を積極的に定義もしていないのは、それがイズムというよりは、マルクス主義に対抗するものとしての党派性そのものの破壊という側面があるからでもある[8]。

そのことは、批判されながらも「ルンペンとはルンペン性をもつ存在だ」と言い張る新居格のような論者もあることで証される（「ルンペンに対する再考察」『若草』一九三一年七月）。そもそも、働く意欲や努力があるルンペンは、その時々の個別的就業（失業）状態においてしか、プロレタリアート一般と区別できないゆえに、あるいは、右記のような党派性への反抗のために、ルンペン表象は区別のための徴として「ルンペン性」を必要としてしまうのだといえる。そのようなルンペン定義の複数性のなかでこそ、楽観的・享楽的な「ルンペン性」を体現した『放浪記』が、〈考えるべき重要な問題〉であることが両立する。

これらは、ルンペンの実態とはかけ離れたイメージでもあるだろうが、それだけに、ルンペン性の象徴となる享楽性・無思想性が、特に女性の場合、初刊に存在した積極的セクシュアリティ、娼婦性として表されれば、そのままモダン・ガールの表徴となり、広範な読者にアピールするものとなる。ルンペンとモダン・ガールの一致は、それだけみれば突飛かもしれないが、そうとも言い切れない。当時のモダン・ガール表象は、バスガールやショップガールなど特定の職業や、断髪といったファッション以上に、女性の意識のあり方の変化として論じられていたことは、第四章で確認した。

念のため繰り返せば、かつての〈新しい女〉と対照し、〈新しい女〉の意識偏重に対し、モダン・ガールの生まれながらの自由さに進化をみるものである。片岡鉄兵は現代のモダン・ガールを「感覚的な享楽、肉体的刺激の追及」、「その自覚は知識的であるより生活的」、「生活気分のままに動いている自然の姿」とし、恋愛に心を求めず、肉体的な彼女たちを「娼婦型」と呼んでいた（片岡鉄兵「モダン・ガールの研究」『若草』一九二六年七月〜一一月）。『放浪記』の〈思想のなさ〉や娼婦性のイメージは、これに合致する。

またモダン・ガールに職業婦人のイメージはつきものであり、そもそもそれが男性に都合のよいイメージであれば不思議ではないが、都市文化と同時進行のプロレタリア運動の盛り上がりとともに、そうした男性の志向を理解してくれるモダン・ガールや、男性との出会いによって、プロレタリア思考に目覚めるモダン・ガールの小説が多く現れた。[9]コロンタイの『赤い恋』（松尾四郎訳、世界社、一九二七年）や「三代の恋」（林房雄訳、『恋愛の道』世界社、一九二八年所収）が、内容以上に風俗として一世を風靡した。『放浪記』には実は「赤」という色が多用されており、しかも初刊では娼婦性が書きこまれている。[10]『放浪記』の〈思想のない〉主人公は、著者がどう思おうと、コロンタイよりも一層、こうした複合的なモダン・ガール表象にもっとも合致するものであった。『放浪記』の主人公は、ルンペンであることによってモダン・ガールとみなされたのであり、芙美子は洋装ができる社会的・経済的位置を得てモダン・ガールとして開花したわけではない。

5. 戦時における抒情の転倒

そうであれば、一九三七（昭和一二）年の選集、一九三九（昭和一四）年の決定版は、その後のルンペン・アナキズムを支える詩というジャンルの停滞、弾圧によるプロレタリア運動の壊滅、モダン・ガール流行の下降など、複合的な変化への対応であろう。すでに「ルンペンプロレタリア」の語を削除した選集では「あとがき」がつけ加えられ、「えらい方達の云ふ「思想」も大切ではあるけれど、生活あつてこその思想で、思想とは高邁なものばかりしか口にしない人達のものでもないと思ひます」と、放浪は「生活」として括られる。そのときすでに、『放浪記』の「思想」との対立は、マルクス主義との対立ではなくなり、「生活」の語が時代時代で意味内容を違えて流行する、そのいずれにも寄り添うことのできるテクストになったといえるだろう。芙美子の状況への適応能力には、卓越したものがある。

同時に、この間、芙美子は、詩から小説へと書くジャンルを変えている。多くの短編や『泣蟲小僧』（『朝日新聞』一九三四年一〇月二三日〜一一月二一日）の連載を経て、一九三五（昭和一〇）年九月の「牡蠣」で、客観小説の書き手として立ったというのが通説である。これに関連づけられるのは、本章3節まででで指摘した改変に加え、決定版『放浪記』では、テクスト中に現れる「芙美子」という名前が多く消去され、森英一が指摘したように、[11]初刊にはあった、主人公が〈書く〉ことへの言及がかなり多く消去されていることである。つまり初刊は、実在する詩人の、しかしその作品自体はまだ世に現れていない裏話であり、芙美子自身は『放浪記』の中にいる。一方決定版では、〈書く〉女という特殊性はなく、貧しい境遇に翻弄される市井の一人物がけなげに生きる、いわば〈物語〉としての側面が強い。その意味で芙美子は、自身の創作の背景をうちあける詩人ではなく、物語を読ませる小説家として、『放浪記』の外での自己の位置を確保したのだといえよう。[12]

ただし、決定版で、より多く現在の『放浪記』の原型が整えられており、体験した出来事から「十年」経った（選集あとがき）、という時間的距離だけでは、一九三七年の選集と近接した一九三九年の決定版の差異を説明できない。また、決定版での主人公が、みてきたように同情を誘う物語に調律されていることには、疑問を喚起させられる。なぜなら、詩人から小説家に転じた芙美子が常につきまとわれたのは、抒情性やロマンティシズムへのネガティブな評価だからである。ルンペンプロレタリアという特定の時期の看板を下ろすことは、むしろ抒情批判に対応せざるを得ない状況に陥っていたと考えられるからである。

というのは、詩性・抒情性の指摘は、『放浪記』発表前後から多いが、それは『放浪記』のマルクス主義的な〈思想〉との対立の構図と関係しており、抒情は、〈思想〉はないが抒情はある、という形で、評者が〈思想〉に重きを置かない場合に相対的に浮上するものになっている。評価するものとしては、たとえばすでにあげた神近市子は、芙美子をルンペンと述べるのは「けなしてゐる」のではなく、「プロレタリヤ文学としては第二位」だが、「珠玉のやうに光る詩がちりばめられ」、「素朴で楽しい」、と評価している（「林芙美子論」『若草』一九三一年五月）。板垣直子もまた、『放浪記』の文章を「それ〱に面白いゝもの許りである」、「抒情詩才を恵まれてゐる」、詩の挿入が「文学的効果を増すのに役立つてゐる」と文学性を評価する（「新興女流作家」『女人芸術』一九三〇年九月）。

批判としては、「所謂詩韻を持つたうまい小品だ。だがダニのやうにくつゝいて離れないこのルンペン性とロマネスクと自我的真実との吐露は、やがて文学としての効力を失墜するであらう」（加藤信也「文芸時評その他（四）」『やまと新聞』一九三〇年一〇月一二日）といったものがあげられる。

抒情性の高評価が、マルクス主義への対抗としてのルンペン性によって保証される構図において、プロレタリア運動の壊滅、それに従ってルンペンの語が取り下げられることは、抒情性が社会問題・思想問題という広がりを失い、感情的な文学に矮小化されることを意味する。同時期に小説に転じたことで、芙美子の抒情は、ジャンルと結びつけられ、女性であることとも関連づけて語られるパターンが定着する。抒情性の価値は大幅に下落する。すでにあげたものもあるが、代表例は以下のようなものである。

『魚の序文』の林芙美子は相変はらずの抒情詩人ではある。これで抜けきれゝればそれもよからうが、どうやら少し溺れ気味に見える。女でも年をとれば皺が寄ることを忘れてはならぬ――抒情詩人といへども例外はないといふことを。

（木村毅「四月文壇の印象」『九州日報』一九三三年四月一三日）

（「鶯」について――小平注）だが作者は現在のところ骨の髄まで詩人である、叙情詩人である。そして、それは結構な事ではあるが、時々散文小説家のうちには、余りに涙といふ文字の多い此の作品に、好意ある苦笑を禁じ得ない人もあるであらう。

（明石鉄也「文芸時評」『文藝首都』一九三三年七月）

このような評は、このころ芙美子の小説作品が次々と発表されるのに応じて、連綿と続いていく。抒情性を評価するものが一定数あることも確かだが、それが、自分の体験を書いたものに強く現れるのは、初期『放浪記』のままのフレッシュさを求めるものであり、それはそのまま、もっと大局的な視点が必要なはずの〈小説〉には未だ到達しないものというネガティブな評に裏返るものである。同じ作品についての次のような褒貶をみれば明らかである（いずれも「散文家の日記」について）。

これは作者自身ではないかと憶測される女主人公が病を得て、夫と海浜に暫く暮してゐる間のことを日記風に書かれたものだが、纎細な心持に豊かな詩情が溢れてゐる、

（古木鉄太郎「三月作品評」『帝国大学新聞』一九三四年二月二六日）

之といふテーマもなく従つて作者が構成的な苦心を払ふ必要もなく、其日其日の出来事や感想を書き綴つたもので、小説的の内容は盛られてゐない。だから創作としては受けとりがたい。

（保高徳蔵・篠原文雄「三月号の作品評」『信濃毎日新聞』一九三四年三月二日）

先ほど、決定版での憐れさへの調律に疑問を呈したのは、このような状況に照らしてである。『放浪記』がより小説らしさを纏ったとすればなおさら、抒情ともみられる憐れな〈物語〉は、芙美子の作家としての評価を悪くするだけであろう。これはさらなる挑発なのだろうか。芙美子自身が、どのような意図を持って決定版に手を入れたのかは、わからない。ただし、この改変が、悪評にあえて挑戦する反抗心だとも言い切れない状況の変化は確認することができる。選集と決定版の間にあるのは、武漢作戦への随行と、『戦線』（朝日新聞社、一九三八年一二月）、『北岸部隊』（中央公論社、一九三九年一月）の上梓だからである。一九三八（昭和一三）年六月から一〇月に行われた武漢作戦は日中戦争の一つの大きな山場であり、作家たちを宣伝のために従軍させるペン部隊が初めて組織されたことでも有名である。詳細な経緯は省くが、久米正雄や丹羽文雄、佐藤春夫

なども参加したなかで、芙美子は他の作家を出し抜いて〈漢口一番乗り〉が『朝日新聞』に華々しく報じられた。(13) この体験を帰国後間髪入れずに二冊に書き分けたのである。

たとへば、林芙美子氏の「北岸部隊」、これを「小説」「創作」などの名で呼んで批評することは林氏の望むところではないであらう。日記の形のままで、北岸部隊に従つて行つた何日かの見聞が呈出されてゐるのであつて、その感動、感傷、よろこび、苦しみは、生のままで投げ出され、極言すれば、彼女が現実から受けた感銘や、それに対する思想は、前後矛盾さへもしてゐる。つまり、大きな現実に体ごとぶつかつたときの、感情の動揺がそのままに出てゐることに、林芙美子なる文学者の面目が横溢し、そこにこそこの一篇の深い魅力があるといふやうなものである。

（阿部知二「文芸時評（三）素材と詩と文学」『東京朝日新聞』一九三八年一二月二九日）

小説と、〈それ以外〉のジャンルの位階関係は、戦争による報告文学の浮上で、逆転する。この引用の後半が、『放浪記』に向けられた評価と見まがうばかりであることに注目したい。『放浪記』が再評価される土壌は整っている。ここに至って、選集から決定版という矢継ぎ早な出版が機を摑んだものであることがわかるのだが、もちろん、問題は、報告・実録と抒情との関係である。たとえば中條百合子が、この時期の芙美子について、以下のような評価をしているのを合わせてみたい。

ロマンチシズムがある社会的時期に示す危険性といふものが人々の注目をひくやうになつたのは一二年来のことであるが、時局が紛糾したとき、作家らしくない作家的面を露出するのがかへつて日頃、いはゆる抒情的な作風で買はれてゐる作家であることは、意味深い一つの警告であると思ふ。たとへば岡本かの子氏、林芙美子氏のある種の文章がさうである。

（中條百合子「文芸時評（一） 時局と作家」『報知新聞』一九三七年八月二五日）

すでに時局とのかかわりで、全体に明快さを欠いた物言いになっているが、国策と同調する作家の高揚感に当然不快を示し、この時期の芙美子の実録・報告的な仕事に、〈抒情〉という評価を下している。これに照らせば、阿部知二の先ほどの文章では、これまでなら現実を冷徹にみつめるはずの〈小説〉には数え入れられなかった〈抒情〉が、逆に虚構でない〈リアル〉として捉えられてしまっている転倒があることになる。戦争状況は、〈リアル〉と〈抒情〉の関係を一変させる。理想を高らかに詠い上げ、状況に悲憤慷慨する高揚が現実らしくみえるとき、現実が動かされるのである。

『放浪記』決定版は、繰り返すが、体験当時の語彙を変えて、より悲惨になり、ユーモアというメタレベルの視点が失われ、主人公の生活に同情せざるを得ないように改変されている。主人公の哀れさへの共感という意味では、抒情性を高めながらも、しかし、自己の体験そのままではなく、再構成したという意味で、芙美子はこのとき、確かに小説家になっていた。そうだとすれば、阿部知二のような『放浪記』作者への評価が、かつてとまったく同じようにみえたとしても、それがむしろ『放浪記』を書きかえた作者の変節によるものであると考えても、間違いではないだろう。

この決定版自体がどのように受け取られたかの批評は、残念ながら、あまりみつけることができない。『放浪記』の出版は何回となくあり、人々は気にもとめなかったのであろう。だが、その後の『放浪記』評の多くが、この戦前の決定版を第一部・第二部としてほぼ踏襲してゆく新潮社の版を用いてなされてきたことは、『放浪記』が芙美子の赤裸々な記録とみなされるのに、この戦前の決定版の影響が小さくないことを示している。

『放浪記』の度重なる書きかえによって、どの時期においても支配的な思潮にそれぞれ寄り添っているようにみえることは、芙美子が戦後まで主要な作家の位置を保ち続けた並大抵でない努力を物語る。前章でみたとおり、難しい駆け出し期から周囲の批評に応じ続けた成果ともいえるし、その時々に考えるべきであった問題に芙美子が真摯に向き合った軌跡ともいえる。テクストは文字どおり、こうしたせめぎあいが織り込まれたものであり、芙美子の作家としての地位がその結果であることを考えるならば、こうした態度を芸術的純粋さという観点だけから裁断することはできない。ただひとつ、ジェンダーが戦時の虚構に随伴していることは、いつまでも消えぬ後味の悪さを残す。

第六章　盗用がオリジナルを超えるということ
――太宰治「女生徒」と川端康成の〈少女〉幻想

1. 女性自身の執筆と〈女性らしさ〉

前章で検討した林芙美子の改稿経緯は、女性をめぐるイメージに少なからず拘束されたものであった。初出・初刊では奔放な性体験を自らの体験としてあっけらかんと告白し、その後およそ十年経った決定版では、けなげな女性の〈物語〉に加工されていたが、駆け出しの際には、女性のプライバシーを覗き見る世間の好奇心を、それも計算とはみえないように利用し、職業上の成功をおさめた後では、それが当時にあっては女性にあるまじきことであるゆえに、生意気と叩かれないよう殊勝な女性像を宣伝するという、現在でも消え去っているとはいえないパターンに則っているからである。これらが女性のもともとの性質だと考えることは到底できないだろう。では誰がそうした女性像（女性らしさ）を固定化させるのか。〈誰〉と犯人を特定するのはもちろん妥当ではないが、多くにとって魅力的な女性像を打ち出すことで、実在の女性の考え方やふるまいを抑圧する例は、芙美子の同時代にいくらでも起こっている。それは過去のことというわけではなく、それを見逃して諸作品を名作認定しているとすれば危惧されるのは現代の読者の価値観の方である。だから、そのあまりに文学的な典型として、太宰治と川端康成をとりあげたい。(1)

太宰治の「女生徒」（『文學界』一九三九年四月）は、一読者である有明淑から送られた日記（一九三八年四月三〇日〜八月八日）をもとにしている。有明淑は、現・練馬区に住んでいた一九歳で、女学校卒業後、洋裁学校に通っていた。津島美知子によって言及されたのみであったその日記は、二〇〇〇年になって公開され、比較検討が可能になった。(3)太宰という男性の女性独白体作品は知られるところで、当人や読者にとってジェンダーを超えることとの意義があることは理解できる。(4)また、エピソード自体はほとんどすべて日記のものを使っているにしろ、何か月かにわたる出来事を一日に凝縮し、洗練された表現に直した文学的手腕も評価できる。

だが、第四章で雑誌の投稿者をとりあげたように、女性のささやかな書く希望が消え去っていくとき、そこに加担する人為があるとすれば、それは別の話である。これまで太宰の創作を評価するにしろ、女性の書き物の盗用を倫理的に断罪するにしろ、太宰が何をしたのかが主に論じられてきたが、本章では少し異なり、むしろ日記独自の部分を、このように特殊なケースでしか保存されない、一般女性の書く行為の軌跡として捉える。さらに、女性雑誌における川端康成の投稿教育を併せみることで、上記の文学的機構を明らかにしたい。

2. 有明淑日記における〈結婚〉

「女生徒」[5]において一人称で語られる女学生生活には、朝起きてからその日寝るまでに起こった出来事とそれから広がる連想や回想が多く含まれる。従来いかにも少女らしいとの評価を受けてきたのもそれが瑣末でばらばらなエピソードの集積にみえるからだが、それはその実、子どもと大人を画定し、その間で揺れ動く語り手女性を析出しようとする、かなり明確な構造に奉仕している。揺れ動きの内実は、「洋服いちまい作るのにも、人々の思惑を考へるやうになつてしまつた。自分の個性みたいなものを、本当は、こつそり愛してゐるのだけれども、愛して行きたいとは思ふのだけど、それをはつきり自分のものとして体現するのは、おつかないのだ」に端的に表れるように、自分の意識がすべてであった子ども時代と異なり、他人が望む自分像があることを知った現在、どちらを重視すべきかという迷いであり、それらは特に「洋服」において語られるように、他者の視線を意識しない／するという対立に重ねあわされている。

こうした〈自分ではないものへの従属〉は、窮屈であると同時に、世の中に受け入れられるためのアイデンティティでもあるため、それに対する評価は肯定、否定双方に振れ続け、いくつかのバリエーションを作りだしている。たとえば、雑誌の「若い女の欠点」という記事にふれ、「ただ一言、右へ行け、左へ行け、と、ただ一言、権威を以て指で示してくれたはうが、どんなに有難いかわからない」とされる〈道徳〉の話題、さらに、「うんと固くしばつてくれると、かへつて有難いのだ。（中略）軍隊生活でもして、さんざ鍛はれたら、少しは、はつきりした美しい娘になれるかも知れない」との〈軍隊〉への空想、加えて、次のように、他人への媚びへつらいを〈監獄〉と表現するなどである。

これからさき、毎日、今井田御夫婦みたいな人たちに無理に笑ひかけたり、合槌うたなければならないのだつたら、私は、気ちがひになるかも知れない。自分なんて、とても監獄に入れないな、と可笑しいことを、ふと思ふ。監獄どころか、女中さんにもなれない。奥さんにもなれない。いや、奥さんの場合は、ちがふんだ。この人のために一生つくすのだ、とちやんと覚悟がきまつたら、どんなに苦しくとも、真黒になつて働いて、さうして充分に生き甲斐があるのだから、希望があるのだから、私だつて、立派にやれる。

注目したいのは、右の引用において、奥さんになること、つまり〈結婚〉が、述べたような〈自分ではないものへの従属〉として同列に並べられていることである（「監獄」や「女中」と、「奥さん」は、否定か肯定かの評価が異なっているが、評価はいずれの話題でも両様に揺れるため、両者のカテゴリーを区別する指標とはならない）。違和感があるのは、他の部分では、〈結婚〉は〈本能〉と直結されているからである。

この可愛い風呂敷を、ただ、ちよつと見つめてさへ下さつたら、私は、その人のところへお嫁に行くことにきめてもいい。本能、といふ言葉につき当ると、泣いてみたくなる。本能の大きさ、私たちの意志では動かせない力、（中略）ただ、大きな大きなものが、がばと頭からかぶさつて来たやうなものだ。そして私を自由に引きずりまはしてゐるのだ。引きずられながら満足してゐる気持と、それを悲しい気持で眺めてゐる別の感情と。なぜ私たちは、自分だけで満足し、自分だけを一生愛して行けないのだらう。本能が、私のいままでの感情、理性を喰つてゆくのを見るのは、情ない。ちよつとでも自分を忘れることがあつた後は、ただ、がつかりしてしまふ。（傍線引用者）

〈見られる〉ことの介在、また「満足」と「悲しい気持」の揺れが語られる点で、〈結婚〉・〈本能〉もまた、〈自分ではないものへの従属〉のバリエーションである。とすれば、ここでの問題は、〈結婚〉が、〈道徳〉や〈軍隊〉などの明らかに人為的な行為と並べられ、同様な制度であると納得されるにもかかわらず、〈本能〉という自然らしきものにすりかえられ、それゆえ、すべての女性は、男性の視線を意識し、結婚したくなることを遁れる術を持たない、とされていることである。むろん、〈本能〉は〈理性〉と両立しないものとされている。

こうした結婚や周辺の話題は、有明淑の日記では、どのように語られているのだろうか（以下「日記」と略記する。引用は『資料集第一輯　有明淑の日記』（青森県近代文学館、二〇〇〇年）による。同資料集のとおり、斜線は原文の訂正または削除、〔　〕は資料集による校訂を表す。旧漢字は新漢字に直した）。

まず太宰の「女生徒」では、放課後、友人のキン子とハリウッド美容室へ行った帰り、髪の仕上がりに勢いづいたキン子が、見合の妄想を逞しくするくだりで、キン子に嫌気がさして別れた後、妊娠した女性を見て嫌悪感を募らせる。

> 「どなたと見合ひなさるの?」と私も、笑ひながら尋ねると、
> 「もち屋は、もち屋と言ひますからね。」と、澄まして答へた。それどういふ意味なの、と私も少し驚いて聴いてみたら、お寺の娘はお寺へお嫁入りするのが一ばんいいのよ、一生食べるのに困らないし、と答へて、また私を驚かせた。キン子さんは、全く無性格みたいで、それゆゑ、女らしさで一ぱいだ。（中略）なんだか、なんだか憂鬱だ。バスの中で、いやな女のひとを見た。（中略）それに、ああ、胸がむかむかする。その女は、大きいおなかをしてゐるのだ。ときどき、ひとりで、にやにや笑つてゐる。雌鶏。こつそり、髪をつくりに、ハリウツドなんかへ行く私だつて、ちつとも、この女のひとと変らないのだ。
> けさ、電車で隣り合せた厚化粧のをばさんをも思ひ出す。ああ、汚い、汚い。女は、いやだ。

つまり、おしゃれは、男性の目を気にすることで、結婚と妊娠に直結する、雌鶏のような〈本能〉とされ、それゆえ嫌悪されている。他には「金魚」の「生臭さ」に喩える部分もあるが、「女生徒」では日記よりも成熟した女性への嫌悪が増幅されていることは、先行研究にも指摘がある。

対して日記では、キン子にあたる友人の見合いは、そもそもハリウッド美容室に行った（五月五日）のとは別のエピソード（五月一四日）である。またハリウッド美容室への不満には、「出来上つて

みると、頼んだ様に出来ないので、がつかりだ。その上九円も取られたので、いさゝか驚く」と経済的な要素が絡んでおり、大人の女性に成長することは、「どつちが悪い善いと云ふのではないけれど、年を取つて、女になりつゝあると云ふ事が、たまらなく困る気持ちなのだ」と、「女生徒」でのような絶対的な悪ではない（傍線引用者）。

さらに「もつとも人を相手に必要な、お化粧、着物、それに多くの時間を使つてゐる女の人が、厭になります。すぐに妥協したり、何か求めずには、いられない、始終、人を、人の言葉を考へずには、ゐられない、自分丈の生活を持てない、多くの女の人が厭になります。それは、女の人ばかりが、悪いのでは、ないのでせう。社会の故だとも云えませうねるのでせうね。（中略）自覚した女の人の良心的な生活は、今の社会では、まだ〳〵認められないし、道がせまいのではないのかしら等とも思ひます。」（五月一〇日）によれば、人目を気にするという厭うべき行為は、「女生徒」がすべての女性の特性としていたのと異なり、「多く」はあるが一部の女性にあるのみで、「社会の故」ともいわれている。

つまり、友人が持ち出す「もち屋は、もち屋」がもともと専門性と経済性の問題であるとおり、女性にとっての結婚とは、社会が自立した生活を認めないゆえに避けがたい経済的な問題なのであり、したがって男性を気にするのも〈本能〉のせいではなく、社会的要因によるものである。結果、結婚生活への評価は、「自分なんて、とても、カン獄には入れないとつくづく思ふ。／カン獄所では無い。女中にもなれないし、お奥さんにもなれない。／一日中、台所で過してしまふ日本の女の人が、馬鹿くさく厭だ可愛〔哀〕想。」（六月九日）と、「女生徒」とは逆になっている。

3.「からっぽ」が高度な思索になるとき

さらに日記は、別の友人からの手紙にふれ、以上のように結婚という制度を懐疑しながらも、それを選ばざるをえない状況を、「~~此の~~空虚さを救つてくれるのは結婚だと思つてゐるのは、吉べー丈では無い。／私の此の待つてゐる~~姿~~姿性〔勢〕、それは結婚へのと云つてもよい。／それが、あたり前だ。もつと図々しくしろ、もつと利考〔巧〕な思ひ方をしろと思つても、唯情けなく体中が、カラツポになつてしまふ様~~だ~~な気がする。」と無力感を「カラッポ」と呼んでいる（六月二日）。

一方、「からっぽ」は「女生徒」でも重要なキーワードであるが、その使い方は異なる。テクスト冒頭、数少ない太宰の創作部分では、朝の目覚めが入れ子の箱を開けていく行為に喩えられ、「たうとうおしまいに、さいころくらゐの小さい箱が出て来て、そいつをそつとあけてみて、何もない、からつぽ、あの感じ、少し近い」とある。目覚めは、暗闇へのかくれんぼとも喩えられ、他の箇所では、手で顔を覆わないと眠れないと記されている。また、「清潔」で「爽快」な軍隊生活から連想される「無心」な従弟「新ちゃん」が失明していることが語られ、「私」は目を瞑ってその状態を追体験する。つまり目覚めは、視線の顕在と不在をとおして、〈自分ではないものへの従属〉と、それをめぐる演技性というテクストのメインテーマに直結しているといえる。たとえば宮内淳子が、「からっぽ」というキーワードと直結して「思索的傾向」を見出すのは[6]、以下のような演技性の最たる部分である。

自分から、本を読むといふことを取つてしまつたら、この経験の無い私は、泣きべそをかくことだらう。それほど私は、本に書かれてある事に頼つてゐる。一つの本を読んでは、パッとその本に夢中になり、信頼し、同化し、共鳴し、それに生活をくつつけてみるのだ。また、他の本を読むと、たちまち、クルッとかはつて、すましてゐる。人のものを盗んで来て自分のものにちやんと作り直す才能は、そのずるさは、これは私の唯一の特技だ。本当に、このずるさ、いんちきには厭になる。毎日毎日、失敗に失敗を重ねて、あか恥ばかりかいてゐたら、少しは重厚になるかも知れない。けれども、そのやうな失敗にさへ、なんとか理窟をこじつけて、上手につくろひ、ちやんとした様な理論を編み出し、苦肉の芝居なんか得々とやりさうだ。（こんな言葉も何処かの本で読んだことがある。）

このような部分は確かに、いわゆる道化といってもいい、いかにも太宰らしい、つまり高度な思索とみえる部分である。だが「女生徒」では削除されているが、日記では同じ部分に、「愚かしさと云つたら笑つてやる程ひたくるなる程です。「どん底」に出てくる淫売婦が、一日中、下らない講談本に、涙を流したり、詩を読んだり夢を見たりするのと同じ事でせう。口先ばかりへラ〳〵しやべつて、中味は、カラッポ。」という記述がある（五月一〇日）。「どん底」はむろんゴーリキーの戯曲だが、つまり、低俗な本を受容するだけの、否定されるべき状態としての「カラッポ」、しかも前述の結婚問題も想起される女性の売買と連結されているこの部分を周到に排除することによってのみ、〈太宰による高度な思索〉という印象は作られているのである。

しかも、だとすれば、冒頭の入れ子の箱の喩えには、ずれがはらまれていることになろう。道化の演技性が高度な思索とされるのは、メタレベルの思索を重ねていく、いわば箱自体の充実が評価されることに他ならず、事実、太宰が削除したように、「淫売婦」のような「カラッポ」とは一線を画するはずだとすれば、冒頭の喩えは、その充実を、隣接により、意味の異なる「からつぽ」さにすりかえる行為だといえる。その「からつぽ」が効果的に引き寄せるのは、「青い湖のやうな目、青い草原に寝て大空を見てゐるやうな目、ときどき雲が流れて写る。鳥の影まで、はつきり写る」という、女生徒が憧れる無心の子どものような肯定的イメージの方なのである。〈本能〉についてすでに述べたように、女生徒が行っているこのような哲学的思考は、成熟した女性になれば失われるはずの〈理性〉としてあった。つまり、「女生徒」は、成熟した女性への嫌悪を強調することで、女ではないゆえに、実際の女性には不可能な高度な思索を行っていることをアピールしながら、一方で、すりかえによって自らを子どもらしく偽装するものといえる。

むろん、「からつぽ」を子どもらしい素直さとして流用できるのは、これが「女生徒」の表現だけの問題ではないからである。前述の「青い湖のやうな目、青い草原に寝て大空を見てゐるやうな目、ときどき雲が流れて写る。鳥の影まで、はつきり写る」が、見たものに対して意味づけを行う主体としてではなく、何かを映しているのを眺められるものとしての目であることは明らかだが、こうした純真さは、この時期すでに子どもの作文に広く充満していた特徴である。坪井秀人は、生活綴り方運動のスターとなった市井の一少女、豊田正子の周辺をとりあげ、子どもたちの作文が教師によって、〈見たまま聞いたまま〉をひたすら写生するように教育されたこと、「このような豊田の綴方の表現を〈自己表現〉などと呼ぶことはもはや出来ない」、「あまりに純粋化された自己の表現であるゆえに、その自己自体が透明な表象として機能し」、「それは純粋であると同時に空虚であり、透明な対象の再現の向こうには摑み所のない真空がぽっかりと拡がっていた」[7]ことを指摘した。いわば「からっぽ」なまなざしの強制である。そして、この後に坪井もふれるように、「女生徒」を絶賛したのは周知のとおり、子どもの作文の空白性に並々ならぬ興味を示した川端康成であった。

　太宰氏の青春は、「女生徒」に、女性的なるものとして歌はれた。そこにこの作者としては珍らしく多くの人にも通じる、素直な美しさを見せた。（中略）女生徒を借りて、作者自身の女性的なるもののすぐれてゐることを現した、典型的な作品である。この女生徒は可憐で、甚だ魅力がある。少しは高貴でもあるだらう。女の精神的なものについて、大凡失望することの多い私は、この「女生徒」程の心の娘も現実にはなかなか見つからないのを知るのである。これは太宰氏の青春の虚構であり、女性への憧憬である。

（川端康成「文芸時評―小説と批評」『文藝春秋』一九三九年五月）

川端は、「女生徒」の女性性を称揚しながら、それは太宰そのもので、実際の女性には決してみられない、と矛盾ともみえることを述べている。一般論としても、女性性とは、主に男性が作り出した理想像にすぎないといえるが、ここでは特に、女性性が素直さ、すなわち子どもらしさとかかわっていることに注意したい。川端には、「ものを実写し、直写し得るのは私達でなく女と子供だけではあるまいか。（中略）女子供に使はれる時、言葉は生な喜びに甦る」（「本に拠る感想」『東京日日新聞』一九三六年三月二五日）、あるいは、次のような発言がある。

（豊田正子にふれて―小平注）芥川賞や、「日本小説代表作全集」や、文芸時評のために、同じ作家仲間の作品を読むことは、少からず苦しいものが伴ふ。しかし、「婦人公論」や「新女苑」の女性の投書を読むのは楽しい。（中略）それの載つてゐる僅かな頁は、婦人雑誌のどの頁にも、優るとも劣らぬと、私は信じてゐるのである。なぜならば、そこには女性の生地のよさが溢れてゐるからだ。それは文学にはなつてゐない。文学以前のものである。しかし、大方の職業作家の文学とはなんだ。生地のよさがすりきれて、ただいたづらな粉飾があるばかりではないか。

（「文学の嘘について」『文藝春秋』一九三九年一月）

これらをみるなら、この時期、文壇の停滞を苦慮していた川端にとって、職業作家の欠如を補えるのは〈理想としての女〉、イコール「からつぽ」な〈子ども〉なのである。[8] つまり、川端の評価と結託する「女生徒」のありようとは、女性を、〈理想としての女＝子ども〉と〈本能だけの現実の女〉に引き裂き、複雑な思索を男性作家だけで占有したうえ、〈理想としての女＝子ども〉イメージだけを借用するものである。川端のいう、女性性の称揚と現実の女への失望の矛盾は、こうして実現される。

だが、このような複雑な思索こそ、そもそも有明淑の日記にあったものである。川端にいわせれば女性にはできないはずの部分こそ、現実の女性の書きものであったわけである。本章のタイトルである〈盗用がオリジナルを超える〉とは、太宰の「女生徒」の文学的表現を称賛したものではなく、〈女性らしさ〉の捏造のことに他ならない。太宰は有明淑の日記をなぞり、女性を〈上演〉してみせた。これは社会と折りあうために演技する主人公の行為とも照応しているが、演じるということは、本物のようにみえる〈らしさ〉を強化する行為でもある。では、〈女＝子ども〉を超え出ようとする女性の表現の方は、その場を持ち得たのか、川端が選者を務めた女性雑誌の投稿を検討し、小説における女性イメージが、現実の女性を拘束する様態を探ってみたい。

4．少女は〈女＝子ども〉とは限らない

川端は、一九三七（昭和一二）年一月から一二月まで『婦人公論』小品欄、一九三八年一二月から一九四三年一一月まで『新女苑』コント欄（一九四一年一月より「小品」に名称変更）、一九四一年一月から一九四三年一二月まで『少女の友』作文欄の投稿選者を務めた。誌面には入選作と川端の選評が併載される。ここで彼が、理想としての女性を子どもとしてみていたことは、『婦人公論』の読者、つまり大人の女性に向けて豊田正子を勧め、「文章といふものは、常にこの文章に現れたやうな真実を目指してゐるといふことを、皆さんも改めて思つてほしい」（小品選評『婦人公論』一九三七年一二月）と説いているのでも明らかである。とすれば、関係した女性誌のなかでも、『少

女の友』――中原淳一の挿絵や宝塚の記事、吉屋信子や由利聖子の少女小説を掲げ、友ちゃんクラブという熱烈なファン組織が存在する――こそ、女性が子どもであるとりわけ理想的な場だといえるだろう。そこではどのような指導がなされていたのか、絶賛された作文例をみてみよう。

振り返つて眺めてみると若葉の色と言つてもそれ〴〵木によってはつきり異なる事が分る。枇杷の様な白いの、私の様に黒味を帯びたの、椿のやうに濃く光つたの、でも濃いより薄い感じの色の方が何かすつきりしてゐて気持が良い。(中略)此の辺で竹数も尽きて先の塀の所に出る、そこに立つて仰ぐとあゝをかしい、ツクツクと拳固を突き上げた様な朴の芽、腹の底から笑ひがこみ上つて来る。何て愉快な芽だらう。

(富山　草葉るり子「春の私の庭」『少女の友』一九四一年九月)

物の細叙の羅列が多くを占め、書き手の社会的階層はともかく、描写法については、生活綴り方との関連性も看取される。また、観察が人物に向けられる場合でも、対象の動作の描写だけが望まれ、観察者による説明は不要で、対象が持つ感情は読者が忖度すべきであるかのようである。たとえば玲子「戦死」(『少女の友』一九四一年三月)では、兄の戦死を聞いた妹の描写に対し、川端は、「廻りくどい説明です。不要です。固い言葉です」と否定し、「「妹はお母さまの膝に飛びつくとわつと大声で泣出した。」といきなり書いた方が、突然、兄戦死の報らせを受けた時の、その場の迫つた気持が響きます」と指導している。「もつと、むき出しに書いてほしい」とは、投稿者の感じたままどころか、「もつと感情を生き〳〵と強く出す書き方があるはず」と川端の考える〈素直〉な書き方の強要に他ならない。

ただし、これらは理想であるゆえに、完遂されるわけではない。『少女の友』を読むことは卒業してもまだ『婦人公論』にはいかない、年齢からいえば少女ともいえる読者を含みながら、やや趣の異なる『新女苑』（一九三七年創刊、実業之日本社）をとりあげ、〈女＝子ども〉のステレオタイプでは覆い尽くせない選者と投稿者の攻防をさらに追うことにする（これ以後の引用は、特に断らない場合全て『新女苑』）。『新女苑』は、『少女の友』編集長の内山基がその発展として創刊したもので、〈教養〉を雑誌の方針として掲げる。吉屋信子、林芙美子、芹沢光治良、丹羽文雄らの小説のほか、ジイド、シュトルム、プーシキンなど多様な海外文学の紹介や、小林秀雄、河上徹太郎、日夏耿之介らの評論、木村毅、宮本百合子のブックレビューなどを載せていた。都市部の高等女学校では、高学年の愛読雑誌第一位との報告もある。[9] 読者投稿欄にはコント（小品）、短歌、詩、日記と、一般的な雑誌の感想などを寄せる欄があった。

コント欄で川端が、「このやうな投稿を、文学の勉強、女流作家志望の下ごしらへといふ風にばかり見ることは、余り好ましくなく、少しまちがつてゐる」（コント選評、一九三八年一二月）、「この欄は女流作家の養成のためにあるのではない。すべての女性がこの程度の文章は書けるやうになつてほしいといふのが、選者の念願なのである」（コント選評、一九三九年四月）と繰り返す方針は、すべての女性の幸せを願う親身さにみえるものの、「特色のある文学的才能を見せてゐる人は、選外に三四あつた。にもかかはらず、今月もまた、才質の点から言へば、寧ろ平凡なものを取ることになつた」（コント選評、一九三九年五月）、「最も洗練され、また熟達してゐるのは、霧夏美さんの「かすみの秘密」だつた。しかし、これを取らず、寧ろ技巧の未成なものの方を選んだのは、選者のいつもの態度である」（コント選評、一九四〇年二月）など執拗に繰り返される、下手であれ、平凡であれというメッセージをみれば、熟達の忌避でもある。女性の書き物が、プロの作家に重要な示唆を与えながら、それ自体は素人の領域に留まることが望まれる点は、『少女の友』のあり方と基本的に変わらないが、やや異なるのは、成長への期待によって、下手であれ、しかしそうだから文学にはならないのだ、という矛盾した憤懣が生じていることである。

というのも、当初の選に対し、読者からは、「コント川端先生は、随分広い範囲からお選びの様ですね、毎月変つた人ですので、此の頃はなじめなくなりました。（中略）それに此の頃のは、幼稚なのが選ばれるやうな気がします。先生は一度出した者は二度と出さない主義でいらつしやいませうか？」（東京　丘清美、ペンルーム、一九三九年六月）といった不満が投げられていたのである。川端が当初、同じ投稿者の連続掲載をしていなかったことは、彼女たちを素人に留めたいという欲望から容易に説明できる。投稿が繰り返されれば、それだけ素人の新鮮さは目減りするからである。しかし読者の方では、投稿についてお気に入りの投稿者をみつけて共感したり成長を応援したりする、それを読者の感想欄などで披露する、というコミュニケーションが、類似の雑誌で大切にされてきた文化なのだ。

読者の不満を汲んでか、大空やよひ、姫川純子、藍川凪子など、次第に同じ人が持続的に選ばれるようになり、川端自身も「「少女の友」から「新女苑」と、年齢のつながりのついたことも選をする上に都合がよく、また投稿家の成長を見る楽しみがある」、「日本の小学児童の綴方は、世界に誇り得る、驚くべき成果を見ながら、それに続く女学生の作文がなぜ不振であるか。私は年久しく遺憾としてゐた」(コント選評、一九四〇年一一月)と成長への期待を口にし、「一月僅か五枚の記録であるけれども、毎月欠かさず、年を重ねてゆけば、それが本人にとつて尊い生涯記であるのは勿論、読者としての私も粗末には思へない。(中略)自分の今日の生活を書きとゞめておくことは、「投書」などといふ言葉でかたづけられぬことだ」(小品選評、一九四一年三月)というような持続性の称揚へと動く。女性たちはそれだけ持続的に、熱心に投稿し続けていたわけである。〈理想としての女=子ども〉だとすれば、子どもを卒業しても書く女は愚である。この時期、豊田正子とともに川端の興味を引いた少女、山川弥千枝も[10]、十六歳の若さで亡くなった遺稿集が評価されていた。彼女らと違い、『新女苑』の投稿者たちは文学的に死ぬことは選ばなかったわけだが、そうさせたものとは何だったのであろうか。

『新女苑』の記事に目を転じれば、時節柄〈事変後〉の女性像が模索されるなか、「令嬢生活者の新しき道」(一九三九年一〇月)、「令嬢生活者を求める職場にきく」(一九三九年一一月)、「女ひとりの生活」(一九四〇年六月)、「結婚と職業は両立するか」(一九四〇年七月)など、もともと専門的な教養を職業化しようとしていた雑誌の方針から、ぶらぶらと結婚を待っているだけの令嬢が攻撃され、働くことが奨励され、独身生活や仕事と結婚生活の完全な両立の記事が掲げられていた。これは戦時体制に合致するが、しかし、国策はまったく同時に多産を奨励してもいた。一九三九(昭和一四)年九月には厚生省が有名な「産めよ増やせよ国のため」を含む「結婚十訓」を発表、一九四一年一月の「人口政策確立要綱」は、今後十年間に結婚年齢を三歳下げ、一夫婦の出産数を平均五人にすることを目標としていた。働きながらの出産・子育てに配慮しない日本においては、この二道の解決は女性一人ひとりに丸投げされ、良き結婚のためには身の始末は親に任せて家族の娘でいなければならないが、その期間を働かずにいれば時代が求める真剣さを証明できないという板挟みに追いやることになる。読者の感想を載せる通信欄「ペンルーム」を覗いてみよう。

何と云ふ目まぐるしい世の中!その中にポツンと置かれた自分の姿、あゝじれつたい。「令嬢生活者の新しき道」沢山抗議のある事と思ひます。手を伸べて待つてゐる職場がある都会ならまだしも……田舎の娘達が家出する気持が分りました。

（愛媛　和泉まつ、ペンルーム、一九三九年一二月）

〝令嬢生活者の新しい道〟を読んでつくぐ〵考へさせられました。自分は毎日こんな日を過してそれでよいのかと自分をせめながら、どうする事も出来なかつたから、こちらの習慣と申すのでせうか、中流以上もしくは娘が働かなくても生活の困らないと云ふ風な家庭は、娘を大抵外へ働かせないのです。

（富山　岸蓮子、ペンルーム、一九三九年一二月）

このように、若い中流階級である読者、特に地方読者の反発があり、「今月号は職業婦人の事ばかり、職業を持たない私にとつては耳の痛い記事が多くて、（中略）お前は怠け者だ、お前は怠け者だと、どやしつけられる思ひでした」（福島　静村汀子、ペンルーム、一九四〇年八月）と、殊勝な反省に混じって雑誌への怨嗟が表明されるまでになると、次第に職業婦人だけではなく、家庭に留まる女性への配慮もみせるようになる。

だが、たとえば「座談会　女性と文化を語る」（木々高太郎、奥むめお、宮本百合子、一九四〇年三月）で、木々が、「男性が動員されて、その後を埋める場合に女性が充分働けるだけのものを身につけて置くことは国家の為にも必要」とし、女医などを目指すことを勧めながらも、「ふだん海綿が水を吸収するやうに吸収して置いて、いざといふ時いくらでも吐き出させるやうに」通常は家庭で役立てるに留めるのがよいと述べるような言説が、座談会、論説問わず溢れているのをみれば明らかなように、職業婦人だけでなく家庭の女性もとりあげるという変化は、方向転換というよりは、いつでも男性労働力の穴を埋められる潜在的な働き手という論理によって、両者が等価に扱われる事態に他ならない。

そうしたなかで、「女芸の心」（一九四一年一〇月）など、当初は女学校卒業生の無為の象徴として攻撃対象であったお茶やお花といった稽古事も、まじめにやれば職業になる、という体験的論説や、「芸術する心は、かくて科学する心にも、国のために戦ふ心にも通じ得るのである。その素直な純粋さを通して」（高橋健二「芸術する心」一九四二年三月）のように、芸術に傾くことすらよしとする論説が増えていった。読者がこれに応えていくのは当然だろう。


この頃特に感じられる、女学校を卒業して終つた娘たちの生活――（中略）それで良いの？つて問ひつめたい気がします。（中略）働きたいと思つたり学校に行きたいと望んだ私でしたけれど、かなへられないと知つた今はもう諦めて終つて、その閑に少しづつでも心を寄せてゐた文学といふものを、此の頃は本当に身近に温く有難く感じ始めてゐます。その思ひは私を元気づけ、淋しい云ひやうのない不満をそつと柔らげて呉れる様な気がします。

　お花でも何でもいい――とにかく自分一つの物に愛着を感じて励んでゆく――と云ふ事が今の私達には一番必要ではないでせうか。

（青空るり子「私たち」〔私達の問題〕欄、一九四一年六月）


コント・小品欄でもよく名がみられるこの投稿者に従えば、文学、そして投稿は、家庭に留まる女性にとって、働くことの代替行為として認識されている。お稽古や投稿が戦うこと、とは単なるレトリック以上のものではないが、ちょうど〈事変〉と重なる『新女苑』の創刊によって『少女の友』から移行した読者は、こうしたライフスタイルの変化を、成長の次のステージとして、すんなり受け入れていったようにみえる。川端の路線を変えさせたほどの投稿の持続性と向上心は、これらによって動機づけられているといえるだろう。

5. 女性労働の曖昧化と文学

では、その内容はどのようなものか、持続的投稿者の一人、姫川純子のコント・小品の掲載作を例にみていく。たとえば「大麻《あさ》」（一九三九年一二月）は、母親が嫁入りの際持参した大麻仕事の道具が、市内の住宅地では長らく捨て置かれていたものの、父親の辞職、時勢の変化により有用となり、近所の奥さんたちに対しても、「働かなくてはねえ」という母の誇りとなる、その経緯を娘の視点から描いている。「いとなみ」（一九四〇年三月）は、長野県北安曇郡を舞台とし、冬の間、娘たちが比較的暖かい都会へ女中奉公に行くのに倣い、雪子も石割り、みかん園への出稼ぎを父に願い出るが、旧家の誇りから拒否される、というストーリーで、「みんな、つばの広い麦わら帽子をかぶつて、コツコツ〳〵と石を叩いてゐた。頭を使はないので誰にも出来たし、事変下で人手がないので、一日一円二十銭と云ふその賃金に、女衆達でも、見栄も外聞もなく、働いてゐた」というような人間描写がある。

これらは、記事で確認したような、女性労働の位置づけの変化や、労働と結婚の奨励の間での逡巡などが書き込まれたものだといえよう。こうした矛盾の実感が、男性の「後を埋め」、同等に活動する強い持続的意志と結びついたとき、書き手としての展開が期待されもする（当人たちの作家になる意志の問題ではなく、彼女たちを取巻く論理の帰結を問題にしている）。だが、そのような実現をみることはできない。「いとなみ」についての選評は、「全体が娘らしい気持で染め出されてゐるのがよい。雪深い山国の人のさびしさやあこがれも、ほのかに感じられる」と、彼女の苛立ちは「あこがれ」というロマンチックな感情に読み替えられたうえ、「物足りない。力点が弱い」と否定されている。太宰の「女生徒」においても、淑の日記には表れていた経済的な観点や、自立のために洋裁学校へ通っている形跡が消去されていたことを思い起こしてもよい。果たして、姫川純子の投稿からは次第に人間群像は消え、家族との閉じられた関係に変化してゆく。

「盂蘭盆の日」（一九四〇年一〇月）を経て、「三味線」（一九四一年八月）は、竹子が夫から三味線を習うなかでふと芽生えた感情、夫が自分を芸者のように性的対象としてみているのではないかという疑いを綴り、「妻の日記」（一九四一年一〇月）は、「私」と夫の新婚家庭に、ある日、保険の外交員の女性が訪れ、彼女を、夫のかつての恋人でもあるかのように思い煩悶するが、夫の優しい言葉で気持が変わる、というものである。「母の日記」（一九四二年三月）は、「私」の視点から、生まれた子どもとの一体感と、子どもの将来についての空想をひたすら綴ったものであり、前述の連続投稿を称揚した選評は、これについて述べられたものである。当然、これらの変化は、投稿者の境遇の変化に即したものと考えられるが、それだけではない。

たとえば、同様に子どもについて書いていても、視点人物から子どもへの批評的言辞を差し挟んだ他の投稿は酷評される例があり、これらは、ものの見方、書き方の〈教育〉の成果ということができるだろう。『新女苑』の投稿欄全体を見渡すと、川端の教育の傾向として、①作文とは異なり、コント・小品であるため、作中人物を設定することが許容されるが、②俯瞰的な語りではなく、一人称に近い視点が好まれる。③〈娘らしい感情〉は奨励されるが、④視点人物よりも眺める対象人物の感情が優先され、⑤視点人物の感情が許容される場合、対象への批評的感情ではなく、同調によってのみ表現される、などが抽出できる。

姫川純子の投稿に戻れば、結婚・出産によって、彼女が取材できる生活世界が変化したことだけが、投稿の変調の理由ではないといえるだろう。

「いやな女」私は以前一度ハガキを寄越したことのあるその女外交員に何となくいやな感を持つてゐた。その女は向島に住んでゐた。向島といふ所には、夫の恋人が住んでゐたと云ふことを私はひそかに知つてゐたので（中略）何かその亡き恋人に関係があるやうで、私にはいやだつた。

何も忘れて私とおだやかに花や野菜などを眺めて暮らしてゐる夫の許へ、何が面白くて訪れてくるのだらう。私は修養も捨てた気持でその二人の女に反感を持つた。

「妻の日記」でこのように描かれる夫の過去の女性関係への嫉妬というメインテーマは、川端には無視され、夫の留守にひとり家事を行い幸福感に浸る、量的にも少ない導入部分こそ、「新婚の妻の気持が素直に出てゐて、好ましい。自分も小さい家庭の主婦になつて、どの家の妻もがすることをするやうになつてゐる。さうしてその家の空気は自分が作つてゐるみたいだ。といふ感慨も美しい。「夫に家庭を持つてよかつたといふ感じを常に持たせて上げたい。」と思ふ妻の暮し振りが、平凡ながらやさしい心で書けてゐる。人柄の出てゐる文章はよい。家庭の幸福はこのやうにささやかなのかもしれない」と長々と絶賛され、「しかし、夫は少しあいまいである」と他者の排除が指示された挙句、「母の日記」での、「小さな口がしつかりと私の乳首に吸ひついてゐる。ぢつとみてゐるとぐつと抱きしめたい衝動におそはれる。可愛いゝ和子…／もう私の身体から完全に離れてしまつたのであるけれど、かうやつてゐると手足のやうに未だ私の身体の一部分としてつながつてゐるやうな気がしてならない」というような、同調だけからなる関係性に導かれるのだといえるだろう。

　結局、女性たちの書きたいという欲望は、扱う題材としてはもはや子どもではないものの、熟達に向かえるわけではない。そしてむろん、戦時色に染められた女性たちの欲望に、川端が歯止めをかけたというような事態でもないことは、そもそもこれらが、いつでも男性労働力の穴を埋められる、という論理の周辺で起こっていたことで明らかである。

　川端が、〈理想としての女＝子ども〉からの成長という、放っておけば女性が男性と同等に活躍もしてしまうような方針を掲げながら、一定の範囲に囲い込んでいくのと同様の構造は、『新女苑』の外でもみることができる。たとえば女性として初めて芥川賞を受賞（一九三九年）した中里恒子についての評価がそれであろう。「女流作家としても、べつに新しい顔ぶれが登場して来たといふのではなく、活躍してゐるのは、皆な古顔」（中村武羅夫「女流作家小論　彼女らの活躍について　上」『読売新聞』一九三九年四月二二日夕刊）とされる中里の経歴にもかかわらず、彼女は、「嬢さんの水彩画の出来のいいのを買はないかと言はれたやうな心持」、「もしかするとあの好もしさも未完成のためのもので、年期を入れるし失《ママ》はれる質のものかも知れない」（佐藤春夫「芥川賞選評多少の疑念を持って」『文藝春秋』一九三九年三月）と素人扱いされていたが、そうした位置づけの確認こそが必要とされていたといえる。

　川端が中里にもふれて、「天地万物に素直な幸福をちかに受けてゐるのは、今や女ばかりかと思へるほどである。（中略）しかし、女性的な感性は、文学としては、一度踏み破るべきもの、やうだ。その長所が短所ともなつて、現在、新鮮な進歩を見せてゐる女流作家は、実際稀のやうである」（「文芸時評」『東京朝日新聞』一九三八年一一月四日）と褒めつつ踏み破るべきだというのは、『新女苑』の投稿への評価の延長線上にあることは確かだが、それは再び中村武羅夫が、「文学の社会性だとか、国策だとか戦争だとか、日本の使命だとか、又は現実の圧力だとか、緊迫だとか、混乱だとかいふやうな、さういふ男の作家を襲ふてゐる時代の嵐は、女流作家の心を避けて、吹き荒んでゐるらしい。／だから女流作家の多くは、従来と同じ文学の行き方の中に、生命も、情熱も打ち込んで、働くことが出来るのである。男の作家が迷つたり、苦しんだりしてゐるところを、女流作家は、唯一途に、熱心に、自己を傾けることが出来るのである」（「女流作家小論　彼女らの活躍の原因は　下」『読売新聞』一九三九年四月二三日夕刊）というように、男性が動員された隙間に女性を置き、けなしつつ、羨ましがりながらそこにいてもらう態度に他ならない。つまり、いつでも男性労働力の穴を埋められる、ということは、むろん簡単に増減できる、ということを含みこんでおり、文学の場も、同じ構造を共有している。彼女たちは、文学という領域の確保の媒介とされ、〈変わらぬ文学〉イメージの保存に役立てられながら、彼女たち自身の活躍の実現は保証されないのである。

　有明淑が『新女苑』の読者であった保証はない。だが、日記冒頭に豊田正子のことを記す彼女は、ここまで書いてきた状況を共有していたといえる。「よく考へると、書く人も書く事も厭になります。／世の中で、小説とか理論とか無いとい丶と思ひます。さうだと、人に見て貰ふ為めに書くと云ふ己惚もウヌボレも馬鹿さも無いでせう」（四月三〇日）と書きつけ、また『新女苑』にもよく執筆した森田たまについての、「こんな女の人もい丶と思ふ。たまと云ふ人は、随分意識をして、書いているかれている自分に、たなりたいと思つている様だ」（五月二日）といった感想からは、彼女にとっての人目が、「女生徒」のいう本能的な男性への意識ではなく、書くことをめぐる自意識だとわかる。そしてこれは、ここまでの章で複数のレベルで確認してきた女性をめぐる構造である。

日記には、労働と結婚の矛盾、また素直といわれる書き方、二つの規範について、寄り添いながらも批判する言辞があった。『新女苑』にも、「コントは女学生の作文と云つた感じで全然新女苑向きではありません。少女の友ならい丶んでせうけど」（島根県　越智泰子、ペンルーム、一九四〇年七月）のように、コント・小品のあり方自体に不満を持つ読者も存在した。しかし、みてきたような経緯により、批判自体が浮上することは案外難しい。そこには、戦争状態において、男性作家こそが、より〈正しい〉男性像としての兵士になろうとする努力や、なり切れないコンプレックスがあり、そうした屈折を女性たちに転嫁して攻撃しているということもあったはずである。

しかしそうなのであれば、女性の被る不利益を考えることが男性への抑圧も軽減する可能性があることを、今一度心にとめるべきであろう。女性の生の声は多くの場合、消えさることを強いられてきた。「女生徒」はそれをねじ曲げた形ではあるが保存し得たという点で、憤りと安堵の双方を向けなくてはならない特異なテクストである。

第七章　紫式部は作家ではない
——国文学研究の乱世と文芸創作

1.　板垣直子と三木清論争の周囲に

前章まで、女性の専門性の伸長の問題を文学的創作の領域において確認してきたが、ここでその文学という前提について改めてみておきたい。文学がその舞台になるのは、高等女学校までの女性の教育カリキュラムが圧倒的に国語と家庭科に偏っていたからである。[1]いくぶんでも学問性を求めるとすれば、実用性の勝る家庭科よりは国語が好まれるだろう。そして、文芸創作の方が選ばれるのは、国語の先に当然考えられるキャリアであるはずの学者もまた、（数少ない例外を除いて）大学が戦後まで女性に門戸を閉ざしていたことによって実現は不可能だったからである。東京帝国大学が女性の聴講を許可した短い時期に機会を摑めた一人に、評論家となった板垣直子がいる。板垣は西洋哲学と美学を学んだ体験を後にこう振り返っている。

当時の私は哲学上の基礎教育すら正しく与へられてゐなかつた。女子大学には哲学史や概論があつたが、専門家がやらなかつた。（中略）各種の精神史の大切な講義をいくつも学監が受持つてゐた。そのために、私達はどんなに大きい損をしたか知れない。帝大にいつてみて、それから今日にいたつてはなほさらのこと、生涯償ひえざる損をしたと思つてゐる。

（板垣直子「私の批評家的生い立ち」『文藝』一九四〇年三月）

その板垣は、研鑽をかけた学問的矜持によってであろう、「世渡りのいろいろ」（『新潮』一九三二年一〇月）において、三木清の論文に剽窃があることを指摘し、文芸批評に暗い〈素人〉の間に合わせの仕事であると批判した。(2) 舌鋒鋭い批判態度と、気鋭の美術評論家である板垣鷹穂と結婚したこともあってもっともテクスチュアル・ハラスメント(3)にさらされた一人である彼女は、ここでも三木を擁護する男性共同体によってその発言の重要性を引き下げられているが、本章で問題にしたいのは、相手がジャーナリズムのスターであったゆえに物見高い論争の経緯ではなく、このやり取りがアカデミックな国文学研究の領域でも意識されていたことであり、批評と研究をめぐる関係性のなかで、女性の知識欲がいかに翻弄されたかということの方である。

というのは、板垣・三木論争をとりあげる近藤忠義「国文学と局外批評」（『國語と國文學』一九三六年一月）は、冒頭に板垣への苦言を載せ、一般に素人が拒否されるのは、爛熟から下降期に至ろうとする文化が、偏向した技術を盾に、おのれたちの形骸化した足場を死守しようとするヒステリックな態度だとし、国文学界における「素人否定論」「局外批評拒否論」を検討したものである。奇妙なのは、国文学研究というおのれの属する領域について語っているにもかかわらず、自らを「素人」に位置づけて批判を行っていることであるが、「素人」が「局外批評」とほぼイコールであるのをみれば特段不思議でもない。

「局外批評」とは、板垣と三木の論争をきっかけに、当時ジャーナリズムに乗って活躍していた批評家についていわれた名称であり、たとえば大宅壮一「局外文芸批評家論」(『新潮』一九三五年八月)に従えば、青野季吉、新居格を嚆矢とし、三木清、谷川徹三、戸坂潤、岡邦雄、三枝博音など、つまりはマルクス主義的傾向を通り、また大学や高校の職を追われた者が多い。『新潮』一九三五年一一月の「局外批評家の主張」特集では、戸坂、岡に加えて、大森義太郎が執筆しており、彼も代表的局外批評家といえる。マルクス主義的傾向を持つ批評家は、大衆の側に立ち、既得権益を持つ権威を批判する。「素人」を標榜する近藤の立場も、時期的に声高ではないにしても、同様の傾向であるのは明白である。

ただし、そうだとすれば撃つべきは帝国大学などの学者かと思われるし、一方、近藤があげる複数のケースのうち、もっとも大きくページを割くのは創作家、たとえば和歌・俳諧の作者が創作体験を背景として、研究者を素人とみなして排斥するケースであることからもわかるように、この時期の批評の権威とは、何より作家のことである。(4) 戸坂潤「局外批評論」(『新潮』一九三五年一一月)が批評家の筆頭にあげるのも、大森義太郎「局外批評家の立場いろいろ」(『新潮』一九三五年一一月）が「玄人批評家」とよぶのも作家であり、大森は「たしかに、創作活動のある部分は、作家でない批評家にはわからない。さういふ点で批評が見当違ひのことはしばしばあらう」けれど、文芸批評を科学として考えるなら局外批評家の役割もある、と主張する。学者、作家のいずれでもない板垣が名指されたこと自体、むしろ後ろ盾を持たない女性であるがゆえに貶められたにすぎない感があるが、ここにみられる批評の権威をめぐる混乱は、この時期の国文学界の争いの状況を象徴するものであり、それが「鑑賞」という語をめぐって展開されたことによって、女性の学び方に少なからず影響力を持つものである。近藤の論が発端となって展開された、国文学鑑賞主義論争を改めてみてみよう。

2.〈鑑賞〉は教育か研究か

アカデミズムである〈国文学〉研究において、そもそもは相いれないはずの作家が浮上するまでには、段階がある。東京帝国大学の近代的国文学研究は、芳賀矢一がドイツ留学で学んだ文献学を中心として発足したことはよく知られている。芳賀の場合、対象は言語や歴史の領域にわたる文献と広く、過去の人々が知っていたことそのままの復元を科学的に目指し、日本国民の特徴を明らかにすることを目的としている(5)。それは近代国家におけるナショナリズムに支えられたものでもあった。

そこに、生きる意味の真摯な掘り下げという態度が持ち込まれるようになったのは、第三章でも述べた大正教養主義の影響だと衣笠正晃は述べている。衣笠は、「大学の授業・研究においても人生の意義の解説が求められていた」事態の例として、垣内松三や西尾実をあげる。[6] たとえば、一九一二（大正元）年に文科大学の選科生となった西尾実は、「もっと人間としてのぎりぎりの問題を深くほりさげてみたいという、やむにやまれないような意欲」を持っていたにもかかわらず、芳賀矢一と藤村作の授業がそれに応えてくれないと不満を持ち（西尾実『教室の人となって――国語教育六十年』国土社、一九七一年）、後に、躾《しつけ》的な教養が「全人間性の要求を充すものでなく、従って真を求める心の爽かさや、美を求める心の朗かさを欠く」ことを批判して、文学作品を重視した（『国語国文の教育』古今書院、一九二九年、「四　国文学と教養」）。

久松潜一（一九一九年東京帝国大学文学部国文学科卒業。一九二五年、同助教授）も、第八高等学校時代、人間性を説く白樺派あるいは新理想主義の文学の影響を受けて「人生を語り、人間としていかに生きるかということを考え」、「人道的な人間性主義の文学に心をひかれ」る傾向があったという（久松潜一『年々去来――国文学徒の思出』廣済堂出版、一九六七年）。久松の研究態度については後でふれるが、高い人格や人間性と、古典に関して積み重ねられた専門的な知識の合流が図られていることは確かであり、そうした大前提のなかでこそ、古典研究を行うアカデミックな領域にあっても、現代作家の存在感は大きくなってくる。古文を読むことにおいて、技術的に読むよりも現在の自らの人生とかかわらせて読むことを重視すれば、古典を現代小説のように読むことになり、人生の解釈に長けているはずの作家なら、古典の現代的意義の把握についても、長じていることになるからである。[7]

同じころ学生時代を過ごしたと思われる岡崎義恵（東京帝国大学卒業。一九二三年東北帝国大学助教授）は、正岡子規・伊藤左千夫の万葉集の把握や、西鶴を評価した尾崎紅葉・幸田露伴、高山樗牛の近松や平家物語研究など、古典の解釈における作家の役割を大きく評価し、以下のように述べている。

これらの仕事には勿論文献学上の確かな地盤もなく、科学的の体系もない、主観的な印象批評に類するものである。けれども全精神を傾け、全身を以て当つたものであるが故に一個人の感想を万人の心に押し広め之に普遍性を帯びさせるだけの力がある。現在の文芸思潮に根ざし未来の文運を動かすだけの力がある。完全に現代人の信頼を得るだけの力がある。

（岡崎義恵「古文学の新研究」『国学院雑誌』一九二〇年五月）

このような傾向によって、一九二〇年代後半から三〇年代の、研究領域における作家の重視が用意されていく。アカデミズムから大きなお墨付きを得て、作家たちはたとえば、一九二六（大正一五）年から一九二八（昭和三）年に刊行された新潮社の『日本文学講座』などに登場することになる。いわゆる国文学者の「研究」に並列し、芭蕉鑑賞（島崎藤村）、西鶴「五人女」鑑賞（加藤武雄）、今昔物語鑑賞（芥川龍之介）、方丈記鑑賞（正宗白鳥）、一茶鑑賞（吉田絃二郎）、源氏物語鑑賞（吉井勇）、万葉集鑑賞（土岐善麿）、徒然草鑑賞（生田春月）、馬琴鑑賞（近松秋江）など、作家が担当する心情や情景を味わう部分は、「鑑賞」と呼ばれる領域であった。「鑑賞」という言葉こその現在では以前より使われなくなったが、それ自体はおなじみのふるまいである。
こうして、タイトルに「鑑賞」をいただく書籍の出版が出てくるのは大正後半期であり、われわれの印象からは意外にも、「鑑賞」という語の使用は、「極めて近代の事」（塩田良平「鑑賞私論」『國語と國文學』一九三七年一〇月）である。この時期まだ若かった岡崎義恵は、後に『日本文芸学』（岩波書店、一九三五年）を提唱して大きなインパクトを与えることになるが、それが当時衝撃であったのは、岡崎が文芸研究独自の領域として立ち上げる美やあはれを感じる心情の問題は、文献学主流のそれまでにおいては、それだけで研究とみなされることはなかったからである。

美学・芸術学の主題が、やはり鑑賞、特に享受にある事を私は思ふ。たとへ製作や作品が問題となる時でも、それは鑑賞を成立せしめる一契機としての作品、その作品の形成としての製作が、鑑賞への道程として考察されるのでなければならない。（中略）人は鑑賞せんが為に製作するのである。これを芸術といふ。（岡崎義恵「鑑賞論」『國語と國文學』一九三七年一〇月）

岡崎はこのように「鑑賞」を重視するが、一方、国文学領域で「鑑賞」の語を定着させたのが、一九三六（昭和一一）年に至文堂より創刊され二〇一一年まで続いた『國文學　解釈と鑑賞』であることはよく知られている。ただし、帝大国文学の中心人物である藤村作が携わった創刊号では、雑誌発刊の目的を「日本文学の普及化」としている。「鑑賞」の語は「生徒に伝へ」ることや「学徒」の語とともに使用されており、普及にかかわる教育の領域とみなされているのである（藤村作「われらの主張」『國文學　解釈と鑑賞』一九三六年六月）。確かに、国文学に人生の意義を持ち込んだ前述の垣内松三や西尾実も、主に国語教育に携わる点で評価された人物であり[8]、「真に価値ある作品を正しく鑑賞し理解しようと努めるならば、むしろ文学こそ、教養的精神そのものの発現」（西尾実『国語国文の教育』前掲書、「四　国文学と教養」）との主張は、編纂した教科書・読本のなかで、現代作家の作品が増加していることをもって証せられるものである。

つまり、この時点で「鑑賞」には、研究とは区別される普及や教育として捉えるものと、それ自体を研究だと認定する新興のものと、二種類の価値づけがあったことになる。

3．国文学の〈批評〉化と作家

さらに第三のインパクトが、すでに登場したマルクス主義にシンパシーを持つ研究者、近藤忠義らである。生産に基づく経済的機構によって人間の意識が規定されるとし、その変化を捉えることを科学的と考える彼は、双方の「鑑賞」を徹底的に否定した。まず、「普及」つまり「一般大衆をして国文学への親しみ・関心を増させることによつて、その上に国文学を発展せしめるべき地盤を拡大」することは、「通俗的な意味での「鑑賞」を通じて行はれた」とし、「しかし乍ら、そのやうな「鑑賞」――言ひ換へれば、国文学の主観的・現代的「享受」――を以てする大衆の動員は、結局「学」としての国文学研究とは実質上無縁」である、と述べている（近藤忠義「国文学の普及と「鑑賞」の問題」『國文學　解釈と鑑賞』一九三六年七月）。

しかし、初学者のためのものなら、目くじらを立てる必要もない。「鑑賞」を批判するのは、それが研究を名乗るからなのである。笹沼俊暁もまとめているように、(9) 熊谷孝らは、岡崎義恵が美を、時代が隔たった読者でも感知できる普遍的なものだとしたことを批判し、作品が制作された同時代的コンテクストにおける理解と、別の時代や階層における理解を混同するべきではないと主張した。しかも、「鑑賞」に言及するのは岡崎の文芸学だけではない。これが二種類の「鑑賞」の境界を曖昧にすることになるが、久松潜一も方法論が異なるにもかかわらず、「学以前と学」(『文学』一九三三年五月)において、「鑑賞と批評」を「直観と反省」という言葉で置きかえて、「すぐれた直観を底に有しない国文学研究は砂上の楼閣であらう」と「鑑賞」を研究の前提としている。さすがに、文献学を受け継ぐ学者であるだけに、「直観だけに止つてしまふならば学以前に止まるのである」という留保をつけるが、「鑑賞」が不可欠であるという前提が共有されていることは確かである。

また、「鑑賞」を研究の中心に置くのは、吉田精一である。研究の理想を、「論理と観照」が「常に対立的統一として、弁証法的な発展をなし、解釈の層次を形成する」ことだと述べる彼は、近藤忠義の「国文学と鑑賞主義」について、「これは要するに鑑賞を通俗な意味のそれと解された批難である」として、「鑑賞」が高度な学問的行為であることを主張した(「国文学界の二つの傾向──国文学時評──」『國文學　解釈と鑑賞』一九三六年八月)。そして、「私達のもつ具体的体験としての鑑賞は、個別的経験的なものであるに相違ない。だが、鑑賞についてその本質を論じる場合には、私達の対象は、これらの個別的な体験に共通して含まれる、純粋なる鑑賞といふ意味の統一性である」として、カントをもとに、主観的な観照が客観となる道筋について論じてゆく（『鑑賞の意味」『國文學　解釈と鑑賞』一九三六年一一月）[10]。この文脈では、鑑賞が、観照や直観と置きかえられることも多く、哲学的な専門用語として使われるのである。

もちろん、近藤や熊谷孝らの側は、こうした「鑑賞」のグラデーション全体を否定する。熊谷孝は、「資料主義・鑑賞主義・その他——最近発表された二三の作品論に関連して」（『国文学誌要』一九三六年七月）、「再び鑑賞の問題について」（『國文學　解釈と鑑賞』一九三六年九月）と続けて、「鑑賞」を取り扱う研究者の態度を三つに分けつつ、もっとも手の込んだ鑑賞も、所詮学問ではないとする。熊谷孝・乾孝・吉田正吉「文芸学への一つの反省」（『文学』一九三六年九月）では、岡崎義恵「文芸学の進路について」（『文学』一九三六年二月）を引いて、「結局主観的な鑑賞といふ段階を方法としての資格において要請するものなのである」と批判し、他の論者にもふれながら、「直観（鑑賞）を批評の不可欠の前段階として考へる人人が多いが、そは例外なしにいろいろな言葉を設けて、鑑賞をなにか学的な操作であるかに言ひくるめ、しかもいざとなると、その曖昧な神秘性のかげに隠れて安逸に耽つてゐる人々である」と手厳しく述べている。

そして、この対立は、作家への評価にも正確に反映されている。「鑑賞」主張派の多くは、「鑑賞」を作家の創作になぞらえるのである。

文芸学が、精神科学的である以上、恐らく自身の内に文芸体験を包蔵する事のない人が、これに参与するといふ事は、労して功なきものであらう。文芸学者はかくて、程度の差こそあれ、

自身文芸家であるのが当然である。（岡崎義恵「文芸学の進路について」『文学』一九三六年二月）

岡崎に限らず、鑑賞の理論化がヴィルヘルム・ディルタイなどに基づいている場合も多いが、その場合には、「鑑賞」において、作品に表れた作家の美的体験を追体験することが重視される。これが作家重視の助長につながることは疑えない。たとえば石津純道は、久松潜一が「直観」、藤村作が普及的「鑑賞」を重視していることをひとまとめに扱いながら、「鑑賞とは美的享受であり、作物の了解である。作物を凝視し観照する事によつて作家の美的体験を体感し追験する事であり、作物の美的生命に没入し帰一する事である」と述べている（「鑑賞に関する見解に就いて」『國文學　解釈と鑑賞』一九三六年一〇月）。

もちろん反対に、「鑑賞」批判派においては、作家は、価値引き下げの合言葉として使用される。近藤、熊谷らとともにマルクス主義にも理解を示した風巻景次郎は、「学者に必要なのは鑑賞でなくて、解釈である」、「いかに鑑賞した所で鑑賞の側からは学問は生れては来ない」と、鑑賞を否定する立場だが、その際、「好きな作品の研究にだけ食ひさがつてゐ」る学者は、「非常に濃厚に一般読書子的態度、鑑賞家的態度が反映してゐるのであつて、悪くいふと作家くづれ的態度が支配してゐる」と、歴史的な視点を持たない鑑賞を「作家くづれ」という言葉で痛罵している（「解釈と鑑賞断想」『國文學　解釈と鑑賞』一九三六年九月）。

このように彼らが熱くなるのは、プロレタリア文学によって火をつけられ、その弾圧後は戦争に向かう国家のなかで、〈国文学〉研究も〈批評〉でなければならないという切迫した考えがあるからに他ならない。ここでいう〈批評〉とは、現実社会にかかわり、その分析や見通しを示し、大衆に一定の影響を与えることである。

　風巻景次郎が「日本文芸に関する学者は、さうした文芸の不易と流行との両面にわたつて、見識のある批評家である事が一つの重要な要件」と述べ（前掲「解釈と鑑賞断想」）、永積安明が「学問・研究」は、「単なる物識りや、社交上の道具や高尚な趣味のために存在するものでない事は今更云ふまでもない」、「積極的に現実に関はりを持たねばならず、そのためには、研究はその批判性を抜きにしては考へられない」と述べ（「国文学時評――公平にでなく公正に――」『國文學　解釈と鑑賞』一九三六年一一月）、熊谷孝が「私たちの研究そのものが、つねに生ける現実との正しいかかはりに於いて在らねばならぬのは云ふまでもない事だ」、「私たちが、自らの研究を真に学問の名に於いてあらしめようがためには、つねに批判的・批評的であらねばならない」と述べるなど（「時評的問題一二」『国文学誌要』一九三六年一一月）、枚挙にいとまがない。

　そして、立場は反対にみえても「鑑賞」派＝作家擁護派もその切迫感は共有し、大衆への回路の獲得を目指すことでは同様だといえるだろう。なぜなら、作家は、（この認識の当否は措くとして）小説がすべての人生、社会にかかわることができるジャンルだという認識によって、〈批評性〉を確保しているからである。先ほどの言い方でいえば「玄人批評家」の代表である作家・伊藤整は、こう述べる。

　文学といふものは、絵画や音楽とちがつて、一般社会の思考とか思想とか社会意識とかいふものとの交渉に於ては遥かに深く、切り離しがたく繫つてゐるものである。この事実が文壇人の態度とか考へかた如何に拘らず、社会公衆が文学者に、生きた社会に対して責任のある考へかた、ものの言ひかたを要求し得る理由なのである。

（伊藤整「文壇的批評と非文壇的批評」『セルパン』一九三五年九月）

〈国文学〉研究は、現代作家を媒介とすることで、現実の社会とつながり、より多く読者を獲得もできることになる。鑑賞主義論争は、多くの論争がそうであるように、明確な勝者が定まらないまま収束する。だがここまでのように考えると、「鑑賞」の用語を使う二派が、対立を曖昧にしたまま共存することこそ、〈国文学〉という領域の存在意義を高めるために多くを味方につけなくてはならない状況で、有利に働く要因だったのではないかとすら思えてくる。文献学派は学問を低級にしているのは文芸学派のせいにし、文芸学派は啓蒙に興じているのは文献学派のせいにし、互いに自らの高踏性と少数性は確保しながら、両者の境界を曖昧にすることで、「鑑賞」がひきつける大衆については吸収することができるからである。

ここからは、女性に古典的教養を広めた画期的雑誌『むらさき』に視点を転じ、片岡良一が「乱世」と呼んだこの時期の国文学界が（「九月国文学界の瞥見（国文学時評）」『國文學　解釈と鑑賞』一九三六年一〇月）、女性たちにどのように影響したかをみてみたい。女性もやはり、動員される大衆の一角だからである。

4．古典を学べる教養雑誌『むらさき』

『むらさき』は、一九三四（昭和九）年五月に、藤村作、久松潜一、池田亀鑑を中心とした紫式部学会によって創刊された雑誌である。戦前は一九四四（昭和一九）年六月まで刊行されている。表紙には紫式部のイメージを掲げ、毎号テーマを設けての古典に関するエッセイや、複数の古典文学に関する鑑賞があり、海外文学の紹介や小説も載る画期的な教養雑誌に、女性読者たちが夢を託していたことは間違いない。[11] だが、源氏物語が女性読者に手渡されるのは、いささかスキャンダラスでもある。

知られるように、『むらさき』の創刊号は二つある。[12] はじめ紫式部学会の後援で番匠谷《ばんしょうや》英一脚本の源氏物語上演を企図したところ、検閲によって上演不許可となり、[13] この概要や顚末を記したものが一冊目、現在創刊号とされるのは、定期刊行物としてこの不吉な事件から仕切り直した二番目のものである。源氏物語は、当時の天皇に関する公的言説に反する内容と、過剰なエロティシズムを含んでいた。一九三八（昭和一三）年六月には、橘純一によって小学校国語読本からの源氏物語削除が要求され、[14] また一九三九年から一九四一年に中央公論社から刊行された谷崎潤一郎訳も、複数の箇所が時局を意識して削除されている。[15] 源氏研究者らは、当然ながらこうした状況を横目にみているはずであるが、「各女学校の副読本に選ばれる重い使命を荷ふ」ことは（「編集後記」一九三七年二月号）どのように実現され、それはどのような効果を持つのだろうか（以下本章では、『むらさき』からの引用は発行年月だけ記す）。

女子教育においても、それまで敬遠されていた文学が教科としての国語と結びつくのは、ここまで述べてきたのと同様の大正教養主義以降の状況である。久松潜一の『女子新読本』に現代文学作品を多く収録した点は象徴的だろう。[16] そして、美の本質という感性を重視する文芸学の出現は、女学生と研究との間のそれまであった越えがたい距離を多少は近づけたと考えられる。当時の女学生には、学知の蓄積よりも、他者に寄り添える感情の教育が望まれていたからである。『むらさき』は女性たちに向けた教育的な場であるから、これまで述べてきた「鑑賞」をめぐる構図も持ち込まれている。たとえば吉田精一「日本文芸学の意義」（一九三六年二月）が、国文学研究の専門深化が行き過ぎ、「考証の為の考証、詮索の為の詮索」といった些末主義に陥ることもままあることから、日本文芸学、つまり「文芸の文芸性といふもの作品の美的意義とか美的形成」を捉える「日本文芸の本質学」が求められてきたと説明している。

また、石山徹郎「三つの答案」（一九三六年四月。目次では石井庄司とある）では問答体で、教師の「現代女性と古典文学」という題で何を書くかという問いに対し、女学生三人の古典を読む目的が示される。一人は自分たちの「思想感情の由来を知るため」という歴史的意義をあげ、他の一人は、遠い古典のなかに、「自分と同じやうな心を持つてゐる人を発見」すると興味をひかれると述べ、「更級日記」に、昔にもこんな「文学少女」がいたのかと面白く感じる、と具体例をあげる。古典を現代文学のように読むこのような態度が、すでに無視できないことがうかがわれる。こうした女性たちの態度が、学校教育課程をも超えて個人の嗜好になり、種々の雑誌経営も支えているのだろう。

ただし、『むらさき』は学術的立場として文芸学を推しているわけではない。先ほどの吉田精一は、「作品の美しさ、偉大さは直観によつて知り得る。《ママ》　といふのでは、単に主観的な鑑賞批評に終つて、体系ある学問とは申されませぬ」と苦言を呈しているが、これが文芸学自体への批判なのか、学問としての文芸学は簡単にはできないという女性たちへの苦言なのかは、この誌上ではっきりしない。これまで入ったことのない高度な学問的世界だと憧れを掻き立てて女性たちを取り込むことと、これは教育なのだから彼女たちは学者になる必要がない（ならせたくない）と思い知らせることが、「鑑賞」という曖昧な語を利用して行われるのだといえよう。「古典鑑賞講座」は毎号続く『むらさき』の目玉だが、女性読者は、そのような古典研究への包摂と、排除の矛盾のなかに置かれていたのである。

5．あてびとの〈教養〉という矛盾

こうした矛盾は、『むらさき』が正面に掲げる「教養」の使い方とも連動している。「鑑賞講座」と並ぶ目玉に、一巻一号からはじまり、批評的読み物が配置される「趣味と教養」という欄がある。欄名に象徴的に表れているように、「趣味」と「教養」は、対立しているのか、類似する概念なのかは、曖昧である。「趣味と教養」欄は、「趣味」のみ、あるいは「教養の頁」と変更される期間もあり、一定しない。内容も古典や現代、外国文学に関するもの、演劇や絵画、香道、自然科学的なエッセイもあるが、特にその内容によって「趣味」か「教養」が分けられているという判断はしにくい。

近代における「教養」の語は、大正期ごろまでは、知識や階級が下の者を対象とし、教化・教育という意味合いが強かったのに対し（「胎児の教養」や「愛国心の教養の必要」などが用例）、昭和期になって、人格の高さと一体化した学問の深さという、エリートが堅持する概念と融合したことは、すでに論じたことがある。[17]「教養」は、近代的「教育」のような、制度に基づいて享受層が拡大したもの（そうであればこそ、努力の成果や功利的結果への期待も含まれる）なのか、生まれながらの選ばれた環境によって身に備わる趣味性の高い文化なのかは、その語の成り立ちからして曖昧になっている。

源氏物語をはじめとする古典の解説において、作中の貴族たちの光輝を表すのに、「教養」があるという言葉が頻出するのも、現在のわれわれにとっておなじみの光景だが、このころに一般化し、貴人と女学生の同一化を媒介するキーワードとなったものだろう。ここで飛び越えられるのは、階級の違いであり、それ自身が目的である貴族的趣味[18]と、近代教育、つまりは技術の習得であり社会的な自己実現の基盤でもあるそれとのずれである。もちろん、近代教育がそのようなものであるにもかかわらず、その対象が中流以上の女性であり、社会が、彼女たちの収まる先を専業主婦に導いている場合、教育が職業上の活躍などに発展しないように、優雅な趣味として表象されなければならないということであり、その二重規範が、「教養」の語の曖昧さによって実現されるということである。「鑑賞」と「教養」はセットなのである。

こうした状況において、先ほどみたとおりその位置をどちらにでも活用できる作家は、学者とは一線を画しながら、同時に、雑誌の象徴としての紫式部のイメージを立ち上げるため、重用されるのは必至であったといえる。たとえば、古典への深い造詣を持ち、登場回数の多い女性の一人に、円地文子がいる。古典物語の人物設定を現代に置きかえた小説をいくつも『むらさき』に載せているのが特徴だろう。円地の「玉鬘」（一九三六年六月）は、「序にかへて」で、「自分では、すつかり、源氏の人物や事件になじんでしまつて、今では他人事でない親しみを持つやうになつて」、「私は自分の周囲に、空蟬を、朧月夜内侍を、葵の上を、しば〳〵見出して独り微笑むことがある。環境が似てゐるのではなく、性格に一致を見出すのである」とあるとおり、「玉鬘」の人物関係を現代に置きかえ、舞踊家・瑠璃子の、パトロン藤井への愛情と、すれ違う縁談の経緯を描いている。(19)

もちろん、女性抑圧の構造が教養と作家の両義性を当てにしているとすれば、女性が古典を読む際に想像力を強調することは、危険もはらむ。いうまでもなく、学者になることは断念させられるとしても、紫式部を女性作家に重ねるほど、作家という近代的職業も読者のロールモデルとして身近になってしまうからである。『むらさき』の読者の階層で、あるいは時局的に、女性作家になろうと奮起することが奨励されていたかどうか。これは第六章でも確認した。『むらさき』の誌面にはやはり、こうした古典を題材にした創作とは逆に、自身で創作に手を染めたり、作家になることを戒めるような言説が両立している。

たとえば本多顕彰は、「文学的生活」を提唱する文章で、「私のいふ文学的生活とは、必ずしも創作家の生活や批評家の生活を指すものではなく、また、必ずしも文学作品愛読者をさへ指すものでないことを先づ前以つて断つておきます」と、矛盾も厭わず文学への関与に釘を刺す（「文学的生活」一九三五年一二月）。女性作家自身も例外ではない。岡本かの子は、紫式部が男性に劣らぬ文学の大成をしたことを、女性の可能性として言い及びながら、創作者を目指すのは、相応の才能があるものだけにした方がよいとする。

> つまり花を作ることは非常に至難であるが、花を賞することに《ママ》誰にも許さるべく女性の生活要素の豊富な資源としてむしろ奨励すべしとさへされなければならない。まして文学は単なる花ではない。人生の善美深度、罪悪。ことごとくをよき文学観賞によつて味覚し、分別し、探求し、ともすれば単調になり勝ちな女性の生活意識を表裏左右より豊富複雑にし主体的に彫刻し生活の現実を洗練し、琢磨する。
>
> （岡本かの子「女性の意欲」一九三七年二月）

誰でも作家になれるわけではない、とは、自身の体験をふまえた、それ自体はまっとうな注意だが、周囲の言説と併せみれば、『むらさき』の矛盾の一部を形成することになる。

このように、女性を読者としてあてこんではいるが、知的好奇心を全方位的に奨励しているわけではない不安定な状況は、読者の活動をその反映として顕在化する。たとえば読者に対して応募が呼びかけられた「むらさき創作」は、「古典を素材とする創作」であり、第一回の締め切りが一九三六（昭和一一）年三月五日、第二回が一二月一五日で、池田亀鑑、今井邦子、室生犀星が選に当たっている。第一回一等は、山脇高等女学校卒の主婦である鳥山敏子の「迷ひ」である

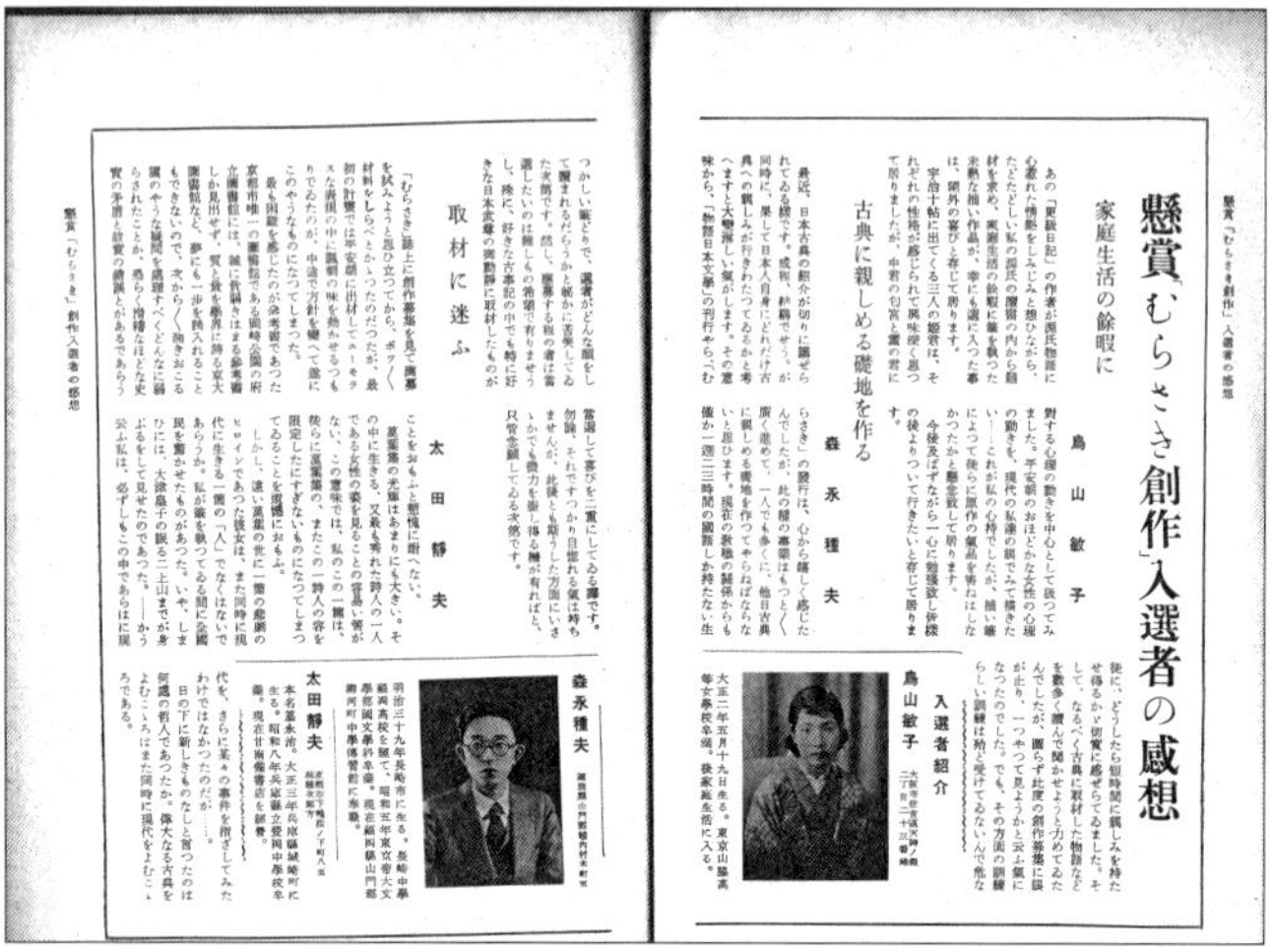

懸賞「むらさき創作」入選者の感想

懸賞「むらさき創作」入選者の感想

家庭生活の餘暇に

鳥山敏子

あの「更級日記」の作者が源氏物語に心惹れた情熱をしみじみと想ひながら、たどたどしい私の源氏の閲讀の内から題材を求め、家庭生活の餘暇に筆を執つた未熟な拙い作品が、幸にも選に入つた事は、望外の喜びと存じて居ります。

宇治十帖に出てくる三人の姫君は、それぞれの性格が感じられて興味深く思つて居りましたが、中君の包宮と薫の君に對する心理の動きを中心として扱つてみました。平安朝のおほどかな女性の心理の動きを、現代の私達の眼でみて描きたい……これが私の心持でしたが、拙い筆によつて徒らに原作の氣品を傷ねはしなかつたかと懸念致して居ります。

今後及ばずながら一心に勉強致し皆様の後よりついて行きたいと存じて居ります。

古典に親しめる礎地を作る

森永種夫

最近、日本古典の紹介が切りに論ぜられてゐる様です。成程、結構でせう。が同時に、果して日本人自身にどれだけ古典への親しみが行きわたつてゐるかと考へますと大變淋しい氣がします。その意味から、「物語日本文學」の刊行やら、「むらさき」の發行は、心から嬉しく感じたんでしたが、此の種の事業はもつとくく廣く進めて、一人でも多くに、他日古典に親しめる礎地を作つてやらねばならないと思ひます。現在の教職の關係からも僅か一週二三時間の國語しか持たない生徒に、どうしたら短時間に親しみを持たせ得るかと切實に感ぜられてゐました。そして、なるべく古典に取材した物語などを數多く讀んで聞かせようと力めてゐたんでしたが、圖らず此度の創作募集に誘はれ、一つやつて見ようかと云ふ氣になつたのでした。でも、その方面の訓練らしい訓練は殆ど受けてゐないんで危なつかしい筆どりで、選者がどんな顔をして讀まれるだらうかと竊かに苦笑してゐた次第です。然し、應募する程の者は當選したいのは誰しもの希望で有りませうし、殊に、好きな古事記の中でも特に好きな日本武尊の御動靜に取材したものが當選して喜びを二重にしてゐる譯です。勿論、それですつかり自惚れる氣は持ちませんが、此後とも斯うした方面にいさゝかでも微力を盡し得る機が有ればと、只管念願してゐる次第です。

取材に迷ふ

太田靜夫

「むらさき」誌上に創作募集を見て應募を試みようと思ひ立つてから、ボツボツ材料をしらべとかゝつたのだつたが、最初の計劃では平安朝に出材してユーモラスな義賊の中に諷刺の味を効かせるつもりでゐたのが、中途で方針を變へて遂にこのやうなものになつてしまつた。

最も困難を感じたのが參考書であつた。京都市唯一の圖書館である岡崎公園の府立圖書館には、誠に貧弱きはまる參考書しか見出せず、質と量を學界に誇る京大圖書館など、夢にも一歩を踏入れることもできないので、次からくく湧きおこる謎のやうな疑問を處理すべくどんなに腦らされたことか。恐らく滑稽なほどな史實の矛盾と故實の錯誤とがあるであらうことをおもふと慙愧に堪へない。

萬葉集の光輝はあまりにも大きい。その中に生きる、又最も秀れた詩人の一人である女性の姿を見ることの容易い筈がない。この意味では、私のこの一篇は、徒らに萬葉集の、またこの一詩人の容を限定したにすぎないものになつてしまつてゐることを遺憾におもふ。

しかし、遠い萬葉の世に一箇の悲劇のヒロインであつた彼女は、また同時に現代に生きる一箇の「人」でなくはないであらうか。私が筆を執つてゐる間に全國民を驚かせたものがあつた。いや、しまひには、大津皇子の眠る二上山までが身ぶるひをして見せたのであつた。——かう云ふ私は、必ずしもこの中であらはに現代を、さらに某々の事件を指さしてみたわけではなかつたのだが……。

日の下に新しきものなしと言つたのは何處の哲人であつたか。偉大なる古典をよむこゝろはまた同時に現代をよむこゝろである。

入選者紹介

鳥山敏子 大阪市住吉區天神ノ森二丁目二十三番地

大正二年五月十九日生る。東京山脇高等女學校卒業。後家庭生活に入る。

森永種夫

明治三十九年長崎市に生る。長崎中學福岡高校を經て、昭和五年東京帝大文學部國文學科卒業。現在福岡縣山門郡瀬高町中學傳習館に奉職。

太田靜夫

本名籔永治。大正三年兵庫縣城崎町に生る。昭和八年兵庫縣立豐岡中學校卒業。現在甘南備書店を經營。

懸賞「むらさき」創作入選者の感想

図版1　懸賞「むらさき創作」入選者の感想
『むらさき』一九三六年七月

〔図版1〕。この作品は、源氏物語の宇治の中君を主人公に据え、姉の大君と、薫、匂宮とのいきさつを、匂宮と六の君の婚礼後から回想を交えて描いたものである。「男と云ふものは愛情を幾つにも分けることが出来るのだらうか。それとも男の示す愛情や誓ひの言葉は陽炎のやうにはかないものであり、その折の心を過ぎる幻影に過ぎないものなのだらうか」など、主人公の心を一人称で疑似体験するような書きぶりが特徴である。その限りでは、円地文子を手本とした『むらさき』読者のふるまい方が、実現している。

ただし、入選の二等以下は、添えられた経歴によれば、「白鳥の飛びゆく彼方」森永種夫（東京帝大国文科卒、中学校勤務）、三等「二上山」太田静夫（兵庫県立豊岡中学卒、書店経営）（一九三六年七月）、他に誌上に掲載された佳作は、與志野恭、厨川登久子、志方吉雄である。第二回では、田中勇（京都帝大独文科卒、日本放送出版協会勤務）、平田東胤（慶應義塾卒、鐘淵紡績に就職後、病気のため退く）、栗山正（宮城師範卒、小学校勤務）、伊藤昇（立命館退学）、戸室有泰（法政国文科卒、高等女学校勤務）であり、男性が多い。森永の「入選者の感想」に、「一人でも多くに、他日古典に親しめる礎地を作つてやらねばならない」とあるように（一九三六年七月）、特に教育者の方便であることも強調されている。女性読者が応募しないのか、選者が男性しか入選させないのか、そもそものリテラシーの違いを考慮する必要はあるとはいえ、この結果には、女性の才能というイメージを前面に出していながらも、一方ではその活動を制限する雑誌の方針を、再確認せざるを得ないだろう。

6. 「入会のおすすめ」と時局

そうであればこそ、このころから『むらさき』は、女性向けのイメージを実現するために、女性読者の獲得にようやく本気になったといってよい。象徴的なのは、一九三七年一〇月臨時増刊号の「少女文芸号」特集であろう。神近市子「余りにも感傷的な少女の読物」や百田宗治「指導性を要求する」は、他の少女雑誌について、同性愛的な少女小説やその甘さ、レビュー熱をとりあげて批判を行い、佐々木澄子「文芸読本など」、奥野昭子「教養としての古典を」といった批評で理想的な読み物の方向づけをする、その先に手本となる雑誌として『むらさき』が透けてみえる構成である。一方、詩や小説にはいかにも少女雑誌めいた挿絵をつけるなど〔図版2〕、池田

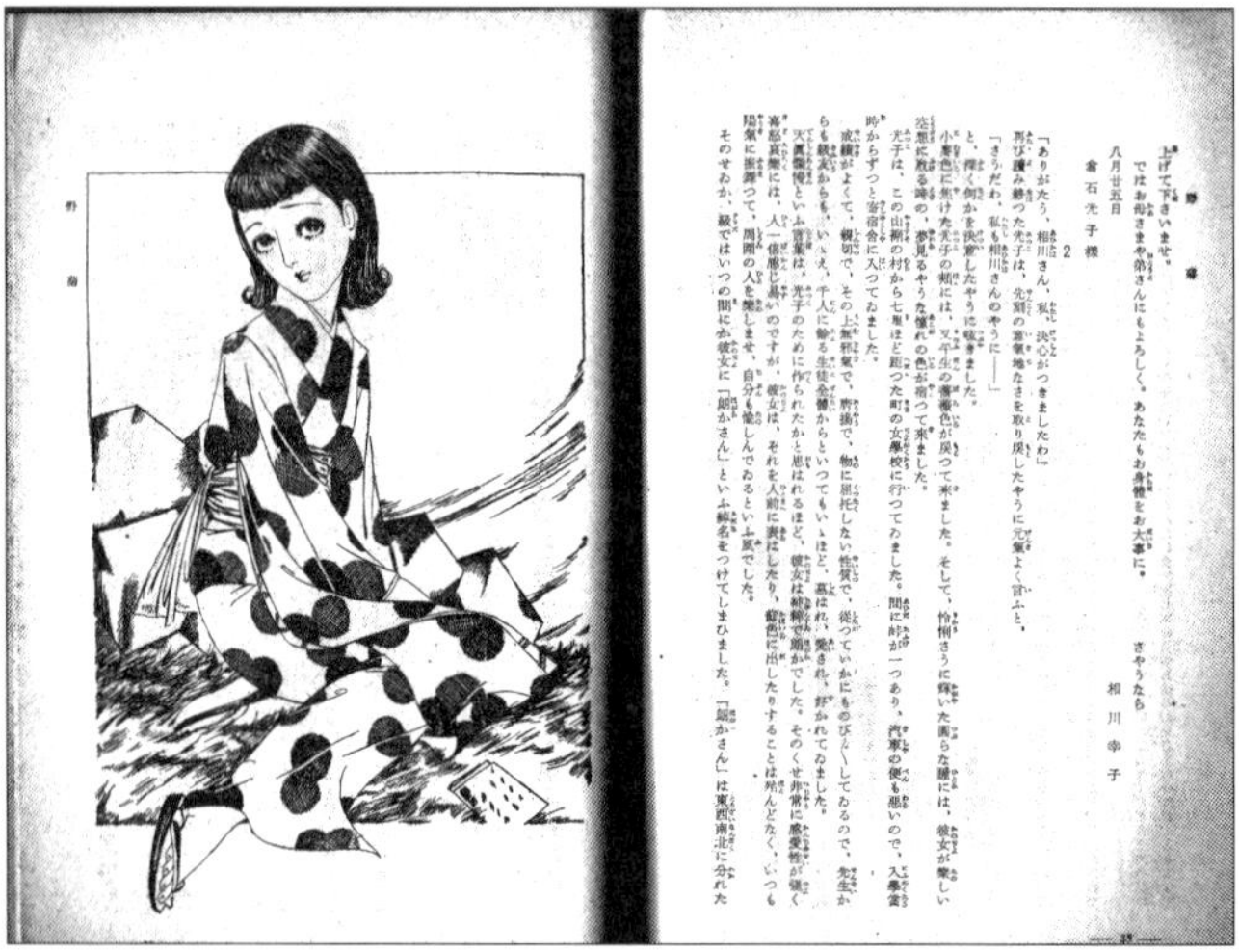

野菊

上げて下さいませ。

ではお母さまや弟さんにもよろしく。あなたもお身體をお大事に。

さやうなら

八月廿五日

相川幸子

倉石光子様

2

「ありがたう、相川さん、私、決心がつきましたわ」

再び讀み終つた光子は、先刻の意氣地なさを取り戻したやうに元氣よく言ふと、

「さうだわ、私も相川さんのやうに――」

と、挿く何かを決意したやうに呟きました。

小麦色に焦けた光子の頰には、又平生の薔薇色が戻つて來ました。そして、怜悧さうに輝いた圓らな瞳には、彼女が樂しい空想に耽る時の、夢見るやうな憧れの色が宿つて來ました。

光子は、この山網の村から七里ほど距つた町の女學校に行つてゐました。間に峠が一つあり、汽車の便も悪いので、入學當時からずつと寄宿舎に入つてゐました。

成績がよくて、親切で、その上無邪氣で、所謂で、物に屈托しない性質で、從つていかにものび〳〵してゐるので、先生からも級友からも、いゝえ、千人に餘る生徒全體からといつてもいゝほど、慕はれ、愛され、好かれてゐました。

天眞爛漫といふ言葉は、光子のために作られたかと思はれるほど、彼女は純粋で朗かでした。そのくせ非常に感受性が強く喜怒哀樂には、人一倍感じ易いのですが、彼女は、それを人前に表はしたり、顔色に出したりすることは殆んどなく、いつも陽氣に振舞つて、周圍の人を樂しませ、自分も愉しんでゐるといふ風でした。

そのせゐか、級ではいつの間にか彼女に「朗かさん」といふ綽名をつけてしまひました。「朗かさん」は東西南北に分れた

図版2　清水ちとせ　小説「野菊」挿絵『むらさき』一九三七年一〇月臨時増刊号

亀鑑の実業之日本社時代の経験が取り入れられているかは定かではないものの、学校教育と雑誌内容の関連づけによって、リテラシーのある層を、若い時期から読者として育成しようとする姿勢が顕著である。

巻末に掲載されている「学会だより」で、会員の充実が強化されるのは一九三七（昭和一二）年一一月ごろからである。「会則抄録」や「入会のおすすめ」によれば、会員には雑誌『むらさき』の他に、各種講座の割引などの特典があるが、さらに会報の配布や（一九三七年一二月）、「会員談話室」の新設、会員の投稿・論文を誌面に掲載すること（一九三八年二月）などが次々書かれるようになる。

会則抄録では、賛助会員の他に、通常会員は「女子にして年額五円」、会友は「男子にして年額五円」と女性の優遇が示されていたが（一九三七年一一月）、単発的に設けられた「紫だより」

という欄では、依然として男性の投稿が七名、女性は二名という偏りである。ここでさらに変更が加えられたのが乙種の会員という制度である。「通常会員は甲乙二種に分かち、甲種の会員は会費一ヶ年五円六拾銭（二回分納可）とし、毎月雑誌「むらさき」の配布をうけます。乙種会員は年額壱円八拾銭で毎月会誌の配布を受けます」とある（一九三八年四月）。会誌は、女性も含む当番会員が編集を行い、会員相互の交流も重視しているとアピールされ、入会のハードルを低くしたと考えられる。その反映であるのか、編集側の戦略であろうか、「会員座談室」に選ばれる投書も、このころから明らかな変化をみせる。

なんだか夢のやうなうれしさ。これで会員になれたのかしら、遠く自分の及ばぬものと思つてゐただけに、あの憧憬の紫式部学会の会員になれたなんて、不思議な気で一ぱい。

（椿卯女、会員談話室、一九三八年八月）

東北の淋しい漁村の生活者である私は、私たちの都である山形にさへ年五回とは行けない様な、時代の歩みにはともすれば遅れ勝な日常です。毎月の「むらさき」を、どんなに鶴首してゐるか、お解りになりますかしら。（中略）益々みふるひあられん事を。

（長谷川キヨノ、会員座談室、一九三八年一〇月）

憧れの表明といい、文体といい、また他の読者への呼びかけといい、これらは、それまでの高踏的な内容や雰囲気を持つ投稿とは異なり、おなじみの女性雑誌の投稿に近い。この「会員座談室」は、会誌にその機能を譲ったのか、理由はわからないがすぐに終了してしまい、残念ながら会員のスタンスはあまり追えない。だが、こうした広がりやある種の気安さは、度重なる雑誌の工夫によって、ある程度獲得されていったと予想しても間違いではないだろう。突出した才能との関連づけではなく、一人ひとりの、ということは多くの心に留められるものでなければ、古典文学は、国民性を保証するたしなみとして機能しないからであり、この後、戦中にも雑誌が継続できるのは、それなりに国策に合致するものであったからである。徐々に海外文学の紹介を縮小している『むらさき』だが、同時期に次のような「反省」を掲げるのも、偶然ではない。

わたくし達は、文学を通じて、日本的なものの美しさ、正しさ、明るさを求め、現代日本婦人としての高雅な趣味と教養とを深めたいと思ひます。従つて**むらさき**は華々しい思想家や学者や芸術家を作り上げやうと志すのではなく、むしろつつましやかに自らを省み、己をむちうつて、よき日本婦人たることを庶ふ人々の前に、捧げられるべきものであります。

（「反省」一九三八年一〇月）

当然ながら、これは普遍的な日本女性の心がけといったようなものではなく、第六章でもみてきたような戦時という時局に即して捉えられねばならない宣言である。それぞれの作家が、こうした宣言を意識していたかどうかは定かではないが、たとえば福田清人の創作「紫式部」（一九三九年一月）では、父・藤原為時が、紫式部に対して、「今の世のならはしでは女の子は、いくらさうした学問をしても、学者として世間に通らないのでお父さんはお前が男と生れなかつたことを大変残念に思つたのであった。しかし、智慧をみがき心をゆたかにしておけば、いつか何かの役にたゝう」と述べる。紫式部は、夫の死後に物語を書くようになっても、知人にひそかに貸すだけであり、知識をひけらかすこともしない。筆写が王朝期のリテラシーの最先端だとしても、「お父さん」が親しく呼びかける「女の子」であるそのあり方は、現代の読者に向けられたメッセージであるのはいうまでもない。それは、雑誌メディア時代に置き直せば、つつましすぎるふるまいになるだろう。

それでも、「教養」がいわれるうちはまだよかったのかもしれない。一九三八年六月には「文化と教養」、同年八月から一九三九年一〇月まで「女性と教養」と名を変えながら続いた「趣味と教養」欄は、一九四一年一〇月で姿を消す。代わりに雑誌の前面を大きく飾るのは「大日本歴史講話」であり、募集されるのは「銃後文学」（一九三九年一月）である。『むらさき』は戦時の心的糾合へと女性たちを誘ったのだろうか、それとも心の支えになったのだろうか。決めることには躊躇が伴う。

第八章　戦後世界の見取り図を描く
──野上彌生子『迷路』と田辺元の哲学

1．近代を生き直す

野上彌生子が日中戦争時を描いた長編『迷路』は、「黒い行列」（『中央公論』一九三六年一一月）、「迷路」（『中央公論』一九三七年七月）を発表したのみで時局のために中断され、戦後の一九四八（昭和二三）年、これを第一部・第二部として改稿出版したうえで（岩波書店）、続きを一九四九年一月から一九五六年一〇月まで、岩波書店の『世界』に連載したものである。明治期に作家として出発し、『青鞜』にも執筆した彌生子は、みてきたように文学をも揺さぶった戦争を生き延び(1)、強固な意志を持ってこの作品を書きあげた。

作中の時間は、一九三五（昭和一〇）年から、アジア・太平洋戦争で東京への空襲が現実味を帯びるころまでである。主役の菅野省三は、政治家や豪商などのブルジョワと縁のある家の出身であるにもかかわらず、学生時代に左翼活動を行い、そして転向した。日中戦争で招集され、軍隊で中国人への理不尽な処遇を目の当たりにして懊悩するなか、中国の状況に関する情報を得て、中国共産党と結んで反戦活動を行っていた日本人民解放同盟への合流を目指して、延安に向けて脱走し、銃殺される。

左翼思想を根底に持つ主人公を描くゆえに戦前発表が中止された冒頭部は、敗戦後の世界情勢の変化を受けて、まず大きく書きかえられる必要があった[2]。新たに書き継がれた物語も、執筆再開時の状況を反映している。当時の主要な総合雑誌は、戦後の国際関係を探る記事を多く載せていたのは当然だが、「迷路」掲載誌の『世界』[3]では、有名な平和問題談話会の「戦争と平和に関する日本の科学者の声明」(一九四九年三月)から、講和に向けて、「講和問題についての平和問題談話会声明」(一九五〇年三月)、「三たび平和について」(一九五一年一二月)など、単独講和の拒否を掲げ、サンフランシスコ講和条約で日本が西側寄りの立場を選択した後も、欧米諸国の植民地支配から独立したアジア・アフリカ諸国によって、一九五五年にアジア・アフリカ会議が開催される前後には、中国だけでなく、それらの地域に関する多くの記事が掲載されることになる。

彌生子が岩波書店の人脈と縁が深いことはいうまでもない。夫の野上豊一郎が夏目漱石の弟子で、岩波書店の人脈はその周囲に形成されていたからである。『世界』のイメージを導いたのは彌生子に近いオールド・リベラリストよりは新たな世代だといわれるものの、『迷路』の世界観は、平和問題談話会が「二つの世界」の併存と日本の中立に平和を見出し、知識人の戦中の微弱な抵抗を反省することとも合致し、それを過去の歴史に置き戻して、叶えられなかった可能性として描いたものだといえる。

この点では『世界』に限定される問題ではなく、またイデオロギーのみならず小説形態の問題ともかかわっている。たとえば対談「「迷路」を終つて」（『世界』一九五六年一二月）では、荒正人は「ああいう長いものをおまとめになるのに、たとえば、夏目漱石の小説などを意識なさつたことありませんか」と述べている。戦後には、軍国主義の否定という動機から、日本の近代を西洋との比較において、封建制が残存し社会性の欠如した、言わば歪んだものだったと捉える言説が席捲し、その再構築の必要がいわれていた。[4]中村光夫『風俗小説論』（河出書房、一九五〇年）が、西洋近代小説が本来持つ、作中人物と作者との距離や構成意識を喪失したとして日本的私小説を批判していたことは有名である。これから述べるように、『迷路』は明確な小説的結構を持っており、荒自身は批判もしているが彼の発言からは、『迷路』が近代の生き直しとして評価された可能性もうかがえる。

ただし、実際にはとりあげられることは少なかった。理由は、戦争というテーマにおいては、何より従軍した体験が重みを持つこと、また連載終結期にはすでに荒や中村のような考え方を近代主義とする批判がなされており、国民文学論争での竹内好に代表されるように、それらは土着性や庶民に注目するため、[5]西洋やブルジョアに視線を向ける『迷路』がそぐわなかったこと、また一九五〇年以降の共産党の複雑な動向に対して、物語中の共産主義との共闘が現在の処方箋にはみえなかったことなどが考えられる。それらはいくらでもあげることは可能だが、前述のように時宜にかなってもいる本作がそもそも議論の俎上に載せられないできたのには、小説的結構が称揚されても、作者の性別と結びつくとたんに評価が変わることも考えうる問題としてあり、それは次章で扱う。

本章では『迷路』の物語的構図を確認したうえで、その完成に影響を与えたテクスト、画家・彫刻家である飯田善國の手記を振り返る。周回遅れのような形にはなるが[6]、他の男性作家であれば当然検討されるべき、プレテクストの書きかえによって彌生子が何をつけ加え、どのような構図を描いたのかをまず検討する。さらに、小説が作る構図が、個人と国家の関係性について、戦中戦後を貫く田辺元の哲学にどのように対峙しているのかを考察する。

2. 〈血〉における愛と暴力

野上彌生子が左翼的な立場に対して〈同伴者〉にすぎないことへの不満は、多くの論者が表明しているが、だからといって、多くの女性作中人物によって担われているテーマやプロットのすべてをみないでよいわけでもない。『迷路』は、当然だが、半分は女性たちの物語である。戦争状況における民族と国家の問題は、省三や木津などの男性登場人物を通じて主に考えられるが、その民族を象徴する〈血〉は、一方では性欲を暗示するキーワードとして表れており、そのことによって、多津枝や万里子たち女性の愛の問題と連結されている。そして、それらを世代の反復、すなわち歴史の問題として統合するのが能のイメージである、ということを予告しながら、『迷路』

の大きな構図をおさえたい。

まず、〈血〉のテーマを具体的にみてみよう。もちろん現在からすればそうした使い方は批判されるべきであろうが、〈血〉は民族の違いを表すものであり、その異なる者を前にして戦いに駆り立てる奔騰そのものである。「血なまぐさい流れがだんだん北支に移りかけたのを、また二月に内地で迸つた血はそれの支脈に過ぎないのを」(「青い夢」)、「からだぢゆうの血が沸騰してまつ暗になるびんた」(「振子」)というような暴力の比喩が多いのは、戦時中を描くだけにありふれており、それらは措くとしても、省三の決断にかかわる重要な場面がある。省三は飼料を徴発に行った帰りに、現れたゲリラと撃ち合いになり、手榴弾で一人を殺してしまう(「飼料徴発隊」)。中国人の財産を奪うことに積極的に加担しない良心を発揮していたほどの省三が、本式の戦闘でもなく、制止命令が出されたにもかかわらず行った攻撃は、「あの調子でふいに沸《たぎ》りたつ血」(「振子」)のせいとされ、民族を敵味方に分けるものとして、後々まで振り返られる。

もう一つは、性欲である。省三は、一時期阿藤子爵家の家政所に勤め、その妻・三保子からの誘いによってはじめて性的な関係を持ち、その後の誘惑にくり返し屈服する自らにいらだつことになる。「上昇する陶酔のあまさ、悩ましさ、焦だたしさで凝結してゐた若い血が、恐怖で却つて粗く奔流した」というように描かれる(「故郷」)。

こうした〈血〉をめぐる二つのテーマの接点を作るのが、省三と結婚する万里子である。両親を早く失い、叔父夫婦に引き取られている万里子は、渡米した父親がイギリス女性と結婚して生まれた「混血」である。したがって、主に周囲の人間から、時には語り手から、〈血〉についてもっとも注意を払われるのも、彼女である。自分の意見を押し通す強さは「血から来てゐるもの」(「小さい顔」)、仕事につきたいといふ、この階級では異端な意志は「毛細管の異質的な血のせゐ」(「万里子」)、時節柄縁談の不利になるであろう「万里子の純粋でない血」(「愛」)、省三の入隊に際して人目をはばからずに示した拒絶の意は「血は争はれない」(「赤紙の日」)というように、執拗ですらある。ただし、万里子の性質やふるまいが、異質な〈血〉だけに理由づけされるのであれば、状況によっては、それゆえの日本人の〈血〉との敵対を容易に招くはずであるが、そうではない。

別に、彼女自身の象徴として加えられているのは、早く亡くなった父母との思い出につながるカリフォルニアの金門湾の青い海と(「小さい顔」)、光線の加減によって青くも見えることが何回も書き込まれる目の青色である。読者が、この赤と青を聖母マリアと結びつけざるを得なくなるのは、まだ何事も起こらない先に語り手によって「どこか「受胎告知」のマリアめいたところがあつた」(「万里子」)と予告されたさらに後、物語も進んだ「塔のある丘」での万里子から戦地に送られた手紙によってである。「はい」と「いいえ」以外、殆ど余計なことをしゃべらず、語り手もそれを尊重して、読者にとっては内面が不明であった万里子だが、この手紙での独自な思考は、物語をも動かす起爆剤として機能する。

手紙では、お腹の子どもとともに省三の帰りを待つ気持ちから、「私と同じやうな女のひとが中国にも、ロシアにも、ヨーロッパにも、アメリカにも到るところにゐなさる」ことに心を痛め、「世界ぢゅうの赤ちゃんとお母さんのために」祈る、とある。その対象は、かつて通ったカトリックの女学校でなじみのあった聖母マリアである。だが、万里子がそれを「神様」と呼ぶことが端的に表すようにキリスト教の教義からは離れており、また、別の箇所で、省三と交友のある慎吾が、友人の佐野について、キリスト教信者にして日本軍の兵士としての任務に邁進する思考を書き記している（「慎吾のノート」）のとも異質である。

亡くなった母親が小学校の教師をしていたことから、労働をさげすまず、叔父夫妻のもとで、富裕と幸福とが必ずしも結びつかないことを彼女なりに味わってきた万里子は、省三と結婚して以降、「郷里の墓の山から見おろしたまるい入江と、幼い思ひいでに残る青い、光るものへの融合」（「愛」）を求め、省三にとっても郷里である大分県の架空の地「由木」（臼杵をモデルとする）で簡素な生活を営んでいる。後にふたたびふれるが、「由木」には大友宗麟の時代に、伴天連が行き交い、ラテン語の学問が発達し、「新らしい信仰、文化に、飽くまで敬虔で、且つ潑剌とした受け入れ態勢」があったとするのは、万里子ではなく省三で、まさに彼の青い夢であろう（「青い夢」）。だから、万里子の作中での役割は、特に省三との結びつきを経て、政治的・文化的に対立する東西や、階級の上下を結ぶヒューマニズム――そしてそれは殆ど愛である――の体現である。

3. 〈恐ろしく単純な思考〉の価値

そもそも、男女の愛情と、性欲、そして子どもを産むことが結びつくのは、多くの女性登場人物のなかでも、万里子しかいない。主要な女性人物は、省三の幼馴染で、東條内閣で入閣する政治家の娘・多津枝、木津を愛する彼のハウスキーパー・せつ、省三が一時その家政所に勤めた阿藤家の妻・三保子、などだが、男性の登場人物たちが戦争に加担する前に次々に死んでいくのと同じように、性と愛の不一致を抱えて死に赴く。

せつは、彼女の愛と、左翼運動への真摯な期待を重荷とする木津との擦れ違いのなかで、確実な何かを妊娠に期待しているが、事故による流産をきっかけに木津と別れ、運動のために命を落とすことになる。彼女とは階級の飛び離れた三保子は、子どもはいるものの、政略結婚で持て余す飢餓感を、若い男との隠れ遊びで充足しようとする。だがその求めるものは、徹底した肉体の満足であり、愛を知らない。

多津枝は、自分たちの階級に対する皮肉なまなざしを持ち、物質的な豊かさ抜きの幸福など信じないのだと居直っているつもりでも、その実もっとも愛を求めていることが、スタンダール『赤と黒』をめぐるサロンでの会話からうかがえる（「軽井沢」）。その聡明さだけでなく肉体の魅力で、挑みがいのある妻として、夫の興味を引き続けることに成功しているが、肉体の合致を愛と錯覚しようとする瞬間に、夫が子どものできない身体であることを知ることになる。それまで彼女は、家に従属する母の役割を自らの意志で拒否してきた。だが、その意志の存在自体がなかったことになってしまうのである。夫の国彦の事情は、女性の肉体の価値を産むことではなく快楽の対象に限定する。そうすれば、いくらでも取り替えられる若い愛人たちを前に、多津枝がいつまでも関心を引き続けることは困難である。夫の側の引け目とは裏腹に（あるいはそれゆえにだろうか）、意志と肉体の双方において、将来にわたって夫が余裕ある位置につくことは、彼女に屈辱をもたらすものである。

その後、些細な失言から特高に目をつけられ、夫とともに上海に飛ぶ飛行機の墜落によって死んでしまう彼女には、死の間際に互いの愛を確信しえたといふせめてものはなむけが与えられるが、最後のセリフをみれば、それとても、気休めにすぎない疑いを拭い去れるものではない。その点は、別荘の壁にかかる「チマブエかジョット」の聖母子像の複製に対し、彼女が「なんてこまちやくれた顔してゐるのだらう。聖母像のクリストつて、みんなこれだから嫌ひだ」（「裸婦」）とつぶやくのが、強がりだとしても、万里子と対照的な物語中での彼女の位置を示すだろう。

そうしたなかにおくと、万里子への省三の思いは、「もちろん、それが若い血を波打たせなかつたとはいへない」（「愛」）と性欲を含むものの、（これもまた、芸者であった祖母ともどもの家父長制による犠牲を〈血〉に還元する点で、著しく差別的といえるが）三保子について「むきだしの執拗な淫らさは、そのかみの娼婦の血がさせる振舞かとも感じられ」る（「故郷」）のとは対照的であり、〈健康な〉性欲が、愛を経て、子どもという血脈に流れこみ、時間をつないでいくのである。

さて、次に省三における〈血〉とイデオロギーとの関係を確かめるべく、もう一度先ほどの万里子の手紙に戻りたい。万里子の「混血」に象徴される考え方が、省三の国家との関係性にも変化を与えるからである。手紙では続いて、省三や木津ら、学生時代に左翼運動にかかわった男性たちが「貧乏で困つてゐるものが貧乏でなくなり、お金があつて威張つてゐるものが、威張れなくなり、誰もが正しいこころで、同じやうにしあはせに暮らされる世の中にしたいと考へた」ことに同情を示し、キリスト教とマルクス主義が相いれないことを知りながらも、「みなさんは神さまが望まれることを、人間の手ではじめたので、つまりは、同じことをしてゐなさるのだ」という独自の解釈を示す。

これに対し、「おそろしく自己流で、プリミチヴで、童話的」と批評し（「張先生」）、内容が検閲にふれることを恐れていた省三も、隊の中国人コック・陳平喜のスパイ容疑での処刑を目前に、「現在の事情におかれて、省三が脱走しようともせず、陳を助けださうともしなかつたら、万里子はきつと失望するであらう」（「脱走」）と万里子を選択のよりどころとしていく。省三が「烈しい民族的憤怒と抵抗」を感じるのは、飼料徴発に行った際に、目の見えない中国人の老婆が若い家族の女性を身を投げ出して守ろうとする姿にである。省三自身も、その帰りの中国人ゲリラ殺害を、脱走と、終戦を画策するゲリラへの合流に踏み切れないひっかかりの一つとして、何回となく思い返すことになる。「あの調子でふいに沸りたつ血に対して、イデオロギーや、共通の目的意識による安全弁が、必ずしも役だつか。省三の疑ひはその怖れにほかならない。それにしても、突然理性をこえて抵抗しがたく摑むあの暴力はいつたい何か。民族精神、もしくは祖国愛のこれが一種の変容であろうか」（「振子」）とある。

戦争とともにあらん限りの組織、機関を通じて叫びわめかれてゐるいはゆる愛国心は、もとより彼には遠い感情である。その美しい言葉が、本質的にはどういふものに属するかは、学生時代からの閲歴が容易に分析させた。官製のこれらの熱情と、真に国土を対象にする愛とを、省三は混合しようとはしなかつたとはいへ、いま頭上の楢の木が、そこに葉をひろげて立つてゐるごとく、またそれが栖であつて、松でも楊柳でもないごとく、日本に生まれたものは日本人であると同じ約束において、祖国愛は宿命である。（「振子」）

省三において、〈血〉と民族と祖国は一体のものだが、身体に生きづくそれが、国家によって利用されることには怒りの矛先が向いている。したがって、戦時の心的糾合のために宣伝された「祖国」の論理との一定の差異は表明されている。同時に、そうした個別の情動と組織との乖離へのまなざしは、共産党が一人一人の人間を犠牲にすることへの懐疑にも通じるため、省三の延安へ向けての脱出の決意とは、〈血〉や民族への共感とも、イデオロギーへの理解とも異なる論理で行われている。その点では、汎世界的なヒューマニズムが含意されている。[7] 陳を救うという一方的な立場には今日的な視点からの批判があってしかるべきだが、作品内容当時の「ヒューマニズム」が、東洋の解放として侵略の理由づけに使用されたのとは一線を画すだろう。民族の問題については後ほど検討するが、仮に万里子自身の信仰が「血管にはじめからもつてゐた」（「塔のある丘」）ものだとしても、〈血〉によって遺伝するものではなく、その感染は、これまで述べてきたような精神的な位相で起こるのだといえよう。

4. 誰の視点からの歴史か

このような思想を、長期間にわたる歴史の問題として反復するのが能という象徴である。江島宗通は、世俗とは一切のかかわりを持たず、能だけを慰安としている。彼にとっての能は、「能楽の聖書たる世阿弥の著作は、花伝書をはじめとして、彼には愛読以上のものであり、信仰の厚いクリスト教徒の身辺に、つねに神聖な書物が見出されるやうに」置かれ（『江島宗通』）、あるいは唯一信頼する能楽師の梅若万三郎が、アナトール・フランスの描いた、聖母マリアに自らの芸を捧げる軽業師に喩えられるなど（『江島宗通』）、キリスト教の比喩をもって描かれるのが特徴である。

何より結末で、宗通自身は疎開もせず東京の空襲による業火と命運をともにすると決めたにもかかわらず、梅若万三郎については能のためにもすべてを引き受けて疎開させる。その際ノアの方舟を持ち出して生き残ることの意義を説くに至り、何かしらの受け継がれるものが、明確な宗教を持たない、あるいは国家的なものに回収されやすい日本人にとって、それに代わる精神的な支えになる可能性を示しているといえる。万里子のマリア信仰が、独自の支えとなっていたのと対になる形象である。

それとともに、もっとも年長の登場人物である宗通は、規則正しく能を舞う生活のくり返しをとおして、時間の番人である。そして観能の際には、くり返される演目の少しの違いも記録し追究するが、これは、二・二六事件が起こった際に、井伊直弼暗殺との符合に思いを馳せるような彼の性質と並行してあり、一回性の出来事と大きな法則との関係をみつめ続ける歴史的視座を象徴するものといえる。宗通が要職につける身分でありながら、社会と隔絶して引きこもる原因は、祖父である江島近江守（井伊直弼をモデルとする）の、日本を世界に接続しかつ人々を守る決断が、倒幕に利用されたことへの恨みであるため、彼の歴史への興味は、上流階級である自身の位置づけとは裏腹に、敗者の歴史への同感である。能への親しみは、それが「徳川幕府の権威で保護され」たからであり（「江島宗通」）、世阿弥の保護者としての足利尊氏・義満にも共感を寄せ、水戸学派を退ける。

歴史書に関心を持ち、ギボンの「ローマ衰亡史」をも読む江島は（「歴史」）、世阿弥の能について、「あれらを書いて舞つたのは世阿弥でも、彼に書かして舞はせたのはもろもろの日本人だからね。そこが頼もしい」（「方舟のひと」）と述べている。小説が省三に焦点化する部分では、彼らの隊に、戦意を殺ぐためにゲリラが流す日本民謡のレコードが聞こえてくる。それが「種族を等しうして生きる者の、いはば血のリズムなる民謡」、「聴くには耳はいらない。歌はおのおのの血管といつしよに震え、同じ五線紙の諧調音のやうにともに縺れあつてひびく」（「脱走」）といわれているが、能がいまや高級文化だとしても、これと通じるものがあるということだろう。キリスト教を信じる民族の〈血〉が、万里子の身体によって伝えられることが信仰の不可欠な条件なのではなく、人々が持ち続けるものの尊重が、確固たる宗教にも比肩されるよりどころになるということである。これは、国民文学論争のなかでこそ、民族、しかも庶民が持ち伝えた口承文芸などの発掘と、文学史への位置づけが盛んになったこととも歩調を合わせている。

省三についてもまた、ヒューマニズムが歴史認識と結びついていることはいうまでもない。自立の強い意志がないことで、『迷路』を論じる研究者から非難を受けてきた省三の職業観だが、彼は、搾取を、せめて文化への転化とすべく、増井から資金を引き出し、由木の図書館をキリシタン大名時代の資料に特化した特色あるものにしたいと奔走している。そうしたなかで、かつて自分の興味ではなく、生活のためにした阿藤家での古文書の整理を、「別な形態で生かすことをも思ひついてゐた。古文書に基いて書かされた藩史は、従来の日本歴史が、権威者の治績、戦勝、名誉、栄達の叙事詩の一種であつたと同じ意味で、(中略)上から見おろした出来事の羅列に過ぎなかつた」と考え、百姓一揆や、課税の具体例など、農民、町民への圧政を余さず書く社会史を構想する(「伯父」)。物語の最後に宗通が、ふと省三のことを口にするのは、彼の認識のレベルというよりは、物語のレベルで、二人の照応を示すものであろう。

一方、人付き合いをしない宗通には珍しく、阿藤三保子を最後まで気に入っているが、三保子の表情は、「能のテクニクで「曇る」といつた角度で、灯を横にほんのわづか傾くと、今までの輝きが忽ち消え去り、翳《かげ》になつた半面から、小さい袘《ふき》のやうにふくらんだ下唇と顎にかけて、哀愁に似たものが漂うた」など、能面に喩えられる(「軽井沢」)。周囲からは非の打ちどころのない奥様とみられている三保子の、肉欲のためには空襲すら避けず、自らの身を焼き尽くさないではおかないほどの徹底ぶりは空虚であるが、宗通が物語の最後まで残るのも空虚によるものであってみれば、何事かを明らかにするという点での役割の重さは比肩し得る(8)。宗通が、結末の万三郎疎開のシーンで、能が多く老女を描いていることに改めて驚いてみせるとおり、伝統や歴史とは、連綿と続く女性たちの営みを包含するものであるわけである。ただしもちろん、宗通に長く仕えたとみに、彼とともに生きる安寧が訪れるのと、空虚な三保子が対照的に置かれるように、能は、それを生きる人間の、人への思いの深さによって、信仰と化すこともあり、ただの面や装束の継承に堕すこともあるということなのだ。

5．飯田善國ノート「梨花」の再構成

さて、『迷路』の基本構図を以上のように確認したうえで、省三の従軍時の情景の元となった飯田善國の手記を確認しておきたい。

飯田善國（一九二三年～二〇〇六年）は、ステンレスを使ったパブリック・アートなどが有名な彫刻家、画家である。彌生子と彼との交流のきっかけは、すでに稲垣信子『「野上彌生子日記」を読む〈戦後編〉――『迷路』完成まで――下』（明治書院、二〇〇五年）で述べられている。一九五一（昭和二六）年九月、北軽井沢の別荘で、知り合いを介して相知ったことからの縁である。稲垣が、彌生子の日記と、飯田の「北軽の時代」（『野上彌生子全集　第Ⅰ期　第二一巻』月報一九）、また朝木由香「年譜のためのノート」（『飯田善國・絵画』銀の鈴社、一九九九年）に引用された飯田本人の日記を参照しながらまとめたところによると、慶應義塾大学に学んだが美術を志して東京藝術大学に入りなおした飯田は、慶應在学時の一九四三（昭和一八）年に応召し中国戦線に従軍しており、彌生子宅でその話をしていた。その後飯田が患い、彌生子は手当や医療費の援助をした。飯田の中国での体験を記したノート「梨花」は、そのお礼であったのかどうか、前後関係は定かではないが、一九五二（昭和二七）年一月三〇日に彌生子に届けられた。彌生子は『迷路』執筆にあたっては、ノートの疑問点を飯田に直接質すこともあった。その後、飯田は、彌生子の息

子・素一の尽力もあり、イタリアへ留学することになる。

稲垣はまた、飯田本人に借りたという「梨花」のコピーと『迷路』を比較し、参考にしたと考えられる数箇所を紹介している。「梨花」は現在、長野県安曇野にあるTRIAD IIDA・KAN（公益財団法人ハーモニック伊藤財団）に所蔵されている。本節では、稲垣の指摘と重複しない箇所を中心に、かなり限定的にはなるが、紹介しておく。学用ノート統制株式会社、丸善製六十枚のノートであり、表紙に「昭和弐拾壱年三月」とあるのが執筆時期と考えられるが、裏表紙に「思い出も　はやうすれたり　一九五一、四月」ともある。飯田は天津、済南、徐州、南京、そして北京に戻って京漢線を石門、邯鄲、新郷、黄河と辿って漢口に移動しており、これは省三の行路を同様のものにした。

兵隊たちが駅々で「まんとう」などの食物を求めるシーン、列車から兵隊の白いシャツが印象的に見える情景、そして、「飼料徴発隊」において、粟殻や豚、卵を徴発し、そこをゲリラに襲われる一連の流れや、「ビーゴロ」をいち早く察知する中国人のキャラクターなどは、順番や細部を入れ替えながら、『迷路』に生かされている。ただし、飯田は、従軍体験をもとにした長編を書く希望があったといい、ノートはそのためのものだという。主語は「彼」で、従軍の記録というよりは、友人の「F」に呼びかけた内心の吐露が挿入されるなど、なんらかの構成意図が感じられるものである。それを前提にだが、『迷路』全体の構成とかかわる重要な部分を三点あげる。

一つ目は、「塔のある丘」での主要な舞台になるK鎮の景観である。「梨花」においては、「城砦のやうなトーチカ」が「円錐形の屋根を空に向けて」おり、遠くには「ラマ塔と呼ぶのか仏塔と呼ぶのか彼は知らなかつたが」、古塔がある。低い街は「バロック風なスカイライン」、高い塔は「ローマンカトリックの尖塔」と表現されており、ヨーロッパ美術に関心のある飯田ならではである（三八～三九頁）[9]。『迷路』において、東洋と西洋の架橋は当初からの計画であったと推測されるが、それに接続されたとき、塔の描写は象徴的な光景として効果を発揮することになる。

また、二つ目は、飼料徴発における、民家の芋の貯蔵庫の場面である。『迷路』で省三が参加した徴発の場面では、床下の貯蔵庫に通じる穴の蓋に盲目の老婆が腰かけており、兵隊たちが彼女を突き飛ばして中を探ると、若い女が隠れている。彼らが掘り出すためのシャベルなどを取りに行くわずかな間に、老婆は必死に蓋を戻すが、集合の号令がかかって女に対する意志が遂げられない腹いせに、兵隊は手榴弾を投げ込んで去る。切迫したこの場面は、「梨花」における別々の二つの出来事を接合して創作されたと考えられる（引用中の抹消された部分は省略する）。

馬にとび乗つた彼は、一人の老婆が小さな石に腰を下ろし、うづくまつてゐるのを気付いて、そつと近寄つてみた。この地方は、冬を越す甘藷を、地面に深くうがつた円筒型の穴倉に蓄へておく習はしで、その穴倉の天井にぽつこり小さな穴があつて、その穴から梯子亦は網で、身体の小さい子供を底へ下ろして、壺に甘藷を入れさせては上で之を引き上げる仕組なのである。

老婆は、そのやうな穴の蓋に成つてゐる石に腰を下ろしてゐた。…老婆は彼が近寄つても身動きもせずその小さなてん足の足元に眼を落してゐたが、彼は老婆の眼に涙が光つてゐるの

を見た。…彼は激しいショックをうけた。（六六頁）

彼は佇つたまゝしばらく女の姿を見下してゐる中に、抑へ難い或る欲望が血管の中に燃え始めた。彼ははつと思つた。しかしもう制し切れない力で或る一つの考へが彼の身体をしばつて仕舞つた。…言葉の判らない彼はそれをどう言ひ現はしたらよいのか見当がつかなかつた…唯言ひ難い羞恥と怖れを混へたその激情は、ますます募つてきて彼の顔は次第にほてつた。それは…女への愛情のやうな併し唯それだけと云ふよりもつと兇暴な劇しい情熱であつた。（中略）或る目的をとげようと云ふ狂ほしい考へが全意識を占領した。『女は逃げようとしてゐる。逃がしてはならない…自分は彼女に愛情を示してやらねばならぬ。鬼でないことを実証する必要がある…』彼は無意識に腰の拳銃に手をやつた。拳銃の柄を握つた彼はそのとき堪へ切れなくなつて女の顔から一瞬眼を外らした。その殺那《ママ》…腰を低めた姿勢で女が脱兎のごとく扉口を跳び出して行くのを彼は認めた。悲鳴のやうな一種の叫びが後に残つた。彼は拳銃の柄を握つたまゝぼう然と同じ處に佇ちつくした。やがて落着いてきた彼の顔に…今自分の為ようとしたことがどう云ふ種類のことであつたかゞ明瞭に意識された。火の様な熱い羞恥と悔悟の念が彼の顔を真赤にした。彼は言ふべき言葉を知らなかつた。何といふことを!! 逆流する血は渦を巻いて彼は殆ど倒れんばかりだつた。自分自身を斬つて捨てゝ仕舞ひたいほどの自嘲の心が身体一杯に流れた。心の奥にひそんでゐた情欲の姿を白日の下に眺めたことは言ひ知れぬ思ひを彼に与へた。『かつてこれほど卑しい想念が心の底にひそむで居ようとは夢にも知らなかつた。嗚呼。良心は傷ついた。このいまはしい記憶は生涯自分の心の鏡から消すことができぬ…』

（八九〜九〇頁）

先ほども述べたように、「梨花」の「彼」が飯田自身だとは限らないが、こちらでは、中国人女性に欲情を感じて愕然とするのは、主人公の「彼」自身であり、『迷路』の省三はここまでに阿藤三保子との情事に散々翻弄されながら、万里子との結婚後である従軍では、民衆の貧しさを深く憂えて徴発にも消極的であり、情欲に惑わされることはない。つまり、『迷路』においては、中国大陸での省三は、民族感情の対立と、その後の連帯の可能性を考えることに集中しており、情欲の問題は、日本に残る女たちとの関係性に集約されている。

三点目として、ゲリラに襲撃を受ける場面を、次に「梨花」から一部引用する。

彼は、独りで思つた。…戦闘など丶云ふものは別に怖しいものでは無い《ママ》経験の無い中がこわいんだ。水泳のできぬ者が水をこわがるやうに。…戦闘の渦中へ入つて仕舞へば、愉快な位だ。あの一種の云ひしれぬ緊張感…生命の充実…切迫した情緒。一個のロマンチズム。…彼は生涯の最初の戦闘に彼の行為が彼自身を裏切らなかつたことに誇りを感じた。そして今迄の怖れがいはれの無いものであることを認つた。…彼は最早それを怖れる必要はなかつた。…戦闘は生命を堵《ママ》ける一個のトバクだ。冒険を求める子供つぽい本能とも一致する。あの一瞬の緊張の快感にくらべるものはない。そして亦内部に湧き起るヒロ《ママ》ヒステイツクな感情…軽い自己満足…それらを自分は軽蔑しない。それらを否定するのは自分を戦場から脱落させることを知つてゐるから…。それらは安価な感傷に類するかもしれないことを充分自分は知つてゐる…。併し…

とも角戦闘の最中、国家だの主義だのを頭の中に書きつらねてたゝかつてゐる者はありやしない。戦闘は大人の一番面白い遊戯だ。（九四頁）

省三の、それまで未経験だった戦闘への没入は、これにヒントを得ているが、「梨花」では自身の意識の持ちようの問題であるのに対し、『迷路』では、省三がそれほどとは思ってもみなかった敵意によってゲリラを射殺するまでに出来事が展開され、他者との対峙を大きく扱っている。つまり、民族間の敵意を情動レベルでの問題としたうえで、省三の理性的な思惟や判断に対する異物として、後々まで理性を懐疑させる躓きとしているのである。

以上のように、彌生子は、「梨花」の具体的描写を、述べたような作品構想に従って配置しなおしている。もちろんそれを実現するために、彌生子は、「梨花」が考えようとした戦時性暴力の問題を扱い損ねたともいえる。そのことは、飯田が自己の執筆をすでに断念していたとはいえ、その体験を自分のものにしてしまった年長の作家の老獪さとともに、『迷路』の価値を一定程度引き下げる。それと表裏であるとはいえ、本論では、その構成性の方に注目しよう。

「梨花」の以下のような部分は、『迷路』の具体的な部分に相当する箇所を指摘できないが、省三の行動とは響きあい、むしろ青年の思考法の一つのパターンであることを表している。

考へように依つては、あの気の弱いNのやうな男が、世界の真実を見てゐるかも知れないのだ。そして逃げ出すことの方が勇気の入ることかも知れないのだよ。ねえF。…何故と言つて、死ぬ者は、自己の深い根柢に横はる自我の要求を無視してずるずると大勢にひきづられて行つて、とう〳〵死のさいころを□（一字不明—小平注）き当てゝしまつたものかも知れないのに反して、逃げ出す者は、従来の規約と慣習乃至国家の罰則を犯して迄も自我の要求に忠実だつたとも言へるぢやないか。尤も自我の要求なるものが単に、生命の本能に屈したと云ふだけでは、同情はしても、卑劣さを嗤はねばならぬけれど、…それが国家社会と世界との関係に於ける歴史的考察に根ざす真理の方向に飛躍することを認識してゐるものなら…立派な信念と称すべきではないだらうか。…吾々にはその勇気と識見が無いではないか。ねえF。（八五頁）

この時に青年が夢想することしかできなかったNの行動は、省三に重なるが、その省三がある種のヒーローになるほどに、戦後に至って世の価値観が逆転したのはいうまでもない。そしてそのことは、「勇気と識見」の節操を試すものでもある。というのは、この青年の逃走の申し開きは、本能以上のものだと主張することによって、国家に対してだけではなく、知識層の一人として思考そのものに対してなされている。それは、知識人たちが、青年たちの死を国家に捧げるための説得的な役割を果たしていたことと不可分である。にもかかわらず、たとえばその影響力のある知識人の一人であった哲学者の田辺元は、戦後は逃走する省三の方に深い同情を注ぐことになった。知られるように、田辺と彌生子は、晩年に交流があった。飯田との出会いと同じ舞台である北軽井沢においてである。彌生子が飯田善國のノートを借りたことで、戦中の青年と、彼に生き延びるのを躊躇させた哲学者は、『迷路』のなかでふたたび出会ったのである。

次節では、田辺思想の戦中から戦後の思想的経緯を確認し、『迷路』との関係を考える。ただ先取りしていえば、『迷路』には田辺哲学への批判があるが、この青年と哲学者の対立に決着をつけるというよりは、いずれともやや異なる立場からなされている。その立場とは、戦争責任や自我をめぐる戦後の議論から『迷路』を遠ざけた一因ともいえるのだが、本書にとっては関心の中心である女性の立場に他ならない。4節までに検証した女性をめぐる構造化が、小説上の結構であるだけでなく、時代の思想と関連することをみていこう。

6．田辺元からの『迷路』評価

彌生子と田辺元とのかかわりは、老年の恋として語られることが多い。その交流が大きな転換を迎えたのは、一九五一（昭和二六）年に田辺夫人が亡くなった後であり、彌生子の夫、豊一郎もすでに亡くなっている。彌生子は田辺に頻繁に教えを乞うてもいるが、ここでとりあげたいのは個人の感情ではなく、男女というカテゴライズと思想との関係である。田辺の重要な思想に、生涯取り組んだといってもいい〈種の論理〉がある。〈種の論理〉は、一九三四年ごろから唱えられはじめ、一九三七年の「種の論理の意味を明にす」で明確な形をとり、戦中のエリート学生たちに影響を与えたが、そのことへの反省として、戦後の『懺悔道としての哲学』（岩波書店、一九四六年）など一連の仕事へと鍛えなおされた。この戦後の過程が、『迷路』の成立と重なっている。後にそれとの差異を示すために、まずは田辺の〈種の論理〉について簡単にまとめたい(10)。

〈種の論理〉は、類と種と個の関係について考察したものだが、その関係は、ヘーゲルや西田幾多郎に対する批判から構想された絶対弁証法として説明される。これは一方では、滝川事件などに象徴される政治と言論・思想の危機的関係があり、民族主義に基づいた全体主義が国家を戦争に向けて急速に押しやっていくなかで、国家をいかに理性的なものならしめるかという、社会的・実践的な意図を持ったものであった。絶対弁証法は、三木清や戸坂潤を周囲にみながら「社会存在の哲学」として企図され(11)、精神を重視するヘーゲルの弁証法が、現実との対立や矛盾をそれとして考えることなく目的論的に合理化してしまうこと、そして物質を基底に置くはずのマルクス主義的な唯物弁証法が、真の実践の契機を欠いてしまうことの双方を、批判的に乗り越えようとした。それを支えるのが絶対媒介の考え方である。

弁証法は第三章にも出てきたとおり、ある概念（命題など）に対して、それを否定するものを突き付けて相対化し、これを媒介として高次な概念を志向する方法である。ただし田辺の場合、「所謂絶対といへども、之を否定する相対を媒介することなくして直接に立せられることは許されない」（「社会存在の論理」一九三四〜一九三五年。第六巻、五九頁。以下引用は『田辺元全集』による）というように、たとえ絶対的なものであっても直接に与えられることは批判される。すると弁証法は、常に他の媒介者によって媒介される運動的な関係として捉えられ、矛盾を綜合するのでなく、両者とも否定することによってかえって生かすような関係、「否定即肯定」として主張されることになる。これが現実の政治である、種（民族）や国家について展開されたのが種の論理である。種が問題になるのは、述べたように民族＝国家の席巻において、個人の無反省的かつ自然的な包含を考え直そうとするからである。だから類と種と個は、連続した関係における量による相対的な違いではない。それぞれはそれ自身の固有なる内容を持つものとする。

種は、「血」や「土」に関連づけられる前近代的共同体で、個を強制する。それぞれの種族はほかの種族と対立する特殊なものである。個は我執や個人の欲望によって種から逃れ出ようとし、種との深刻な対立に陥るが、個は理性的存在として種にとらわれないものでもあり、人類的な普遍性に至り得るとする。このとき種もまた媒介されて類を現す。弁証法としていえば、個と種の対立が双方の否定を媒介として、肯定に転じたものが類であり、この「肯定即否定」を人間に沿って言い直せば「死即生」、単純化すれば個が我執としての自らを否定することで、普遍的な個として生まれなおすこととなる。田辺は、この普遍的な個による類的な国家を国家の理想とした。一連の流れは宗教的にもみえるが、個の働きであって、超越的なものや非合理に身をゆだねる神秘主義とは異なる。

哲学的な論理の是非については専門家の検討に任せるしかないが、『迷路』との関連で当面問題なのは、その〈否定〉が実践的な〈死〉として語られ、国家が理性的なものとして語られるとき、個人が国家のために死ぬことを正当化する論理として、特に戦場に赴く学徒たちの説得につながったことである。先行研究において、〈種の論理〉の変遷についての立場はさまざまあれども、この点に異議を挟むものはない[12]。もちろん、右のあまりにも簡略な整理でもわかるとおり、田辺のいう理想的な国家（類的国家）は、決して民族的な種と連続するものではなく、むしろ対立し、異なる者同士を媒介するものであるはずであった[13]。ただ、たとえば田口茂は、田辺が、初期の構図における個を呑み込む種が、直接的に与えられてしまうことを後に自身で修正し、種に自己疎外態という主題を組み込んだことに、より国家の全体主義的機構と近くなる原因を求めているが、この複雑な相互の関係性は、個と種の対立を希薄化し、個と類の関係を接近させた[14]。

それでは、戦後の〈種の論理〉はどこが変わったのか。端的にいえば、国家論と、個人の理性的な実践の後景化である。後者は、仏教的な用語をもって「自力」から「他力」への移行として語られ、それとともに、自己を犠牲にする愛としての神の重要性が強調されることになる。政治的次元と宗教的次元の架橋は、以前から試みられていたものの、戦争において理性的な働きが実現され得なかった反省は、自己や国家を「根源悪」として捉えなおさせることになったといえよう。ここで田辺の思索の触媒となったのは、主に親鸞の「教行信証」である。個が死すことによって復活するという構図は戦前から大きくは変わらないものの、知性や理性の限界が組み入れられたために、絶対無が人間の行為を通して働くこと、私ではない如来の「心」が私の「心」に入り込んで働き、それが衆生に伝播する「還相《げんそう》回向《えこう》」が重要となったのだという[15]。同時に、キリスト教の「神の愛」「隣人愛」にも同様の働きを捉えている。

さて、ここまで田辺の〈種の論理〉を追ってきたが、彼が彌生子に送る書簡では、彌生子が連載を進める『迷路』を、かなり彼自身の思想に即して読み解いていることがうかがわれる。長いが引用する。

奥様は『迷路』がリアリズムの要求に発しましたもの故、あれはあれで一応御纏めになり、哲学は哲学として別に御勉強になる御つもりと仰せられます。しかし科学的リアリズムが、なんらか絶対性を要求するとき、二律背反を免れないことは、カントの批判主義の教えた所でございます。それを今日の蘇聯の政策転換、スターリン批判に徴するも、明白だと存じます。「生かさうか死なさうか」の岐路に御迷ひになるのも、同じ二律背反ではございませぬか。しからば此際、科学主義リアリズムの限界を自覚自認なさつて、その最後の帰結を、この立場の絶対否定、すなはちその死即生に御委ねになるのが霊的絶対無の転換ではございませぬでせうか。その時無の積極的内容として還相せられるのは、すなはち無即愛の救済力でございます。具体的に申せば、『迷路』の主人公が、自ら進んで選ぶ死により、死すると同時に支那人（陳）を救ひ、更にその最後の浄化救済をもつて、彼自身の妻に彼の復活不死を信ぜしめることができる筈ではございませぬか。蘇聯の政策転換を導くものは、マルクス・レーニンの理論の根本動機であつた人類愛に外ならぬと存じます。この霊性自覚があるのでなければ、転換の帰結は相対主義に外なりませぬ。

（彌生子宛書簡、一九五六年二月二四日、『田辺元・野上弥生子往復書簡』岩波書店、二〇〇二年）

これは、戦争に批判的でありながら従軍する省三の行動に結末をどうつけるか、書きあぐねる彌生子に対し、とりわけ一度左翼思想に挫折した省三が、同じ思想を通じて、日本国家にとっては敵である中国人民の一部と行動をともにし、戦争に対峙するという構造について述べたものである。生死やイデオロギーの選択は不完全な弁証法だとして、田辺が説くところの絶対弁証法を小説の結構として試みるようにとの勧めである。

たしかに、省三は類－種－個の問題系を生き方として具現化した格好の例だといえよう。省三の郷里の町は、二分された勢力が政治・商機をめぐって争い続けており、土地に根ざし、個人を強制的に従わせる閉じられた社会は、田辺のいう種に相当する。作中の国家も、政治家・垂水や豪商・増井のように、このような郷里のつながりから成り立っているから、田辺のいう意味ではいまだ種に近い。省三のみはそうした因習を破るべく、敵対する勢力の慎吾と接触を試みるし、省三が中国のゲリラへ合流するのも同様の意味合いを持つことは、省三にも唐突であると自覚されているものの、すでに亡くなった慎吾がゲリラにいるのではないかと空想されることから明らかである。こうして種の強制力を突破する個が、類という人間の普遍に向けて行動を開始するといえるだろう。

そして、すでに述べたような関心から、田辺はたびたびマルクス自身を、田辺が不完全だとする唯物弁証法とは切り離して考えているが[16]、書簡ではそのとおりに、省三の中国ゲリラへの合流を、マルクス主義というイデオロギーの選択とは異なる意義づけとして行うことこそ、本来のマルクスに沿うものだと指示している。彌生子がつけた結末は、田辺を満足させるものであった。

このたび御発表の御作を拝読致し、息もつけぬばかりの緊張をもつて一気に読了、深き感動に打たれました。奥様の彫心鏤骨の御努力まざまざと拝せられ、衷心よりの敬仰に溢れざるを得ませぬ。久しき間の御苦心にふさはしきフィナーレと申上げたく存じます。小生にとり特に悦ばしく感ぜられましたのは、主人公の最後が実に立派にて、陳を救ひながら自ら仆れた末期は、全く申分ございませぬ。小生がひそかに希つて居りました浄化は、完全に達成せられたと存じます。（中略）今や奥様御自身の御構想が、完全にこの願を満たして下さいました。悦に堪へないわけでございます。

（彌生子宛書簡、一九五六年四月一二日、『田辺元・野上弥生子往復書簡』岩波書店、二〇〇二年）

小説という形式が、生涯悔恨を抱えた哲学者の慰謝となりえたということだろうか。

7. 万里子における田辺哲学と『迷路』の亀裂

ただし、田辺的な思想が物語のプロットとして完成するには、万里子を待たなければならないはずである。万里子は、すでに述べたように、キリスト教とマルクス主義を止揚する存在である。主に、従軍する省三に送った手紙のなかで、マルクス主義を掲げる者たちが宗教に懐疑的であることは知っているといいながら、「みなさんは神様が望まれることを、人間の手ではじめたので、つまりは、同じことをしていなさるのだつて」と書いたことも、すでに述べた。彼女の信仰は、聖母マリアのみを、子の母という立場から信じるもので、特定の集団の信仰の様式や、教会などの経済的組織を無視したものである。

また万里子は、省三が熱く語る、大友宗麟時代の日本が海外の文化やキリスト教と柔軟に交流していたという理想像を耳にし、そもそも日本人の父と英国人の母との間に生まれてその愛を疑わないから、省三との結婚が、洋の東西と、階級の橋渡しとして意味づけられることは、確認したとおりである。田辺は、特に『懺悔道としての哲学』以降の時期に、キリスト教とマルキシズムと日本的信仰の媒介を考えている。著作は多いが、なかでも端的なタイトルを持つ「キリスト教とマルクシズムと日本仏教」（一九四七年）をみてみよう。「今や私の掲げた『キリスト教とマルクシズムと日本仏教』といふ論題は、三者が単に並立せられるのでなく交互に媒介せられて、弁証法的統一を形造る」（第一〇巻、三一五頁）というように、田辺の思考の動機は絶対弁証法の理論的精緻化にあり、どのようなカテゴリーが媒介されるかは、そのつどの関心に従ってさまざまに変化するが、そもそも政治哲学と同程度に関心を寄せていた宗教哲学の深化であることは間違いない。

いはゆる啓示は、単に無媒介なる神意の自発性に成立するものでなく、相対的人間の自己をそれの否定的媒介として、神の絶対無がそれの否定に於て之を肯定しその死に於て之を復活せしめる愛の実現たることを、意味するのでなければならない。（中略）無即愛として人間実存が懺悔道的自己放棄的に自覚するところの行的内容以外に、啓示といふものはあり得ない。(中略) 科学の与へる必然の自由も、宗教の与へる真の自由の媒介なくしては、実は自由とはならぬわけである。

(第一〇巻、二七七〜二八四頁)

「神は我と汝の協同である」が、協同そのものを人格化することについては間違いであり、「自即他、他即自の転換に成立する民主主義的協同態としての国家の否定的媒介性を、種の基体的直接統一と同視し、前者の絶対無性を後者の相対的有性に頽落せしむる全体主義にも比せられる」(第一〇巻、二九五頁)。だから、教義とも組織とも無関係な万里子の信仰こそが、マルクシストよりもマルクスらしいものとして、田辺の理想に合致としているということは可能だろう。

にもかかわらず、田辺は前述の書簡で、省三について手放しで評価したのに引きかえ、万里子についてはふれていない。書簡が現存しなくても二人の間で話題にならなかったとは限らないが、次のような書簡は、省三と万里子を別々に論じる必要を感じていなかったのではないかと類推させる。双方の犠牲的愛による相即とでもいえるだろうか。そして、仮にそうだとするなら、田辺の万里子理解は、実は『迷路』そのものとはだいぶ異なったものである。

彼女こそ唯一の犠牲者で、悲劇の主人公です。そこで小生は、飽くまで悲劇にふさはしい清く高い終末に達せしめたいと存じます。それには、青年の求愛に心を牽かれながら、遂にリビドを超えて、精神の要求に殉じ、むしろ二人の母と兄にして恋人なる青年との、何れもが示すことなき倫理性を、自らの一身に発揮して、全人類の罪を懺悔し、服毒（ギリシャ悲劇的）か、修道院入（クリスト教的）かの、終末に達せしめることが必然と存じます。これは小生の、この少女に代表せらるる女性一般に対する敬意と同情との、披瀝に外なりませぬ。
（彌生子宛書簡、一九五四年一〇月一一日、『田辺元・野上弥生子往復書簡』岩波書店、二〇〇二年）

この書簡は、彌生子の発表されたテクストを読んだうえでのものではなく、それ以前にあくまで自己の予測や願望を述べたものであるため、『迷路』への理解とみるのは公平性を欠くかもしれないが、それにしても、彼によって理想化された万里子は、省三と同様に「懺悔」としての「死」を実行する。しかしながら、なぜ数多い女性人物のなかで、もっとも地味な万里子が終局の重大な役回りを任せられるのかといえば、すでに述べたとおり、それは彼女についてだけ、愛と性欲が幸福な形で結びついているからである。恋愛についても奥手な万里子はしかし、結婚後は健やかな性欲を充足させていることが明示されており、子どもはその結実である。他のすべての人物が愛と性欲の不一致によって、また戦争によって死にゆくなかで、ただ一人、それゆえに生きている。省三が自らの死後の万里子の自死を心配することはあっても、万里子は田辺がいうような服毒も、修道院入りも、しない。冒頭の図式をもっていえば、〈血〉を〈生〉として身に引き受ければこそ、他のすべてを包括できるのである。

だが田辺が先ほどの書簡で「リビドを超えて」と述べているように、彼にとってこのような身体性は、まず克服されなければならないものである。田辺は〈血〉を、種的社会に関連づけて用いており、個を限定するそれをどのように超え出るかが〈種の論理〉の問題の出発点になっていた。むろん種の役割は複雑で、否定されるべきとはいえ、否定が絶対弁証法において重要な役割を持ってはいるのだが、それ以前に、「肉に克つの困難もとより小なるものではない。併し（中略）情欲に克つの人も、その克己を誇る我性に支配せられざること稀」（「社会存在の論理」一九三四年。第六巻、一二九頁）とあるように、情欲は、思惟の前に否定されるべき卑俗な現象として、弁証法から締め出されているといってもよい。田辺が身体を考えなかったわけではない。むしろ弁証法には必須のカテゴリーであり[17]、特に戦後に愛が説かれるとき、「他人を愛するとは霊肉一如の他人を愛する謂」のように、身体も含められている（第一〇巻、二九四頁）。だがそのように述べること自体が、身もふたもないことを承知でいえば、それは観念的すぎる身体だとでもいえるであろうか。田辺にとっては、省三の死を語れば万里子について語る必要がないのが両者一体の愛なのかもしれないが、作品構造上は、省三と万里子は死と生として対峙し、万里子の生き残りの可能性によって、かろうじて歴史への希望もつながれている。

そこで想起されるのは、田辺の思想が、戦後においても日本人の〈優位性〉とつながっていることである。

この新しき日本仏教の発展創造は、大乗仏教の無の思想を、世界歴史の新時代躍進に対する原動力たらしめる機会となるのではなからうか。おほよそ哲学思想に多少とも思を潜めたものにとつて、東洋的無が西洋的有の立場に匹儔を求むること困難なる深き思想に属することは、疑を容れる余地はないと思ふ。（中略）しかしてこの東洋的無を現に思想として活かすことのできるもの、日本人を措いて外にないことも疑を容れないであらう。

（「キリスト教とマルクシズムと日本仏教」第一〇巻、三〇四〜三〇五頁）

この論考におけるキリスト教と仏教は、民族の伝統という限定／それからの離脱といった特徴が対照されて弁証法を形成しているが、どの宗教であれ負っているはずの政治的・歴史的経緯とは無関係に特徴が割り振られているようにみえ、それを前提に日本人の役割が強調される。だとすると、東洋のなかでもとりわけ日本人の認識の優位性とは、具体的な歴史的営為とは切りはなされていることと表裏なのではないか。つまり、この論考で日本人がキリスト教のようには実際の利害にからめとられないのは、そして日本が東洋を代表するのは、実は敗戦によって、どの勢力の動向にも具体的には行動として参加することができないからでもある。こうしたニヒリズムは、作中の宗通を彷彿とさせもするが[18]、ともあれ、このように形而上的に変形された日本人としての矜持と、楽天的なコスモポリタニズムともみえる『迷路』の身体の思想が相いれないことは間違いない。

彌生子の日記によれば、彼女がさらに田辺から学びたいと願い、それを向上と考えていたことは容易に推測されるが[19]、『迷路』には田辺とは異なる論理が余地として残されている。自己の思想体系の共有が哲学者の恋とするなら、これは思うほどには成就していなかったと考えた方がよいかもしれず、男／女の弁証法は克服されないようである。

むろん、子どもを産む身体を女性の特徴とするようないわゆる本質主義的な捉え方や、ロマンティック・ラブ・イデオロギーについて、本書は直接テーマとして取り扱ってはいないものの、いくつかのテクスト分析を通して示唆してきたとおり、批判的な立場である。だが男／女に性質や象徴を振り分け、とりわけ従来とは異なり女性に良き性質をとり集めてなされる構造化は、ジェンダーが虚構であると意識する足がかりでもある。[20] 前章までみてきた状況と、次章冒頭で論じるような周囲の環境をみるなら、彌生子について、女性が小説を書くに際し、自分自身を対象とするのではなく、歴史や社会をとりあげて大きな構造を提示する分析主体となった点と、それによって作家としてのキャリアを貫いていく点は評価しなければならない。それでも、書きかえによる存在感の顕示が女性の本質化と表裏なのだとすれば、別の戦略も必要である。それは、次の世代でみていこう。

第九章 〈女性作家〉という虚構
——倉橋由美子『暗い旅』盗作疑惑の周辺

1. 女性作家の世代交代

戦争を生き延びた林芙美子は、再び『放浪記』を書き継いだ。流布している新潮文庫版の第三部にあたる部分は、『日本小説』一九四七（昭和二二）年五月から一九四八年一〇月に連載されたものである。描かれた対象時期は、第五章で扱ったのとほぼ同じ大正末から昭和初期であるが、内容はだいぶ趣が異なっている。(1) これが、以前に書いた草稿で検閲がある間は発表できなかった部分なのか、新たに書かれた、もしくは書き直されたものなのかはわからない。ただ同じころ芙美子は、「私はね、私小説はもう「放浪記」で勘弁して貰ひ度いといふ気がしてゐるのです。今のところはまだまだフィクションでやつて行き度いのです」と発言している（丹羽文雄・林芙美子・

井上友一郎「小説鼎談」『風雪』一九四九年八月)。

同時期、たとえば中村光夫が『風俗小説論』(河出書房、一九五〇年)で、日本近代文学の誤った発展として私小説を批判し、脱却を主張したことは第八章でも述べた。戦争との間に一線を引くために、誤って歩んできた日本を清算する姿勢を文学においても行ったものである。構図づくりに急な中村の論では、〈写すこと〉の価値を引き下げるために、その程度も対象へのベクトルもさまざまな作家を結んでゆく独自な理屈によって、私小説は戦後の風俗小説に直結する。そのため、林芙美子が言葉のうえでは中村と同様に私小説を退けたとしても、彼女の発言が載った雑誌や鼎談の顔ぶれがまるで風俗小説の代表格であってみれば、中村から評価される気遣いはない。だがいずれも、文学を、戦中に一体化していた〈報告〉(第五章参照)から切り離すことで、芸術として自立させようとする大きな流れのなかにあるとはいえるだろう。

ただし、これもまた第四章でみてきたとおり、芙美子の創作技法はそもそも自伝的要素と虚構的ロマンティシズムを兼ね備えており、〈報告〉とはいいながら戦時にその虚構化が求められるようになるという転回こそが、彼女を功労者に押し上げたとするならば、そうした文学の利用法が反省された戦後にはまた、創作方法は大きく変えずとも、微妙な調整や先程の発言のような意味づけだけで、〈芸術〉を構造化や想像力として〈報告〉と切り離そうとする戦後の流れに乗ることは可能だったはずだ。このように述べたからといって、芙美子を貶めていることにはならないであろう。近年の文学の制度に関する研究の進展は、作家の純粋な表現だけを芸術と考える神話をものの見事に打ち壊したし、読み手を計算しなければならない状況下で芙美子は、『うず潮』

（新潮社、一九四八年）や『浮雲』（六興出版、一九五一年）など、評価に値する作品を数多く書き続けたからである。

さて、一九五一（昭和二六）年の彼女の突然の死は一つの時代の終わりを意味したが、こうした芙美子のあり方をかぎつけたのは意外にも、断絶した世代の有吉佐和子だったのではないだろうか。「もはや戦後ではない」時期に戦後大学出の「才女」として頭角を現した有吉佐和子や曾野綾子は、たとえば臼井吉見「才女到来の時代」（『産経時事』一九五七年五月九日）によれば、芙美子たち戦前からの女性作家が「身をもちくずす」し、「敗北者」「被害者」としての「経験」を書いたのに対して、「才気」で進出してきたと違いが強調される。[2] しかし、有吉は、芙美子が『放浪記』にばらばらに置いたエピソードを、『花のいのち』（『婦人公論』一九五八年一月〜三月）として、見事にストーリー化してみせた。芙美子の人生は小説化された、というより、芙美子の人生といわれてきたものが小説だったことを看破したのである。これは、現実の事件や現象に題材をとり、それでいて多くストーリーテラーといわれた有吉が、芙美子と類似の評価にさらされる人物であったからではないのだろうか。

奥野健男は芙美子の周辺の女性作家たちに、「女流作家たちは、そのみじめな同性の生活をただありのまま描く以外、能がないといった有様だ。これだけでは事実であっても決して小説ではない《ママ》彼女らに欠乏しているものは想像力と構成力である」と述べている（「想像と構成欠く　五月号文芸雑誌作品」『中国新聞』一九五五年五月二日）。この後に現れ出て、名づけられた「才女」とは、果たして、この欠乏が満たされた書き手たちへの称号だったろうか。

まずは先を急がず、女性作家が飽きるほど受けてきた類似の評価を、もう一度振り返ってみよう。とりあげるのは、芙美子の死と、有吉登場との間に位置する、小山いと子の「ダム・サイト」（『中央公論』一九五四年九月）の周辺である。

2. 小山いと子「ダム・サイト」をめぐる〈芸術〉と〈事実〉

「ダム・サイト」は、福島県南会津郡只見町の田子倉ダム建設に取材し、山村の人々が巨額の補償金をめぐって変貌していくさまを描いた作品であるが、これをめぐって論争がなされた。発端は、北原武夫・臼井吉見「小説診断書」（『文學界』一九五四年一一月）である。

臼井　そういうと怒られるかも知れないけれども、女流つてもの……女流作家の一番悪いところが、出ているんじゃないかな。

（中略）

臼井　まァ、要するに幼稚だな。本人は大変力んでいるけれども。社会的関心というものも、スケールの大きさというものも、構成ということも、一応チャンと考えているんで、余計かなわんですね。

（中略）

臼井　フィクションといつても、なにも自分をどういう風に出しているわけでもないしどういう風にからみ合つてくることもないんだし、全く虚ろなフィクションでね。

（中略）

北原　（中略）第一にダムなんか造る時に、あんなに買収の金を出すもんですかね。それだけでしたよ、ぼくがいろいろ考えさせられたのは。

これについて小山いと子が「批評家の不勉強」（『朝日新聞』一九五四年一〇月二〇日）で、女性作家への軽蔑を批判、作中の数字が確実な資料に依拠していることを主張した。それにより、『毎日新聞』同年一〇月二一日には臼井・北原の小山への反駁と、由起しげ子と吉屋信子から小山を擁護する意見が載り、北原はさらに翌日の『朝日新聞』にも意見を寄せている。「ダム・サイト」は現在読んでも傑作といえる作品ではないが、それゆえに男性批評家の攻撃を素直に引き出している例であり、しかも論争として記憶されるほどでもないことで、男性作家の偏向的な批評が茶飯事であった典型である。(3)差別的な規範はむしろ、このようにまたか、とスルーされる多くの事例の堆積によってこそ成り立っている。北原の立て続けの反論をみてみよう（傍線はいずれも引用者による）。

買収の金のことをいったのは三面記事的な興味からで、何も疑ったりしたのではない。作品として、そういうことで興味をもたそうとするのは拙劣だといいたかったんだ。文学的昇華が十分でないことを物語っている。（中略）たとえ〃買収の金〃がフィクションであっても作品のなかにとけこんでいれば何も問題にしなかったはずだ。

（北原武夫「構成上からの問題」『毎日新聞』一九五四年一〇月二一日）

ダム建設の際土地買収費をあんなに多額に出すものかどうか、その点について評者としての僕が疑いを持った、――という風に小山さんはあの評言を解したようだが、これは大きな間違いだ。この前後の文章を読めばだれにも分る通りダム建設にあんなに金を出すのかどうか、あの小説でいろいろ考えさせられたのはそこのところだけだ、と僕は言っているのである。

（北原武夫「小説の出来栄えと題材は別だ」『朝日新聞』一九五四年一〇月二二日）

北原が小山に対して文学的昇華がなっていないとする意見は、文面では一応もっともにみえはする。だが事実を小説（＝芸術）に作り直していないから駄目だといいながら、予想以上の反発を受けて、〈考えさせられた〉とプラスの言い回しに調整される際には、〈事実〉である点を評価しているという矛盾も含んでいる。そもそも、小山が「興味をもたそうとする」と述べるからには、事実を取り扱っていても意図が介在して加工されていることは暗黙に認められているわけだ。

先ほどの奥野の女性作家への批判を思い出すと、女性は、自分の体験をそのまま書くので「想像力と構成力」が欠如しているといわれていたのだが、そこから目を転じて社会を書いた場合、面白いとしても小説ではなく〈事実〉の部分なのだという批評が待っている。この後もみるように、作風のだいぶ異なる書き手に対しても同様のことがいわれているということは、これらは、女性作家の全員がそうした性質を事実として持っているとか、それぞれの評者が体験と想像力のどちらを重視するかの問題というよりは、文学の、必ず何らかの形で現実と接点を持ち、かつ構成されるという両義的な性質が、そもそも対象を低評価にとどめたいという意志に従って恣意的に使われているだけなのだといえる。同様な評価は、予告したとおり、小山より三十歳も年下で作風が異なるはずの〈才女〉有吉佐和子にも適用されているのである。

石原慎太郎のごとく、有吉佐和子のごとく、小説家としてよりもほかの職業人として通用するものが生れてきたし、（中略）そういう作家たちは、自分の現在または過去の生活によって、文学青年的小説家の空想や想像よりも、現実のほうが、はるかに複雑怪奇で面白いことを知っている。したがって自己の下手な空想を題材にするよりも、現実の風俗や人間を題材にしたほうが、多くの読者を持つ小説を書き得るということを知っている。それで今日のような〝実録〟的小説が多くなったのであり、実際にも、そういう小説の方が面白いのだ。

（十返肇「文芸時評」『図書新聞』一九五九年五月一六日）

ここでは、石原慎太郎も引き合いに出されており、女性のみならず、たとえば新人や、少し前であれば風俗小説家など、文壇で立場が弱い者は類似の批判の標的になること、つまりは書き手個別の資質に向けられた評価ではないことがわかるが、空想ではなく事実を書いているといわれている有吉には、次にみるように、まったく逆の「ストーリーテラー」という評価もされる。そしてそれは、〈才女〉であることとも関連している。

この小説では（有吉佐和子「江口の里」について―小平注）（中略）すべてがおもしろいストーリーをつくるための部品にされてしまっていて、あざやかな才気だけで物語が織りなされている。

（小田切秀雄「「悪」となれ合い　十月号の文芸時評」『北海道新聞』一九五八年九月二〇日）

「ストーリー」とは、先程補うように求められていた「構成力」の発揮であるにもかかわらず、それを芸術とはみなさない時に使われる用語であることは明らかである。「才気」とは、小手先の技術という含みで、「才気だけ」として使用されるほめ殺しのための用語に他ならない。いずれにしても女性に芸術は創り得ないかのようだが、逆にいえば、小説に書き手の女性自身の体験を見出すことは、それがおもしろいなら〈事実〉として、小説とみなすとしても現状を脅かさない古いタイプの小説と認定できるので、まだしも許容されることになるだろう。女性の書き手はさまざまな作品を書いているが、このような評価の上書きによって、〈女性の経験〉の表象のみが珍重され、事実化されていく。

3．倉橋由美子「パルタイ」から『暗い旅』へ

さて驚くべきことに、さらに次世代の倉橋由美子についても、ここまでみてきた枠組みでの批

評がなされている。倉橋は、周知のとおり、明治大学在学中に「パルタイ」(『明治大学新聞』一九六〇年一月一四日)が学内の賞を受賞し、『文學界』(一九六〇年三月)に転載され、注目を浴びた。「パルタイ」は、共産党寄りの学生運動を行う男性を、女性の視点から批判的に描き、運動を扱った点はみようによっては体験ともみえるものの、当時から観念性もいわれ、また倉橋のその後の作品では、批判的な視座を実現するのに不条理な設定の利用が強められるため、〈才女〉たちよりもさらに、体験よりは想像力や構成力がまさった作家である。

その「パルタイ」について中村光夫は、「作者もおそらく自分がなにを書いたかをほとんど意識していないので、そこの芸術というより自然物に似た性格は、作者の才能の現われでもあり、小説としての未熟、未知数でもあります。」(「文芸時評」『朝日新聞』一九六〇年二月二一日)と述べている。低評価なのは、明治大学での指導者なので致し方ないかもしれないが、「才能」を称賛するものの、本人は意識的に創作したわけではなく、慧眼の批評家によってのみ見出されるかのような点は、女性の書き手を捉える際の基本パターンだといえる。小山いと子を攻撃した北原はどうだろうか。

技量という、いたずらにギラギラと眼につくものは少しもないが、文学的リアリティだけは、読んでいるこっちの腹にズシリとひびく。(中略)作者がどうしても書かずにはいられなかったもの、この一作を書かなければ、作者の次の人生がどうしてもはじまらなかったもの、前回に書いた僕の言葉でいえば、作者が切実に人生に負けたところからつかんで来たものが、変な言い方をするようだが、この作品の文学性を超えてこっちの腹にひびいて来るからだ。

そして、真の文学性というのは、実にこういうものにほかならない。（中略）（大江健三郎は――小平注）後輩の書いた「パルタイ」に脈打っているあの「初心」を何よりのツメのアカとして、この際、一服ちょうだいする必要があろう。

（北原武夫「文学的青春の初心　倉橋由美子「パルタイ」のリアリティ　文芸時評」『東京新聞』一九六〇年二月二六日）

書き手女性の体験に感じ入っているのは小山の社会小説を貶めたのと照応はするが、「負けた」体験の尊重は、先ほどの戦前の女性作家への評価に近いものであり、「真の文学性」と評価しているが「技量」ではなく、北原が目指している「文学」への昇華を見出だしているわけではない。評価されているのは女性の体験の「初心」である。次の山本健吉は倉橋の二作目から、「パルタイ」を評した際の自分の予言を振り返る。「パルタイ」は作者の「青春経験」であり、学生組織に対する批判が「女性としての鋭い感受性によって裏づけられて」いたが、作者が経験を「パルタイ」で表現しつくした後、「いったい彼女は、このつぎなにを書こうとするのか、書きたいことをもっているのか、という不安を感じないではいられなかった」と思っていたのが的中したというのである（山本健吉「才能を証明するもの　観念に対応する素材の乏しさ――今月の創作から」『北海道新聞』一九六〇年七月二六日）。

林芙美子の時から追ってくると辟易せざるを得ないが、女性の体験（経験）は、好意的に迎えられるが、それは〈初心〉や〈無意識〉である場合に限定され、それを超えることは望まれていない。このような状況に対して、なにがしかの亀裂を入れることは可能だろうか。まずは〈女性ならでは〉の体験が、そもそもつくられたもので、受け入れられることによって存在しているものであることを示し、それを女性自身から引きはがすことが試みられるであろう。

そしてさらに、批評や論争の場において女性として名指されることをどのようにかわすのか、という問題もある。「ダム・サイト」論争における女性作家たちの抗議を受けて北原武夫は、「作品をほめられた時、女だからほめられたと考える女流作家はいないのに、作品をあまりほめられない時だけ、女だからケナされたのだと、大抵の女流作家が考えがちなことだ。これはどういうわけであろう。」と述べていた（前掲「小説の出来栄えと題材は別だ」）。これまでみてきたように、〈女〉という画一性に押し込めることで可能になる恣意的な評価の構造は、褒めたからといって解消されないということを理解しない北原は、当時の一般的過ぎる水準であろうが、女性としての反論が逆効果にしかならないこうした状況を改善することは可能なのだろうか。こうした情況における実践について、倉橋の『暗い旅』でみていきたい。

『暗い旅』（東都書房、一九六一年）は、主人公女性が失踪した「かれ」を追って、東京から京都へ旅をする物語であり、その間に彼との出来事が回想されるが、結局彼に会うことはできず、しかも途中で出会った男性と関係を結ぶなど、テーマ的にも議論を呼ぶ要素はある。しかし何より、この主人公について「あなた」という二人称を使用している点が特徴である。そして、スキャンダルとして記憶されるのは、花形評論家によって、この「あなた」という手法が盗用ではないかと指摘されたからである。ここからはじまる論争の経緯については栗原裕一郎『〈盗作の文学史〉

市場・メディア・著作権』（新曜社、二〇〇八年）に詳しい。本章では主要なものに独自に番号を付け、煩雑を避けるため、以下の文献情報はその番号で示すことにする。

①白井健三郎「一種異常な愛の挫折　倉橋由美子著「暗い旅」」『週刊読書人』一九六一年一〇月一六日

②奥野健男「大胆な〝女の小説〟　倉橋由美子著「暗い旅」」『日本経済新聞』一九六一年一一月二〇日

③無署名「実験する愛　倉橋由美子「暗い旅」」『朝日新聞』一九六一年一二月三日

④江藤淳「海外文学とその模造品　上」『東京新聞』一九六一年一二月九日夕刊

江藤淳「海外文学とその模造品　中」『東京新聞』一九六一年一二月一〇日夕刊

江藤淳「海外文学とその模造品　下」『東京新聞』一九六一年一二月一一日夕刊

⑤白井健三郎「海外文学紹介の問題点」『東京新聞』一九六一年一二月一九日夕刊

⑥奥野健男「江藤淳氏の倉橋由美子論へ」『東京新聞』一九六一年一二月二五日

⑦伊藤整・埴谷雄高・平野謙「座談会　文壇一九六一年②」『東京新聞』一九六一年一二月二六日夕刊

⑧江藤淳「「海外文学とその模造品」再説」『東京新聞』一九六一年一二月二八日夕刊

⑨倉橋由美子「暗い旅の作者からあなたへ　上」『東京新聞』一九六二年二月八日夕刊

倉橋由美子「暗い旅の作者からあなたへ　下」『東京新聞』一九六二年二月九日夕刊

⑩白井浩司「模倣と独創　上」『東京新聞』一九六二年三月一日夕刊

白井浩司「模倣と独創　下」『東京新聞』一九六二年三月二日夕刊

⑪清水徹「「暗い旅」論争の問題点」『東京新聞』夕刊一九六二年三月二〇日夕刊

指摘したのは江藤淳である（④）。彼は『暗い旅』を、ミシェル・ビュトール『心変わり』（原著“La modification”一九五七年。清水徹訳、河出書房新社、一九五九年）を取り入れた「速成模造品」であるとした。ともに主人公が「あなた」という二人称であること、『心変わり』では主人公がパリのリヨンからローマまで旅をするが、『暗い旅』では東京から京都まで旅行をする点、そこで美術論が展開される点などが類似しているとし、両者には、「小説を書くのについやされた時間の重みのちがい、感受性の質の差、わけても自分の頭と心で考えぬかれた小説と、その技法をわきからひょいと借用してやぶにらみに引き写した小説の決定的な相違」があると、倉橋由美子を痛烈に批判したのである。

『心変わり』では「まさに自分がパリからローマに旅をしていると感じ、同時に自分の内面にも旅をしてしまう」のに対し、『暗い旅』の旅は「薄手」で「テレビの広告」のようだといい（一二月九日）、二人称の工夫に言及する倉橋自身の「あとがき」や批評について、「極端に観念的な小説の読みかた」とし、ビュトールの成功は、二人称という新奇な仕掛けを読者に忘れさせるだけの「感受性と教養と体験の深さ」にあるとし、二人称という仕掛けに注目する知的好奇心でなく、「全人的な体験」があるのが文学なのだとした（一二月一〇日）。

江藤が、「「二人称＝ビュトール＝反小説＝一番新しい小説」というような俗耳に入りやすいトンチンカンな早わかり」からなる『暗い旅』と、それをもてはやしている『朝日新聞』や『婦人公論』の批評者、とくに功利的なジャーナリズムと化している「外国文学者」＝「海外文学紹介者」の方にも苦言を呈したことが、名指された白井健三郎や奥野健男の応答を引き出すことになった（一二月一一日）。

しばらく論争の成り行きを追ってみると、サルトル、カミュ、フーコー、デリダなどの翻訳を行ったフランス文学者白井健三郎（⑤）は、皮相的な海外文学紹介への批判については江藤に理解を示したうえで、江藤が田山花袋や小林秀雄を引き合いに出し、彼らが誤訳でも「全人的な体験」を打ち出していると評価したことに反論した。白井は、戦時中の小林秀雄の国策協力的なあり方にふれて、「全人的」ならよいわけではないと時宜にかなった主張をし、倉橋に対してもやはり、花袋らの私小説を否定する延長として、私小説脱却の努力をしていることを評価しながら、「自己の実存的探求の希薄なままに、模造作品を書いたこっけいさ」、「この小説を上等なものとはみなさない」とネガティブである。

奥野健男（⑥）は、倉橋を「文学少女趣味」、「幼稚でこちらがはずかしくなる」、また「安易に他人の文学に影響される」ことは苦々しいとはいうものの、『心変わり』との違いはあり、「このくらい女というものを感じさせられたのは、はじめて」、「女の生理的感覚や性的幻想が、体の内側から大胆にほしいままにとめどなく描かれて」いる、「臓器感覚によって原質化された女性、流動し、形の定まらない原生動物的感覚です。原生動物的感覚が単に性描写だけでなく、作品全体にいっぱいに広がり、女の息づきを伝えるような文体になり断章を構成する官能なイメージやメタファー」といったような点は、「芸術的感動」であるとして擁護している。

単純に整理すれば、江藤が小説を、形式の工夫という面と、実感や本気の取り組み方に分け、後者を重視するのに対し、白井健三郎は前者を擁護するのが対立点だが、二人は、いずれにしても倉橋が浅薄だという点では一致している。奥野は、江藤の分け方に対し、形式の工夫はビュトールからとったとしても、倉橋にも実感の部分はあると擁護し、その実感の内容として、女性ならではの体験をあげていることになる。

4．江藤淳と〈女らしさ〉

江藤淳の再論⑧は、白井に対しても指摘された事項はすでに考慮ずみの事柄だとでもいわんばかりに論駁を加えているが省略し、ここでは奥野への意見の方に注目したい。奥野自身の二つの文章の矛盾を指摘したうえで、ビュトールの『心変わり』が〈もの〉をとりあげるのは、「あるものはものだけだという絶望」によるもので、倉橋の場合は商品や店とのタイアップ広告のようで、実名を書けば「反小説＝新小説」になるという勘違いである、「こうして、方法意識も形而上学もありはしないということになれば、残りは奥野氏推賞の形而下的、生理感覚的「女らしさ」だけということになる。ところで一体その「女らしさ」と「安易」な借り物とがかくも無残に剝離（はくり）している小説が、芸術的完成品だとはどういうことなのか」と述べている。

評論とはそれ自体が創作であり、研究論文のような実証性を目指すものではないとはいえ、江藤が一貫して話題にしている「全人的な体験」、「自分の頭と心で考え」たかどうか、は、問題含みである。これが成り立つとすれば、まず、形式の模倣は1かゼロかで、いったん模倣したら差異を生むことはありえないとでもいうような、厳格な考え方をとっているからである。実名を書けば「反小説＝新小説」になるという論理も、「小説」とはリアリズムのことなのか、実名を書くこととリアリズムはどう関係しているのかが説明不足であるため理解しにくいが、そのようなこじつけめいた操作が必要なのは、奥野の意見を経由して、「女らしさ」をどこに位置づけるかにかかわっていると考えられる。

男性にとって不可知の女性の実感がある、ということをひとまず否定しないならば、それが表現されれば、具体的な文章レベルでは『心変わり』とは異なったものになることは当然考えられる。ありていにいえば、〈女らしさ〉という内容は、「あなた」を主語とした文章からしか読みとれないはずなのだが、江藤の場合、小説の内容と形式が別々に成立するかのように用心深く峻別され、〈女らしさ〉と形式は「剥離」しているのだという。これは、具体的な表現を問わないことでしか成り立たない論理である。

このような江藤の論理では、『暗い旅』に〈女らしさ〉という別の観点があったとしても、それが形式の領域では実を結ばず、常に二番煎じにとどめ置かれることになる。江藤は、「全人的」な体験に対して、知的好奇心を二義的なものとしているにもかかわらず、その知的好奇心の領域にすら女性が入ってくるのを好まないかのようである。江藤が『心変わり』の主人公を障壁なく実感できるように、フランスと日本という違いについてすら乗り超えられるにもかかわらず、男性と女性の違いは解消できないらしい。もちろん、もっと理解の進んだ女性の出現は望まれているのかもしれないが、このような論理操作をみる限り、その出現は期待できない。〈文学的〉な評価とみえるものは、時に女性への排他的な姿勢と、その隠蔽でもあることは本書でもたびたび論じてきた。だが改めて、〈女らしさ〉とは実感や本気の取り組みと関係があるのだろうか。これについては、次の倉橋の反論で考えよう。

満を持して発表された倉橋の反論⑨は、「あなた」に宛て、模倣を糾弾する江藤のことを「江藤検事」と呼ぶ挑発的なものである。倉橋自身の整理によれば、江藤の問題点は、第一に、模倣を道学的に悪とみなすこと、第二は、文学に対する理解にかかわるものである。第一の点について、倉橋は、自作がビュトールの模倣であることは否定しない。「どんな芸術も模倣なしにはありえない」として模倣の楽しさを説き、「画家はリンゴを食べたいからリンゴの絵を描くのではなくて、リンゴによってみえない世界のビジョンをみ、創造へとかりたてられるのです」、「そしてこの画家がめざすのはリンゴを描くことではなく、新しい様式で描くことなのです。／ところが小説となると「人間的真実」をありのままに書けばよろしいとおもわれがちです。わたしはこの迷信にさからって、まず模倣を、といいたいのです」と述べ、「独創」の掛け声は「無意識のうちに因習のとりこになって意識的に模倣することもできなくなった精神の気休め」だとする。

第二の点については、『暗い旅』の魅力は、「観念的なものと装飾的なものとのグロテスクな接合」、「性的な塗料」であり、「通俗的なリアリズム精神と「私小説」的土根性の野合」で裁断する江藤との価値観の違いをいう。「人間的真実」を「本物」とする江藤が、倉橋が書いたのは本物の鎌倉ではないと述べたのに対して、「あなたの鎌倉、江藤氏の鎌倉、わたしの鎌倉しかない」と「本物」

の存在自体を否定し、「人間的真実」さえ発見すれば「本物」とする江藤の「本物」信仰の勘違いを、落語の「しびん」にまで譬えている。

ここにはまず、表現は現実を写すリアリズムだとする江藤と、芸術は模倣であるとするポストモダン的な倉橋の対立を見出すことも可能である。言語というのが根源的に模倣であり、自分の発話以前に存在する意味体系の模倣でなければ他人に意味が通じることなどないという考え方に現在のわれわれは慣れており、リミックスやコラージュ、パロディなど、他者の創作の取り込みを芸術と考えるようになってからも久しい。明示された書きかえである。だが当時が過渡期であり、だから模倣の程度が問題になることは、次にフランス文学者の白井浩司⑩が、倉橋は自然を模倣することと、他人の芸術を模倣することを混同していると指摘し、方法を模倣することが芸術だという倉橋の考え方を否定しているところからもうかがわれる。

ただし、このように旧派リアリズムとポストモダンというような、芸術上の思潮の交代だけで論じられれば、そして事実倉橋は、決して女性の体験や、江藤が女性蔑視的であることには一言もふれていないのだが、女性の別席が設けられることはないはずである。『暗い旅』の内容は大いに〈女らしさ〉にこだわっていることからみれば、論争はここまでみてきた状況に応じた戦略であるはずである。ここでようやく『暗い旅』に立ち戻るが、その前に、ビュトールの翻訳者である清水徹の『心変わり』についての解説を参考にしよう⑪。

「心変わり」は失われた自己の発見の物語りである。(中略)この作品の主人公は、自我の喪失感から抜け出そうとする作者の内的要請をになわされて、想像力の領域で旅をする。しかし、いまだ「私」を見出していない主人公を「私」とは呼べない。だから二人称が採用されたのだ。

（中略）

なかでも「心変わり」が特異なのは、これが認識論的でしかも小説美学的な意識なしには読めない作品だからである。江藤淳氏のように「全人的」な文学体験を強調するあまり、そういう知的な意識を「知的好奇心」などと呼んで暗に軽薄なものとしてそしるのはまちがっている。

知的な意識を除いて「全人的」であることを論じる江藤は間違いだと批判してはいるのだが、残念ながら倉橋を放置し、江藤だけを相手にした頭越しの批判である。

5. 違和感を共有する装置としての「あなた」

さて、問題の「形式」である「あなた」は、『暗い旅』においてどのように機能するものなのだろうか。(4) 江藤が述べていたように、読者は「あなた」と呼びかけられ、(5) 物語の主人公として小説の世界を生きはじめるであろう。ただし、先取りしていえば、『暗い旅』の場合、読者は「あなた」になりきれるものではなく、そもそも違和感を覚えることで効果を発揮する。そして、それは特に女であることをめぐってである。

女であるのではない、女であると宣告されたので、その宣告をひきうけるために女であることを演じているだけなのだ、といふ原則にあなたは固執する……その宣告をうけるまでのあなたはかはいい子どもにすぎなかつた、女でも男でもない、あの柔かな存在だつた。

（一二一頁）

この前後、「あなた」には少女時代に、夏の海辺で少年たちに水着を脱ぐよう強要され、性の対象としてみられた経験があることが語られる。それが初潮前であったことが明示されているが、これは、〈女〉というカテゴリーは、身体の特徴によって決まっているものではなく、人々がそうみなすことによって決まるということである。「そのとき、あたしは自分が女だといふことを知らされたの」と「あなた」は「かれ」に言う。ここに、倉橋も影響を受けたシモーヌ・ド・ボーヴォワール『第二の性』（原著“Le deuxième sexe”一九四九年。生島遼一訳、新潮社、一九五三年）をさしはさんでもよい。ボーヴォワールの「人は女に生まれない、女になるのだ」という言葉はもはや人口に膾炙しているが、生物としての性別であるセックスと、歴史的・社会的役割としての性別であるジェンダーを分けたジェンダー概念の嚆矢といってよい。さて、その後も何回となく男性たちから性の対象として眺められた「あなた」は、そのことに違和感しか持てない。

かうしてあなたは実体のない人間に成長してきたのだ、（中略）あなたは肉体といふものを信じない、できることならそんなものはないはうが好ましい（中略）あなたの容貌には個性的なところなど少しもありはしない。すべての部分が堅固な均斉に達してゐることから、それは一つの仮面に似てゐるほどだ……（中略）これは贋の肉をまとつた肉体だ、能面に似て、千変万化する仮面だ、あなたが女であることを演じるための……

（一三六頁）

さらにこれは、「かれ」との関係に強く影響している。「あなた」と彼は、恋人同士でありながら、肉体的な関係を持たない契約をしているが、これはそうした場面でこそ、自然な欲求が流露されるという世間的な考えとは全く逆に、肉体の違いを言い訳にして男／女の常套的な役割を演じなければならないからである。

かれの優しい――ああ、それはあまりに優しすぎた――愛撫の手を、瞼に、髪に、頸に、かんじながら、あなたはかれの、そしてたぶんかれはあなたの、性の配役に苦しい同情をおぼえてゐた……あなたは女であることを演じようとしていたし、かれは男であることを演じようとしてゐたのだ、愛し合ってゐたから、そしてあまりにも相手をよく理解しあつてゐたから。

（一四七頁）

「あなた」と「かれ」は、兄妹のようによく似ているとされるが、それは、愛しあっていればこそ、常套的な関係にはめ込まれる肉体の関係を拒絶し、男と女の対関係にならないからである。

もとに戻って、読者が「あなた」と呼びかけられ、一定の行動や思念を追体験させられる場合、自分の行動を決められていくことにまったく違和感を持たないということはないであろう。読者が男性であれば予想がつきやすいが、女性だからといって没入できる保証はない。実は読者は、この違和感を通じてのみ、自分の外から〈女〉と決めつけられることに抵抗する主人公の体験を分かち持つことができるのだといえる。そうであるならば、この「あなた」という主語は、実感や共感というような小説の一般的な回路からははずれた試みである。江藤のいらだちは読者として正しい反応を示したものだが、批判としては的外れということになろう。

さらに違和感を、「あなた」という主語への読者の移入の問題ではなく、作中人物が作者の体験そのままで、普遍化していないゆえの押しつけがましさによるものと考えることもできようが、そうした道筋はあらかじめ封じられている。テクストには、日常生活において〈女〉の仮面をつけるふるまいと、文章を書くことの相同性が書き込まれているからである。

そしてあなた自身も嘘の生活を創りはじめてゐた、あの十二歳の夏の事件からのち……あなたは日記を書きはじめた、嘘を書くための文体の練習としての日記……日記を書くためにあなたは生活してゐた……

（一三五頁）

日記という、とりわけプライベートで赤裸々であることが期待されるものを引きあいに出す点からも、作者にとって書いたものが仮面であることは充分に意識されている。清水徹の『心変わり』の解説のような、一致を求めてそれが得られないという意味とは異なるが、書いたものの主語には、「私」ではあり得ない虚構の人称が必要なのである。「あなた」というのは、書き手が自分自身からの距離を明示する記号であり、それを逆説的な媒介として、読者とつながろうとする装置である。

つけ加えれば、このテクストでは、「かれ」は不在としてしか描かれないというのも重要である。「あなた」が〈女〉の仮面をかぶり、常に受動態を演じているのに対し、男性である「かれ」は、充実した肉の柱としてのファロスを持ち「凶暴な力であなたを切りひらく」（八〇頁）、「男はそのエゴを握つて他者の征服にのりだす」（一四二頁）という〈男性らしい〉役割として回想されている。むろん、失踪した「かれ」はテクストのなかについに現れない。「あなた」が〈女〉を引き受けられなかったのと同様、男性役割は描かれたものにすぎず、実体として存在することはない。

このような構成に対して、たとえば奥野健男のように、「女の生理的感覚や性的幻想が、体の内側から大胆にほしいままにとめどなく描かれて」いる、「臓器感覚によって原質化された女性、流動し、形の定まらない原生動物的感覚」を読み取ることは、悪い冗談以外のなにものでもなく、当時の批評家を縛っていた女性の本質化がいかに強固であったか、想像に余りある。

こうして『暗い旅』は、テクストにおいては、社会が〈女性〉と認識しているものが、本人に備わった性ではなく、共有された〈女性らしさ〉のイメージにすぎないことを明るみに出し、個人とそのイメージを引きはがした。批評における女性の低評価は、こうした機構とまさにかかわっていたのだから、論争においても倉橋は、江藤の発言の女性差別には一言もふれないことで、差別に抗議する発言をした瞬間に〈女性〉という集団的な名前で名指され、別席が用意されるという、これまで繰り返し上演されてきた文壇のジェンダー構造を回避したといえる。

前章で検討した野上彌生子が、〈女性〉という価値観を立ち上げたとするなら、それに対しても、自分が〈女性〉ではなく別のものだと主張する倉橋のテクストは、まったく異なる立場を提示したといえるだろう。そして方法についても、『青鞜』の時代から書き手たちが苦心していた自己意識の二重化それ自体を作品に織り込み、虚構の設定で自身の経験を示しながら、期待されてきた〈女性の経験〉を虚構だと告発することで、テクストが現実の状況に働きかける回路を確保した。女性たちの長い苦心が、ようやく多様な存在として併存し、これ以降の、〈女流作家〉と呼ぶことをためらわせる個別の作家の輩出に道を開いていることに、改めて思いを致したい。

むすびに代えて

本書を通じて明らかにしたのは、ジェンダーが虚構であるからこそ存続してきた様態である。検証には、文学作品のみならず、書簡を読み、雑誌については本欄だけでなく投稿者の数多くの文章を読み、批評や〈国文学〉研究という二次的な言説もとりあげ、それ自体をメタレベルから眺めることを行った。対象の取り方に一つひとつ注意を促すことはしなかったが、自己の身体や他者への親密度の異なるいくつかの状況で連動して起こる事態を捉えた。

序章で予告したとおり、現実を作っていく虚構である点で、文学は言説一般のモデルとなりえる。しかも、現実を描写したものであり、かつ想像的・創造的な要素も含む虚構であり、その両方の定義を使い分けながら効果を発揮する、いわば自己言及するメディアであるがゆえに、ある種の戦略化も可能な領域である。第九章でみたのは、女性の書き手のふるまいによって、ジェンダーの虚構性が露呈した事態だった。それに対して奥野健男が女性の身体や感覚そのものを読み取っていた典型的なずれは、日々の不利益や不快によってジェンダー規範を意識せざるを得ない者と、女性が一人ずつ異なることを理解できない者の違いである。特に奥野だけの特徴というわけではない。田村俊子において不安とともにあった違和感は、倉橋由美子に至って明確な意思を示したといえる。

そしてこの先に少しだけふれれば、さまざまな社会的条件の変化と書き手たちの研鑽の結果ではあるが、倉橋以降、女性作家の登場には勢いがつく。たとえば単純に芥川賞受賞者の男女比は一九八〇年代を境に大きく変わっていることを思い浮かべてみてもよい。そして作家が女性ジェンダーを批判的にとりあげる際に、想像的な意味での虚構を意図的に利用したものが多くみられるようにもなる。倉橋由美子が『アマノン国往還記』(新潮社、一九八六年)で、社会の男性中心性をことごとく女性に置きかえた架空の国を作ってみせたのは代表的である。この作品に本書で扱ってきたような具体的な先行テクストがあるわけではなく、架空の〈アマノン国〉は世界として完結してはいるが、支配力のある文化を意識的に書きかえたものであり、その行為自体を明示するという意味ではパロディである。繰り返しを〈上演〉と捉えるなら、わざとらしく演じることによって、一般的には観客が芝居の間は問わないでやり過ごしているジェンダーの虚構性を明るみに出すものだといえるだろう。

男/女の別や役割を権威づける言説を〈神話〉とみなし、それを書きかえてゆく作品や、物語内容としては演劇として表れる言語の反復を実践する作品の例は、個性はそれぞれに異なるものの、この後の時代にいくつもあげることができる。このような虚構を武器にした方法は、SFやサブカルチャーにも領域を広げるものであり、商品としての自立も伴って、特殊ではあるが女性の職業の一つとして作家が現実味を帯びてきた。

ただしむすびにあたって、読者を混乱させるかもしれないことを承知のうえであえて確認しておきたいのは、本書は、女性たちの輝かしい達成の道筋を描いたものではないということである。書き手が困難のなかで行ってきた方法論の練り上げや、また女性作家の増加や責任ある役職への登用はあってしかるべきであり、それを否定するものでは当然ない。だが、最後に述べた野上彌生子や倉橋由美子については作家として認知された稀有な例であり、その周辺には、現在に至るまで、無数の投稿雑誌が、同人誌が、個人的な手紙が、存在している。本文中ではジェンダー規範のあぶり出しを優先したが、さきほど述べた対象と方法をここで改めて意識すれば、各時代が求めてきた女性像に変化があるとはいえ、『青鞜』で扱った彷徨のあてどなさは、すぐさま現代の私たちのものになるだろう。もう一度時代を巻き戻そう。

「これを澄子さんに送られるかどうだろふ。」

（中略）

「私はどふ云ふ人間だろふ。世の中の不必要な人間なのかも知れない。どうしたらいゝだらふ?」

「こうしていつまでもいつまでも淋しい道をたどらねばならないのだろふか?」

（中略）

力なくペン先でつゝいてゐた紙に大きな穴があいた。

第一章で『青鞜』を論じた際、〈新しい女〉の主張に対する逡巡から、自分のことを一人称で書くこともせず、小説としての完成にも向かわなかった例としてわずかにふれた、山の井みね子の「淋しき心」の一節である（『青鞜』一九一五年四月）。本書をはじめるにあたって、手本通りに書くためのなぞり書きが、手本をゆがめるものでもあることを示唆した。繰り返し引かれる線は、紙の肌理に執着を示して触れ続けながら、それを切り裂く刃物となる。ただ一方、紙の破れ目は空虚そのものであり、何も残さないことにも等しい。

「淋しき心」では、主人公の光子にも、友人の澄子にもそれぞれ男性の恋人がいるようであるが、それぞれの事情で不在の彼らよりも光子が切望するのは、すれ違っている澄子との関係の継続である。仲の良い友人になることを拒否しつつ求めるという複雑さには、セクシュアリティのゆらぎも感知されるが、引用したとおり、澄子への手紙には穴が開いてしまい、出されることはない。しかしながら、そのこと自体が書きつけられ、活字としてとどめられている。

「淋しき心」は、そもそも先行する川田よし「女友達」（『青鞜』一九一五年三月）と主人公たちの名前と出来事を共有する奇妙な物語であり、にもかかわらずその架空の名前を完遂することすらせずに、二人の書き手の実名とおぼしきイニシャルを交えてみたりもする。まったく混乱としかみえないこのテクストはしかし、おそらく実際に起こったことを紙の上に描き出すことによって人物像をわずかに変容させながら、相手の非難する自分をあえて演じることで迎合したり、逆にずらすことで正当性を主張するなどしながら関係の継続を呼びかけており、その点で、手紙こそ出さなくとも、現実を新たな関係に向けて動かすものである。

むろんこの関係は当事者間に留まらず、偶然にも読まれた瞬間、読者にもなにがしかの変容を誘うだろう。山の井みね子は、まったく無名に終わった書き手の一人だが、現実と虚構の、突きつめれば平静ではいられない接触面に近づいた一人であり、だがそれゆえに架空世界としてだけ完結する物語は書けず、無名に終わった人物でもある。切り裂く力と空虚さは紙一重である。それを重視すれば、「淋しき心」は倉橋由美子のすぐ隣に再び開かれる。だから、無視してよい空白ではなかったことを探るために、鍾鉛は過去にまで下さなくてはならない。

本書は、紙に原稿を書き、読む時代を対象として考察を行ってきた。先行するテクストの反復は現在では、文学というよりは、インターネット上での先行記事をなぞることを厭わない文章の増殖やそこでのレトリック、SNSでの引用という行為などとして見出される。媒体に劇的な変化があるとはいえ、反復が意識的な行為になっているのをみれば、本書が注目してきた、著名人に限定されない個々人と制度の関係は、現在一層の問題であり続けている。

本書が射程としたのは五十年ほどにもわたり、章をはじめからたどれば、文学的な価値観の変化という偶然にも助けられながら、女性の書き手が社会に認知されるまでの軌跡のようなものが浮かび上がるはずである。だがそれぞれの記述の印象は、長い期間が適切に要約されたというよりり、特定のテクストに泥みすぎるというものであり、すでに作品を読んだ者だけしか話題に参入できないという文学研究に対する先入観と相まって、歴史の因果という納得できるイメージとは程遠いものであったかもしれない。

だが文学研究もまた文学をなぞり返す行為であり、空虚とみなされかねない過去を、切り裂かれた裂け目として書きかえるのだとすると、それがそこにあったことにその都度瞠目することにも意味があるだろう。文学研究が自ら対象と同じ地平に立つことによって批判的に見顕そうとしているのは、現在までを覆う虚構の構造であり、そのなかでの人の生き延び方である。ジェンダーの仕組みは、虚構につきあわなければ、明らかにならない。

注

序章

(1) 竹村和子訳『ジェンダー・トラブル――フェミニズムとアイデンティティの攪乱』(青土社、一九九九年)。

(2) ジュディス・バトラー、佐藤嘉幸・竹村和子・越智博美訳『問題＝物質となる身体――「セックス」の言説的境界について』(以文社、二〇二一年)も参照した。

(3) 引用は『田村俊子作品集』第一巻(オリジン出版センター、一九八七年)による。

(4) 飯田祐子『彼らの物語　日本近代文学とジェンダー』(名古屋大学出版会、一九九八年)。

(5) 『漱石全集』第五巻(岩波書店、一九九四年)。

(6) 光石亜由美「田村俊子『女作者』論」(『山口国文』一九九八年三月)。

(7) 女性の書き手が〈書けない〉こと、また男性作家の自己表象テクストと「女作者」の関係性については、飯田祐子『彼女たちの文学　語りにくさと読まれること』(名古屋大学出版会、二〇一六年)に詳細な分析がある。

(8) 小平麻衣子『女が女を演じる――文学・欲望・消費』(新曜社、二〇〇八年)「第二章　女が女を演じる」「第三章　再演される〈女〉」を参照されたい。

第一章　〈女性〉を立ち上げる困難

(1) 新・フェミニズム批評の会『『青鞜』を読む』(學藝書林、一九九八年)。

（2）北田幸恵「街頭に出た女たちの声――評論」（新フェミニズム批評の会編、前掲書）は、評論について、ジャンル越境、ジャンル破壊を指摘している。氏は、「やみがたい衝動のままに自己を解体し創造していく表現過程」として論じているが、本書では、書き手の内的要請よりも、特定の場における規範の形成という観点から論じている。

（3）徳永夏子「『青鞜』における自己語りの変容――テクストによる現実との接触」（『日本文学』二〇一〇年九月）が、同じ問題意識により諸テクストを論じている。一つひとつ記すことはしないが、とりあげるテクストには差異があり、拙論がジャンルの生成と婦人運動としてのまとまりの困難を中心化するのに対し、徳永には、書き手が他者と結ぶ輻輳的な関係性を精緻に理論化した点で特色がある。

（4）らいてう研究会『『青鞜』人物事典――110人の群像』（大修館書店、二〇〇一年）。

（5）徳永夏子、前掲論文で詳しく論じられている。

（6）小平麻衣子『女が女を演じる』前掲書、一一一～一五八頁。

（7）仲間内や、ペンネームとしてイニシャルを使用すること自体は、『青鞜』以外でも広くみられる一般的現象であるが、本章は、『青鞜』内部に限定し、その機能の変遷を論じている。

（8）徳永夏子「『青鞜』における主体の仮構――小説をめぐる形式と応答性」（日本近代文学会二〇一一年度春季大会二日目発表）の「淋しき心」についての考察を参考にした。

（9）〈新しい女〉になりきれないゆえの〈書きにくさ〉については、飯田祐子『彼女たちの文学』前掲書、「第二章　書く女／書けない女――杉本正生の「小説」」に指摘がある。飯田は、一人称か、三人称かによって、「〈告白〉的」か否かを分けている。本書は、小説の形式的効果の問題ではなく、自己表象が小説をいかなるジャンルとして規定していくかを論じている。

第二章　自然主義が消去した欲望

（1）佐々木英明『「新しい女」の到来――平塚らいてうと漱石』（名古屋大学出版会、一九九四年）、金子明雄「メディアの中の死――「自然主義」と死をめぐる言説」（『文学』一九九四年七月）などを参照した。

(2) 小平麻衣子『女が女を演じる』前掲書「第六章　愛の末日」。
(3) 四分冊の単行本と、縮刷版・『明治大正文学全集』(春陽堂、一九二七年)・岩波文庫(改版、一九四〇年)は、伏せ字の復活を含め多少の違いはあるが、新聞初出とは区別される、同系統の本文と考えられる。
(4) ここでは主に初出に対する評を扱う。
(5) 高野奈保「森田草平における作家活動の軌跡について――「煤烟」と「自叙伝」評を中心に」(『日本近代文学』二〇〇七年五月)。
(6) 『漱石全集』第二三巻(岩波書店、一九九六年)。
(7) 草平がその後「如何にして生きんか」(『東京朝日新聞』一九一〇年二月九日)などで述べていく「セルフ、ジヤスチフイケーシヨン」は、この間の食い違いを示している。
(8) 田村俊子『炮烙の刑』をめぐる平塚らいてうとの論争の際にも、「堕落はしても、それに対する悔悟の眼があれば価値を認める、という趣旨を述べている(森田草平「『炮烙の刑』について青鞜記者にあたふ」『反響』一九一四年八月)。
(9) 飯田祐子『彼らの物語』前掲書。
(10) 『現代日本文学全集』第二二巻(筑摩書房、一九五五年)から引用している。この底本は、伏せ字のすべてを復活させた岩波文庫版だと考えられるが、注(3)で述べた事情から、このように記す。
(11) 浦西和彦「森田草平著『煤煙』論の前提」(『国文学』一九七二年三月。『浦西和彦著述と書誌　第二巻　現代文学研究の基底』和泉書院、二〇〇九年に収録)。山本昌一「『煤煙』の成立まで――序説」(『国士館大学文学部人文学会紀要』一九九九年一二月)。また、佐々木英昭編注、根岸正純共同注釈『日文研叢書18　詳注煤煙』(国際日本文化研究センター、一九九九年)を参考にした。
(12) たとえば、「不図、女の絹紐《リボン》が水に落ちた。」「不図女をかへり見たが、自分の顔に泛んだ失望の色が自分の眼にも見えるやうな気がした。」(いずれも四巻十章)など。
(13) 朋子の精神的病が「私は最う自分の疾病と争ふのに労れた。」と本人に保証され、「此女の正体は火で有つた」(四巻七章)と確定されるのも単行本だけである。

(14) 朋子の欲動については、高橋重美「〈読まれる〉者から〈読む〉者へ――「煤煙」・朋子の手紙に見る新しい女の主体定立過程」(『日本文学』一九九八年六月)に言及がある。
(15) 小平麻衣子『女が女を演じる』前掲書、「第七章 『人形の家』を出る」を参照されたい。
(16) 飯田祐子『彼らの物語』前掲書、一〇九頁。
(17) 新聞にもこの後、「唯、要吉は如何することも出来なかつた。」という類似の文があるが、単行本の「只、あの女にとって自分は何だらう。」に相当するように、判断停止についての解釈・言明の再度の生起にあたり、やや意味が異なる。
(18) 飯田祐子、前掲書、一一五頁。
(19) ジル・ドゥルーズ、蓮實重彦訳『マゾッホとサド』(晶文社、一九九八年)を参考にした。
(20) 前川直哉『男の絆――明治の学生からボーイズ・ラブまで』(筑摩書房、二〇一一年)。

第三章 大正教養派的〈個性〉とフェミニズム

(1) 鈴木悦の書簡の日付は、本人が記した書かれた日付を使用する。
(2) 菅野聡美『消費される恋愛論――大正知識人と性』(青弓社、二〇〇一年)。
(3) 『田村俊子作品集』第二巻、第三巻(オリジン出版センター、一九八八年)。青木生子・原田夏子・岩淵宏子『日本女子大学叢書5 阿部次郎をめぐる手紙――平塚らいてう/茅野雅子・蕭々/網野菊/田村俊子・鈴木悦/たち』(翰林書房、二〇一〇年)。本章での俊子の日記と書簡、悦の書簡の引用はこの二書による。俊子日記は、手紙に同封して悦に送ったものである。
(4) 岩淵宏子「解説」(青木生子・原田夏子・岩淵宏子、前掲書)。
(5) 鈴木悦日記に、「阿部さん、――あの人は、交際をしたと云ふではないが、私の友愛してゐる極く少数の人の一人である。此の人たちの目にふれることを恥しく思はないだけの自分にならなくてはならない」とある(一九一八年一〇月二四日)。岩淵宏子「解説」(青木生子・原田夏子・岩淵宏子、前掲書)に、彼等の接点についての指摘がある。

（6）田村紀雄『鈴木悦――カナダと日本を結んだジャーナリスト』（リブロポート、一九九二年）。
（7）山本芳明『文学者はつくられる』（ひつじ書房、二〇〇〇年）。
（8）流布しているのは『合本　三太郎の日記』（岩波書店、一九一八年）であるが、悦がふれた時期と内容の異同を考慮し、初刊本『三太郎の日記』（東雲堂、一九一四年）を使用する。
（9）いわゆる大正教養派の思考の特徴については、中山昭彦「〝遊蕩文学撲滅論争〟の問題系」（『日本文学』二〇〇〇年一一月）に指摘がある。
（10）『田村俊子作品集』第三巻では、日付不明となっているが、悦の書簡から推して、六月一八日～二五日の日記に同封されたものと考えられる。
（11）和辻哲郎も、「放蕩息子の帰宅」（『新小説』一九一六年一〇月）という小山内薫を批判した文章で、「製作するよりも「人」になるのが大事だ。もしお前が本来芸術家であるならば、たとへ「人」になる努力ばかりをしてゐても、結局否応なしにお前の仕事が芸術となつて現はれる」と述べている。
（12）詩「雑草の花」は、一九一八年六月四日の俊子日記にみえ、掲載は『新潮』一九一八七年七月。
（13）田村松魚の告白小説「歩んで来た道」（『やまと新聞』）の一九一八年五月五日、六日でも暴露されている。「蝶の役者」といわれるのが、揚羽蝶を定紋とする初代吉右衛門である。また、吉右衛門をめぐって松魚との間に起きた悶着は、湯浅芳子『狼いまだ老いず』（筑摩書房、一九七三年）にある。
（14）モデルは俊子が師事した幸田露伴である。
（15）近代日本における「教養」と「修養」の接近については、筒井清忠『日本型「教養」の運命――歴史社会学的考察』（岩波書店、一九九五年）が指摘している。

第四章　労働とロマンティシズムとモダン・ガール

（1）飯田祐子・中谷いずみ・笹尾佳代編著『女性と闘争――雑誌「女人芸術」と一九三〇年前後の文化生産』（青弓社、二〇一九年）。
（2）小平麻衣子『女が女を演じる』前掲書、「第七章『人形の家』を出る」で述べた。

（3）佐光美穂「新しくあること、新しさを書くこと、モダン・ガールを書くこと——大正一〇年代の文学的状況の中のモダン・ガール」（『名古屋近代文学研究』一九九八年一二月）が、男性に都合のよいイメージとしてのモダン・ガールについて検証している。

（4）小平麻衣子「文学的実験の実際的効果——「眼に見えた風」と「古い女」を結ぶジェンダー規範」（石田仁志・渋谷香織・中村三春編『横光利一の文学世界』（翰林書房、二〇〇六年）。

（5）コロンタイ、林房雄訳『三代の恋』（世界社、一九二八年）。

（6）山下悦子「コロンタイの恋愛論と転向作家達——一九二〇年代後半の恋愛遊戯」（『日本研究』一九九〇年三月）、秋山洋子「『赤い恋』の衝撃——コロンタイの受容と誤解」（池田浩士編集『〈大衆〉の登場——ヒーローと読者の二〇～三〇年代　文学史を読みかえる②』インパクト出版会、一九九八年）、呉佩珍「第二章　女性解放と恋愛至上主義との間——大正・昭和期のコロンタイ言説の受容」（飯田祐子・中谷いずみ・笹尾佳代編著、前掲書）に詳しい。

（7）小平麻衣子編『文芸雑誌『若草』——私たちは文芸を愛好している』（翰林書房、二〇一八年）の拙論「文芸雑誌『若草』について」を参照いただきたい。また同書で、竹内瑞穂「『若草』の波紋——読者投稿欄の論争を読む」は、本章がこれ以後扱う三宅金太郎やジョアン・トミタなどの投稿者について論じている。

（8）飯田祐子「愛読諸嬢の文学的欲望——『女子文壇』という教室」（『日本文学』一九九八年一一月）、金子幸代「「地方」と「都会」——「女子文壇」における投稿の研究」（『近代文学研究』二〇〇七年一月）、小平麻衣子『女が女を演じる』前掲書ほかを参照。

（9）茶話会『令女界』一九二五年一月。

（10）茶話会『令女界』一九二五年一月。

（11）小平麻衣子『女が女を演じる』前掲書「第四章「けれど貴女！　文学を捨ては為ないでせうね」」。

（12）ただし、『若草』はその後も読み続けているようである。一九三二年一一月号「座談室」に、椿れいこを騙る投書への批判がある。

（13）たとえば詩欄で活躍した広島県下の投稿者たちの動向を、木下潤「広島詩壇の歴史的動勢」（『愛誦』一九三三年三月）でみることができる。すでに同人誌の経験も多い彼らは、読者のなかでは優位な方だといえるが、学歴の記載がある場合は、県下の中学校、師範学校、商業学校の卒業が多く、職業としては、『若草』に投稿がある藤竹聖一、居川秋爾は農業、大和汐は郵便局配達員、木下卓爾・木下夕爾兄弟は薬局。他には新聞社勤務、郵便局員、呉海軍工廠勤務、小学校教員、農業、百貨店店員などがある。

（14）『列島』の詩人・関根弘が『若草』を読んでいたことは、竹内栄美子が「大衆とサークル誌——黒田喜夫のために」（『コレクション戦後詩誌9　大衆とサークル詩』ゆまに書房、二〇一七年）で指摘している。本章で分析したタイプの読者ばかりでないことは、いうまでもない。

（15）著作目録によれば、駆け出し期に掲載雑誌を増やしているが、いずれも関係が長続きしているとは言い難い。そのなかで『若草』には、最初の掲載「睫毛」（一九二六年一二月）から、一九三六年一〇月まで、詩、エッセイ、小説を点々と出し続けている。特に『放浪記』そして渡欧以後は、メジャーな雑誌や『サンデー毎日』『朝日新聞』『読売新聞』などへの傾きが顕著なため、『若草』との関係は特異なケースだといえる。

（16）『若草』誌上の芙美子の掲載散文は、「草の芽」（評論・随筆、一九二七年四月）、「文壇洋食」（評論・小品、一九二七年七月）、「田舎教師の手紙」（小品、一九二九年九月）、「現代・凍つた花」（一九三〇年一月）、「赤い泡」（一九三〇年六月）、「夜霧の中」（小説、一九三〇年一一月）、「工場参観婦人」（一九三一年一月）、「上海の女子大学生」（一九三一年四月）、「オリガの唄」（小説、一九三一年七月）、「ナポリ小景」（随筆、一九三二年八月）、「独身者の風」（小説、一九三二年一〇月）、「人形聖書」（小説、一九三三年七月〜一二月）「ルウ・ダゲエル」（小説、一九三四年一月）、「秋窓記」（随筆、一九三四年一〇月）、「子供たち」（小説、一九三五年八月）、「おつね」（小説、一九三六年三月）「望郷」（ラヂオ小説、一九三六年一〇月）である（ジャンルの記載は目次に従っている。記載していないものは、それぞれの特集にタイトルがついているのみだが、所謂コントと考えられる）。

（17）改稿時の『若草』の消去には複数の理由が考えられるだろう。「放浪記」は、同じエピソードを複数の場面で使用するなど明らかに構成的意図があるため、時系列などのつじつま合わせの可能性も考えられるし、文壇での位置が確固たるものになった際に、修業時代の軌跡を消去した可能性もある。編集者との関係性などについても不明である。服部徹也「『若草』から林芙美子『放浪記』へ——初期作品雑誌初出形からの変容」（小平麻衣子編『文芸雑誌『若草』』前掲書）には、詳細な立論がある。

(18) むろん、掲載順は執筆順とは限らない。芙美子は旧作を改稿して掲載する場合もあり、テキストの内容や文体の揺れを、作家の意図の時系列的推移として整理することは、厳密には不可能である。本論では便宜上発表時期を目安とし、大まかな見取り図を書くことを目指す。

(19) 事実、同時期の『面影　ボクの素描』（文学クオタリイ社、一九三三年）には、詩であるにもかかわらず、「魚の序文」の仮構された一人称と共通するモチーフや感情が用いられている。

(20) 小平麻衣子「『若草』における同人誌の交通――第八巻読者投稿詩について」（『語文』二〇一五年六月）。

(21) 一九三二年二月号に掲載された、徳永直「小説は如何に書くべきか」のこと。

(22) たとえばジョアン・トミタ「ろざりよ」（一九二九年六月）は、「いつそみどりのくろかみを／きつてと思ふこのこゝろ／ろざりよをくる娘です。」のように「ろざりよをくる娘です。」がリフレインされ、少女イメージが自身に重ねられる代表的投稿である。

(23) ジャンルが多くにまたがるので、くわしく述べないが、たとえば稲垣足穂「月星六話」（一九二七年五月）中、星とエンゲージする男性の挿話などをみれば、月や星へのこだわりは、現実の女性関係の拒否としてある。

(24) 投稿者が実際に女性であるかは確認しようがないが、少なくとも『令女界』で排除されない点からは、スミ・マチダのペンネームやふるまいは、女性とみなされていた。

(25) 別の世界に踏み出そうとして踏み出せない構図は、他にも、「独身者の風」などで、地方で単調に自活する女性独身者が、東京に男性を追ってゆく夢を一瞬みながら現実には踏みとどまるストーリーとして表れている。

(26) 清水凡平「笛をふくひと（木下夕爾小伝）」が記す大手拓次の甥・S氏の談話（木下夕爾を偲ぶ会実行委員会『含羞の詩人　木下夕爾』福山文化連盟、一九七五年）。S氏は桜井作次かと考えられる。

(27) 保高徳蔵・篠原文雄「三月号の作品評」（『信濃毎日新聞』一九三四年三月二日）。ただし、このテキストにおける作家は、「明日はまた、あらゆる批評家は、私の作品を評して生活がないと言ふだらう」とあるように、散文「作品」なら「生活」を書かなければならないからこそ、プライベートな日記で詩情を表出してみるのであり、その意味では、書けない作家は、「鶯」同様、抒情をこそ生活だと言いなすための仕掛けとして作用している。

（28）十返一「文芸時評」『レッエンゾ』一九三四年六月。

第五章 〈女性作家〉として生き延びる

（1）森英一「『放浪記』論――その基礎的研究」（『金沢大学教育学部紀要』一九八四年二月）、尾形明子『作家の自伝17 林芙美子』（日本図書センター、一九九四年）、廣畑研二校訂『林芙美子 放浪記（復元版）』（論創社、二〇一二年）、姜銓鎬「林芙美子『放浪記』の成立過程――改造社版から新潮社版まで」（『北海道大学大学院文学研究科研究論集』二〇一三年一二月）。

（2）小平麻衣子「林芙美子「放浪記」のカチューシャ」（『語文』二〇一五年一二月）では、日活向島撮影所の映画化についても調査し、『放浪記』がカチューシャのイメージを利用して実体験のエピソードを再構成していることを論じた。

（3）廣畑研二、前掲書。ただし、本書の〈復元〉に関しては、異論がある。

（4）森英一、前掲書。

（5）小関和弘「モダン都市の浮浪者と下層社会」（『コレクション・モダン都市文化 第2期 第35巻 浮浪者と下層社会』ゆまに書房、二〇〇八年）。

（6）金井景子「モチーフとしてのルンペン・プロレタリアート――昭和文学出発期における一課題」（『日本文学』一九八三年一〇月）。

（7）アナキストのルンペンへの同情については、新居格「ルンペン文学の指標」（『新潮』一九三一年五月）も述べている。

（8）伊福部自身は、「放浪記」は本当のルンペン文学ではないと述べているが、林芙美子もまた、思想としてのアナキズムを否定しており（平林たい子『林芙美子』新潮社、一九六九年）、それ自体が共通する傾向だと考えられる。

（9）第四章第3節参照のこと。加えれば、推薦小説の澤野章「真赤な太陽」（『若草』一九二八年八月）には、『放浪記』と類似のシチュエーションが描かれている。

(10) 山川菊栄「婦人界見たまま――コロンタイの恋愛論」(『改造』一九二八年九月)では、コロンタイについて「性的放浪生活」と述べている。また、赤のイメージの揺れについて、服部徹也前掲論文が論じている。

(11) 森英一、前掲書。たとえば、「何の条件もなく、一ヶ月三十円もくれる人があつたら、私は満々としたい、詩をかいてみたい。い、小説を書いてみたい。何か読みたい。」(一〇二頁) の傍線部は「い、生活が出来るだらうと思ふ。」に書きかえられ、「何か書きたい。何か読みたい。ひやひやとした秋の風が蚊帳の裾を吹く、」(一〇四頁) は、「うすら寒い秋の風が蚊帳の裾を吹いた。」に、「早く年をとって、い、ものが書きたい。／年をとることはいいな。」(一二四頁) は「年をとる事はい、じやないの。」となっている。

(12) さまざまな例があり、一元化はできないのだが、決定版では、もともと過去形だった文末の現在形への書きかえがみられる。自身の体験としては時間的距離が隔たってしまっても、逆に物語世界の現前性は強化されているといえる。

(13) 最近では、飯田祐子『彼女たちの文学』前掲書「第一二章　従軍記と当事者性――林芙美子『戦線』『北岸部隊』」、五味渕典嗣『プロパガンダの文学――日中戦争下の表現者たち』(共和国、二〇一八年)「第二章　文学・メディア・思想戦――〝従軍ペン部隊〟の歴史的意義」が論じている。

第六章　盗用がオリジナルを超えるということ

(1) 本章の内容は、小平麻衣子『夢みる教養――文系女性のための知的生き方史』(河出書房新社、二〇一六年)と重複するが、特に「女生徒」のテクスト分析に重点を置いている。

(2) 津島美知子「後記」(『近代文庫太宰治全集』第三巻、創芸社、一九五三年)。後に『回想の太宰治』(人文書院、一九七八年)。

(3) 相馬正一「太宰治『女生徒』と有明淑子の日記――創作と模倣の間」(『國文學　解釈と鑑賞』二〇〇〇年一一月)、同「太宰治「女生徒」成立の背景――有明日記との相関をめぐって」(『太宰治研究』二〇〇〇年一一月)、高橋秀太郎「太宰治『女生徒』成立考――構想メモと『有明淑の日記』」(上)・(下)(『日本文芸論稿』二〇〇二年三月・二〇〇三年一一月)、細谷博「「女生徒」の自立性――『有明淑の日記』との関係で」(『アカデミア(文学・語学)』

二〇〇三年一月）、何資宜「太宰治「女生徒」試論——『有明淑の日記』からの改変にみる対川端・対読者意識」（『国文学攷』二〇〇七年一二月）など。

（4）内海紀子「テクストにおけるクロス＝ジェンダード・パフォーマンス——太宰治『女生徒』から篠原一『ゴージャス』まで」（『日本近代文学』二〇〇四年一〇月）など。

（5）引用は『太宰治全集3』（筑摩書房、一九九八年）による。

（6）宮内淳子「「女生徒」論——「カラッポ」を語るとき」（『太宰治研究』一九九七年七月）。

（7）坪井秀人『感覚の近代』（名古屋大学出版会、二〇〇六年）三六八頁。

（8）川端が「子供」や「女性」をプリミティヴ化し、「文学以前」に据え置いているとの指摘は、中谷いずみ『その「民衆」とは誰なのか——ジェンダー・階級・アイデンティティ』（青弓社、二〇一三年）「第一部第三章「少女」たちの語りのゆくえ——太宰治「女生徒」「千代女」とその周辺」が指摘している。また滝口明祥「ある少女の「自分一人のおしゃべり」が活字になるまで——『有明淑の日記』と太宰治『女生徒』」（『繍』二〇〇四年三月）も参照した。

（9）小林さえ「女子青年の読物調査」（『教育』一九三八年一一月）。

（10）「文芸時評」（『新潮』一九三三年七月）、「文芸時評」（『読売新聞』一九三三年七月一日）、「禽獣」（『改造』一九三三年七月）などに言及がある。

第七章　紫式部は作家ではない

（1）稲垣恭子『女学校と女学生——教養・たしなみ・モダン文化』（中央公論新社、二〇〇七年）。

（2）畑中健二「三木清—板垣直子の剽窃論争とその周辺——付・板垣直子著作目録」（『武蔵大学人文学会雑誌』二〇一〇年七月）。

（3）テクストにおける性的嫌がらせ。ジョアナ・ラス、小谷真理編訳『テクスチュアル・ハラスメント』（インスクリプト、二〇〇一年）によって有名になった語である。

（4）座談会「批評と批評家の問題」（『新潮』一九三七年三月）でも、作家による批評に対する批評家による批評の確立が話題となっている。
（5）佐々木孝浩『近代「国文学」の肖像　第一巻　芳賀矢一「国文学」の誕生』（岩波書店、二〇二一年）を参照した。その後池田亀鑑は本文批判のみを中心化したとされる。
（6）衣笠正晃「国文学者・久松潜一の出発点をめぐって」（『言語と文化』二〇〇八年一月）。
（7）大正期の文学概念による古典ジャンルの変化については、鈴木登美「II　ジャンル・ジェンダー・文学史記述――「女流日記文学」の構築を中心に」（ハルオ・シラネ、鈴木登美編『創造された古典――カノン形成・国民国家・日本文学』新曜社、一九九九年）に指摘がある。
（8）衣笠正晃、前掲論文。
（9）笹沼俊暁『「国文学」の思想――その反映と終焉』（学術出版会、二〇〇六年）。
（10）糊口のためとして切り離されることが多いが、小説も書いていた池田亀鑑が、研究においては、文献学と文芸学の両立こそ国文学だと述べ、主観的な心的主観的側面を無視していないことも、大きな共通性のなかにあるといえるかもしれない（池田亀鑑「花が散る」『理想』一九三八年九月）。
（11）女学生の読者がいることは確認される（「談話室」一九三六年二月号など）。
（12）田坂憲二「紫式部学会と雑誌『むらさき』」今井久代・中野貴文・和田博文編『女学生とジェンダー――女性教養誌『むらさき』を鏡として』（笠間書院、二〇一九年）。
（13）秋山虔監修、島内景二、小林正明、鈴木健一編『批評集成　源氏物語』第五巻戦時下編（ゆまに書房、一九九九年）。
（14）有働裕『源氏物語と戦争』（インパクト出版会、二〇〇二年）。
（15）西野厚志「ボロメオの結び目をほどく――新資料から見る「谷崎源氏」」（物語研究会『物語研究』二〇〇六年三月）、同「谷崎源氏・山田孝雄旧蔵『定本源氏物語新解』対照表」（『古代中世文学論考』二〇〇六年一〇月）ほか。
（16）眞有澄香『「読本」の研究――近代日本の女子教育』（おうふう、二〇〇五年）。
（17）小平麻衣子『夢みる教養』前掲書。
（18）貴族たちには実際には文芸が政治の手段であったかもしれないが、趣味であるかのように表象されるということである。

(19) 戦後の源氏物語の現代語訳をとおして、恋愛を中心化し、作中人物に同化する円地文子の読み方を批判的に検討したものに、宮内淳子「『源氏物語』の現代語訳と「女流」の領域」(伊井春樹監修・千葉俊二編『近代文学における源氏物語』おうふう、二〇〇七年)がある。

第八章　戦後世界の見取り図を描く

(1) 戦中の野上のふるまいについては、関口すみ子「「評論家」野上彌生子、戦時・戦中・戦後――「題言」(『婦人公論』)・「新しき婦道」(『日本婦人』創刊号)・「若き友へ」(『婦人公論』再生第一号)」(『法學志林』二〇一三年二月)に批判的な言及がある。
(2) 以下『迷路』の引用は、『野上彌生子全集』第九巻・第一〇巻・第一一巻(岩波書店、一九八一年)による。
(3) 竹内洋『革新幻想の戦後史』(中央公論新社、二〇一一年)、佐藤卓己「『世界』――戦後平和主義のメートル原器」(竹内洋・佐藤卓己・稲垣恭子編『日本の論壇雑誌――教養メディアの盛衰』創元社、二〇一四年)などを参照。
(4) 佐藤泉『戦後批評のメタヒストリー――近代を記憶する場』(岩波書店、二〇〇五年)。
(5) 島村輝「浮沈する「国民」と「文学」――「国民文学論争」という問題系」(『文学』二〇〇四年一一月)、内藤由直『国民文学のストラテジー――プロレタリア文学運動批判の理路と隘路』(双文社出版、二〇一四年)に詳しい。
(6) 『迷路』についての先行研究は、端的には根岸泰子「迷路」(有精堂編集部編『近代小説研究必携――卒論・レポートを書くために』第二巻、有精堂出版、一九八八年)に整理されている。作品構造などについての分析は、一九八〇年代以降は大変少ない。
(7) 延安が「固有の地名というよりは、理念」、「ユートピア」であるとの指摘が、陳祖蓓「野上弥生子『迷路』における「中国」――第6部を中心に」(『都大論究』一九九三年三月)にある。
(8) 三保子については、亀岡泰子「野上弥生子「迷路」論――阿藤三保子の造形をめぐって」(『岐阜大学国語国文学』一九八九年二月)が論じている。
(9) ページ数は、飯田がノートに付したものに従う。

（10）〈種の論理〉については、高坂正顕「田辺哲学とマルクス主義」、大島康正「絶対媒介の弁証法と種の論理」（西谷啓治他『田辺哲学とは』一燈園燈影舎、一九九一年）、藤田正勝「解説」（『田辺元哲学選　種の論理』岩波書店、二〇一〇年）、長谷正當「田辺哲学と親鸞の思想――「種の論理」の挫折とそれの新しい立場からの展開」（『日本の哲学』二〇一一年一二月）などを参照した。また、以後田辺の引用は、すべて『田辺元全集』（筑摩書房、一九六三～一九六四年）により、巻と頁数のみ記した。

（11）「社会存在の哲学こそ今日の哲学でなければならぬ。哲学的人間学でなくして、哲学的社会学が今日の要求であろう」（田辺元「社会存在の論理」一九三四年、第六巻、五三頁）。

（12）酒井直樹「「日本人であること」――多民族国家における国民的主体の構築の問題と田辺元の「種の論理」」（『思想』一九九七年一二月）、子安宣邦「反哲学的読書論（九）「種」の論理・国家のオントロジー――田辺元『種の論理の弁証法』」（『環』二〇〇六年秋）などもふれている。

（13）「その（国家の――小平注）強制は直ちに自由に転じ、個人はそれに於て否定せられながら却て肯定せられて、自己犠牲即自己実現となる如き組織」（「種の論理の意味を明にす」一九三七年、第六巻、四五二頁）。

（14）田口茂「田辺元――媒介の哲学　第三章　国家論の挫折と理性の運命」（『思想』二〇一六年二月）。

（15）長谷正當、前掲論文。

（16）たとえば「マルクスはマルクシストでなかった」（「哲学入門　哲学の根本問題」一九四九年、第一一巻、一〇〇頁）。

（17）竹花洋佑「「種の論理」の生成と構造――媒介としての生」（『思想』二〇一二年一月）を参照。

（18）江島宗通は徳川幕府方の祖先が維新によって敗者となって以降、その絶望により、自らはまったく行為にあずからず、歴史的出来事の外に身を置く。「先生は相かわらず御きげんにて規則正しい御生活と存じ上げますが」（彌生子、田辺宛書簡一九五五年二月九日、『田辺元・野上弥生子往復書簡』岩波書店、二〇〇二年）といわれるような、田辺の世間との交わりを断つ規則正しい生活や、宗通の伴侶といえる女性への冷淡にみえる態度などに、田辺とキャラクター造形とのかかわりがうかがえる。

（19）日記にみられる田辺との交流については、井口由子「野上弥生子『迷路』構成論――執筆過程と人物描写から」（『富大比較文学』二〇〇九年一二月）がふれている。

(20)生殖を意味化する〈人類という種〉の概念については、丹野さきら「〈種〉とジェンダー」(『人間文化論叢』二〇〇二年)が批判しており、『迷路』についても同様の批判が成り立つ。

第九章　女性作家という虚構

(1)小平麻衣子「林芙美子・〈赤裸々〉の匙かげん――『放浪記』の書きかえをめぐって」(『早稲田文学』二〇一七年九月)で論じた。

(2)「才女」については、小平麻衣子『夢みる教養』前掲書で論じた。

(3)論争として記憶されていないが、小山の反論後、主要な新聞だけでも次のように話題になっている。

由起しげ子「批判の態度について」『毎日新聞』一九五四年一〇月二一日朝刊

吉屋信子「女性への軽蔑」『毎日新聞』一九五四年一〇月二一日朝刊

北原武夫「構成上からの問題」『毎日新聞』一九五四年一〇月二一日朝刊

臼井吉見「作品の価値に疑い」『毎日新聞』一九五四年一〇月二一日朝刊

北原武夫「小説の出来栄えと題材は別だ　ダム・サイトめぐる論争」『朝日新聞』一九五四年一〇月二二日朝刊

臼井吉見「小説家の勉強　ダム・サイトめぐる論争」『朝日新聞』一九五四年一〇月二二日朝刊

伊藤整「「ダム・サイト」論争　きのうきょう」『朝日新聞』一九五四年一〇月二三日朝刊

高橋義孝「「文学の真実」と「現実の真実」　ダム・サイトめぐる論争」『朝日新聞』一九五四年一〇月二三日朝刊

早見鶏介「文壇御免＝奮起してもいい時だ　ダム・サイト論争と女流作家」『毎日新聞』一九五四年一〇月二六日朝刊

丹羽文雄「小説の真実　上」『朝日新聞』一九五四年一一月九日朝刊

丹羽文雄「小説の真実　下」『朝日新聞』一九五四年一一月一〇日朝刊

H「批評の盲点「ダム・サイト」論争に見る　文学」『朝日新聞』一九五四年一一月二一日朝刊

天竺徳兵衛「大波小波　時評のありかた」『東京新聞』一九五四年一一月二六日夕刊

しかり「大波小波　根も葉もある嘘八百」『東京新聞』一九五四年一一月二七日夕刊
「新潮論壇「ダム・サイト」後日談」『新潮』一九五五年一月
ゴヂラ「大波小波　女性と流行作家は別」『東京新聞』一九五五年一月一四日夕刊
禿山頑太「大波小波　論争に対する疑問」『東京新聞』一九五五年三月二一日夕刊
（4）『暗い旅』の引用は東都書房版による。
（5）片野智子は、呼びかけが個人にアイデンティティ（女という固定化）を付与する権力であり、「あなた」は呼びかけられたとおりに女を演じながら、その仮面と演じている「あなた」が常にずれをはらみ、差異化を生んでいくことを論じている（「〈女の仮面〉を被るとき――倉橋由美子『暗い旅』と初期短篇」『日本近代文学』二〇一七年一一月）。

初出一覧

各章の初出は以下のとおりである。ただし、全面的に加筆・修正を行った。

序章　「「女作者」論　テクストに融ける恋する身体」小平麻衣子・内藤千珠子著『21世紀日本文学ガイドブック（7）田村俊子』ひつじ書房、二〇一四年

第一章　「Turbulences génériques du roman au sein de la revue Seitô; Partage des normes de l’ écriture de soi」Brigitte Lefèvre 訳、『EBISU』二〇一二年秋・冬号

第二章　「「煤烟」から「煤煙」へ――消去された欲望への遡行」『語文』二〇一〇年三月

第三章　「悦との愛の書簡とその陥穽　大正教養主義にふれて」小平麻衣子・内藤千珠子著『21世紀日本文学ガイドブック（7）田村俊子』ひつじ書房、二〇一四年

「「破壊する前」――大正教養主義的思考と〈女性〉の消去」『田村俊子全集』別巻、ゆまに書房、近刊

第四章　「林芙美子と文芸誌『若草』――忘却された文学愛好者たち」『國語と國文学』二〇一七年五月

第五章　「生き延びる『放浪記』――改造社版と新潮社版の校異を読み直す」『藝文研究』二〇一五年一二月

第六章　「文学の危機と〈周辺〉の召喚――女性の執筆行為と太宰治・川端康成の少女幻想の間」『日本文学』二〇〇八年四月

第七章　「文学の教養化と作家の効用――国文学・鑑賞主義論争にふれて」日本近代文学会関西支部編『作家／作者とは何か――テクスト・教室・サブカルチャー』和泉書院、二〇一五年

「女学生文化と教養――紫式部は〈作家〉ではない」今井久代・中野貴文・和田博文編『女学生とジェンダー――女性教養誌『むらさき』を鏡として』笠間書院、二〇一九年

第八章　「野上弥生子『迷路』論の前提」『藝文研究』二〇一七年一二月

「野上弥生子『迷路』の基礎的研究――飯田義国・田辺元との関連について」『藝文研究』二〇一九年一二月

第九章　『近代日本文学』慶應義塾（通信教育部テキスト）、二〇一九年（『小説は、わかってくればおもしろい――文学研究の基本15講』慶應義塾大学出版会、二〇一九年としても刊行）

閲覧協力：公益財団法人ハーモニック伊藤財団　TRIAD IIDA-KAN

あとがき

うすい膜に覆われたような数年が過ぎた。もちろん新型コロナへの対応によって、生活のスタイルも人との距離感も変わったからだが、いきなり私事をいえば、その間に母が亡くなった。古い本棚を見ると、私が文学を読んでいるのはそもそも彼女の影響を受けたものであるのは一目瞭然だが、お互いに思ったことが素直に伝わらない場合も多かったのは、女性を取り巻く環境によるところが大きいと思う。女性の〈教養〉のありようについて歴史的にたどってみた旧著『夢みる教養』ができたときに献辞を捧げておいてもよかったと思うが、女性たちが教養への信頼によっていかに振りまわされたのかという内容が、感謝の表現にしては少々いじわるなのでやめてしまったまま、本書の完成までに時間がかかり、宛て先もなくなってしまった感想を、書くべきでもないこうした場所にいま書いている。

そして本書もまた、はたらきや活躍が正当に評価されてこなかった女性たちを浮上させることを中心にした。過去の文学を扱うとしても、今日的な閉塞状況に鋳を入れる新たな提案として読み解ける可能性はあり、女性たちが文学にかかわり続ける力を示すためにも、そうした試みは今後もまだ課題としてある。今回論じたジェンダー的な抑圧の構図自体はすでに見慣れたものかもしれないが、それにもかかわらず、現在に至るまで完全に解消したとは言い切れないとすれば、構図以上に説得的な細部があり続けたのだと考え、本書ではそれらをまず見顕すことを目的として一端の区切りをつけたものである。

文学研究については、新型コロナに配慮した行動様式によって資料調査のための外出もままならず、デジタル資料を活用することが多くなり、いやでも意識するようになったが、そもそも資料のデジタル化は加速しており、本書が行っている本文校異や雑誌投稿の傾向を分析することも、早晩手作業で行うものではなくなるだろう。作家の身体性をも感知しようとするかのように目を凝らす本文校異や、分析が恣意性を脱するまで多くの雑誌記事に目を通すことは、限定された条件のもとで発達した特殊な研究技術ということになってしまうのかもしれない。

だが校正作業中に長いマイクロフィルムを手で巻き返しながら、資料形態の進化にもさまざまな事情による優先順位があり、分析対象の選択もまた同様であることを思った。デジタル化もその先の選択は分析者により多く任されるものである以上、本書が好んでとりあげた文学的投稿などは、やはりそれを読みたいという強い思いがなければ人の目にふれるものにはならないであろう。その意味で、初出からすでに時間を経てしまったものもあるが、そうした思いをもって対象をとりあげた論文群を、ジェンダー論としての視座を示すだけでなく、文学研究の一つの方法としてとどめておくためにも、本書をまとめておくことにした。

本書の執筆については、資料調査では青木言葉さんに、校正作業では徳永夏子さんに力を貸していただいた。第一章は、二〇一一年九月八日に日仏会館で開催された「『青鞜』百年のシンポジウム」（フランス国立在外共同研究所・東アジア文化研究所主催）での発表をもとに、Brigitte Lefèvreさんのフランス語訳でのみ発表してあった論文に手を加えたものである。資料閲覧については、日本近代文学館で日頃から丁寧に対応していただき、また公益財団法人ハーモニック伊藤財団TRIAD IIDA-KANの二木さやかさんの手を煩わせた。一人ひとりのお名前はあげないが、研究の恩恵を受けたり、間接的にヒントをいただいたり、その方をただ思い浮かべるだけで元気づけられたという方は幾人もいらっしゃる。どなたにも不義理を重ねているが心強く思っていることをここに記しておく。

出版にあたっては、以文社の前瀬宗祐さんにお世話になった。執筆時期も発表媒体も異なる論文を集めたため、文章のゆれを修正するのに手間取ったが、懇切におつきあいいただき、本書を世に出すことができた。お礼を申し上げたい。

二〇二三年二月

小平麻衣子

た

索　引

小平 麻衣子（おだいら まいこ）
慶應義塾大学文学部教授．慶應義塾大学大学院文学研究科博士課程単位取得退学（1997 年）．博士（文学）．専門は日本近代文学, ジェンダー批評.
著書に『女が女を演じる——文学・欲望・消費』（新曜社，2008 年），『夢みる教養——文系女性のための知的生き方史』（河出書房新社，2016 年），『小説は, わかってくればおもしろい——文学研究の基本 15 講』（慶應義塾大学出版会，2019 年）．
編著書に『文芸雑誌『若草』——私たちは文芸を愛好している』（翰林書房，2018 年），『文藝首都—公器としての同人誌』（翰林書房，2020 年）などがある．

なぞること、切り裂くこと―― 虚構のジェンダー

2023 年 3 月 25 日　初版第 1 刷発行

著　者　小平麻衣子
発行者　前瀬宗祐
発行所　以　文　社
印刷・製本　中央精版印刷

〒 101-0051 東京都千代田区神田神保町 2-12
TEL 03-6272-6536　FAX 03-6272-6538
http://www.ibunsha.co.jp/

ISBN978-4-7531-0372-0